库尔班江·赛买提——作品

قۇربانجان سامەت

I'M GOING

TO XINJIANG

مەن شىنجاڭغا مەن

我到新疆去

北京联合出版公司
Beijing United Publishing Co.,Ltd.

献给我的干爹孟晓程、干娘李小东

如果你们没有到新疆去
我不会走出新疆来到北京
也不会成为一个纪录片人

2005 年，干爹、干娘在塔克拉玛干沙漠
摄影 / 库尔班江·赛买提

目录

多年以前，我在新疆的一个戈壁小城做采访，听到的一个故事，让我感慨良深。

六十年前，小城里来了第一支建设队伍。那时候，这里还没有城，只是一片戈壁滩；这支队伍也不是一支普通的建设队伍，队伍里的士兵都是从朝鲜战场上退下来的。很快，他们挖地窝子，用干打垒的方法筑墙。渐渐地，这里有了小城的模样，周围竖起了钻井的铁塔，甚至还有了一条十字路。

有一天，十字路上突然响起了音乐声。小城的声音单调已久，除了钻井铁塔深处的岩石撞击声，就是一年到头不停地刮过戈壁滩的风声。

现在，十字路上突然出现的音乐声几乎吸引了所有人的注意。一身尘土的士兵，如今的建设者，纷纷从地窝子和干打垒里钻出来，有的人手里还端着吃了一半的午饭——窝窝头和稀饭。

那一天，十字路上聚集了大量的人。大家注意到，十字路的中间新立了一根木杆，木杆上挂着一个高音喇叭，音乐声就是从这个喇叭里发出来的。

几乎所有的建设者都认识这个喇叭——曾经是他们的宝贝。这是几年前，这支队伍在朝鲜战场上缴获的美军战利品。转业的时候，他们辗转万里，把这个美军的喇叭带到了遥远的戈壁滩。

在那个戈壁小城最初建设的日子里，这个喇叭成了人

我到
新疆去

序

们生活的中心。他们从里面听到了来自家乡的戏曲，听到了遥远的首都北京的消息，也听到了前来视察的首长的讲话。很长一段时间，人们在午休的时候，都会端着饭碗，聚集在喇叭的周围。这个从美军那里缴获的喇叭，成为他们和世界联系的唯一工具。

很多年过去，当年的那个干打垒小城如今已经发展成为一座极其现代化的城市。现在的戈壁上不仅绿树成荫，而且还有一个巨大的湖泊。

"我到新疆去"是一个巨大的话题。多少年来，无数的人抱着不同的心愿和目的前往新疆。对我来说，这个曾经在十字路的喇叭就是一个关于去新疆的隐喻。

我到新疆去，"我"是谁？"我"的背后有着怎样的人生故事？

对我个人而言，新疆是我特别喜欢的地方。我曾经自己开车，走遍了新疆的天山南北——帕米尔高原、昆仑山深处，甚至阿尔金无人区、罗布泊无人区。每一个地方都有不一样的风景、不一样的人生。

"到新疆去"是一种人生选择。为什么去？怎样去？去了新疆以后又有怎样的人生故事？

在寻找拍摄的人物和故事的时候，我常常想起在新疆见过的那些人，他们的面貌、说话的方式，甚至走路的样子。我期盼着在《我到新疆去》中能够看到我曾经熟悉的那些人的影子。

李文举

大型纪录片《丝路：重新开始的旅程》执行总导演

大型纪录片《自然的力量》总导演

我到新疆去

2016 年 12 月 22 日下午，"第六届中国电视年度掌声·嘘声"评选发布与对话论坛在北京大学英杰交流中心举行，那一天《我从新疆来》纪录片获得"年度掌声"。推荐人白岩松老师说，在中国电视普遍追求"高大上"的潮流中，在新疆题材纪录片纷纷致力于"民族团结"和"民族身份"的宏大叙事时，《我从新疆来》制作团队却对"人的精神"进行深度挖掘、仔细雕琢，描摹出新疆人骨血里的善良和真诚，从新疆人的角度展示了当下中国人的态度与形象……

我依然记得那一天坐在台上，和白岩松老师、时统宇老师一起讨论着这部刚被评为"年度掌声"的《我从新疆来》，也是我第一次不做摄像，而是做总策划、总导演、总制片人的第一部纪录片，我讲述着从专题策划到出书，再到拍摄过程中的种种，突然哽咽了许久，无法忍住自己的眼泪……

2016 年 6 月 22 日，纪录片《我从新疆来》在中央电视台纪录频道、爱奇艺、腾讯视频和乐视同步上映之后，收视率不算很差，网络点击率六天达到两千万，豆瓣评分 8.6 分，一度成为当时的热门，紧接着又收获了更多的认可：

2016 金熊猫人文类入围节目奖

第 22 届中国电视纪录片最佳微纪录作品奖

北京大学电视研究中心主办的"第六届中国电视年度掌声·嘘声"大会"2016 年度掌声"大奖

2016 第六届"光影纪年——中国纪录片学院奖"

国家新闻出版广电总局颁发的 2016 年第四批"优秀国产纪录片奖"

"创意在北京"——2016 北京网络视听节目"优秀原创网络纪录片"大奖、个人"优秀导演"奖

······

这些成绩，让这几年来我受到的很多阻拦和反对，出版第一本书后的质疑和谩骂，筹备纪录片过程中的苦辣咸······都成了实现目标过程中的祭品，也让我为自己能实现成为一个纪录片人的梦想而感到一丝欣慰。至少，我给把我从新疆带出来的纪录片前辈，给那些帮助我成为今天这样一位纪录片人的老师和同事交了一份十年从"纪"的礼物，无论是否完美，至少我做到了。

那次对话里，白岩松老师说："第一部是《我从新疆来》，那第二部是不是应该叫《我到新疆去》？"他说他非常想看到那些到新疆的人是如何走过那条路的。这句话给了我巨大的灵感和动力。

新疆，对很多国人来说依旧是遥远、异域般的存在，虽然"遥远""异域"这对词，对我和很多新疆人来说，都是极其厌恶的偏见，是扯都扯不掉的标签。每个新疆人都在告诉我，这是对新疆的误解，对中国的误解，而我想用影像把新疆人的这份心情，告诉每

个中国人。和《我从新疆来》里我希望人们看到普通的新疆人的初衷一样，我同样希望人们看到，那些到新疆的人的故事，毕竟没有他们，我也不会走出新疆。

从中华人民共和国成立至今将近七十年，人们是如何走过那条被称为"遥远"的路？人们是如何带着疑问，甚至带着对未知的恐惧，到所谓的"异域"？人们又是因为什么永远留了下来？当我们把这些疑问打开之后，就是一个又一个极为普通的梦想和故事。这些故事里有新疆不同民族的文化在一起碰撞的火花，也是中国多民族共存、多元文化共同繁荣的最好证明，更是新疆，乃至中国的一张影像名片。人类在不同区域的迁徙在当下已经变得非常平常，而这些普通而平凡的火花，就是我想要拍摄的《我到新疆去》。

张信刚：

从梦想到现实

念小学时，我从课本里读过张骞出使西域和班超投笔从戎的故事；从收音机里学会唱《达坂城的姑娘》；在家里听长辈们谈到过盛世才和包尔汉。所以我很早就有到新疆去的梦想。

1987 年夏天，我从美国回国讲学。在讲学单位的邀请下，我终于有机会去新疆转一转，于是我和妻子乘飞机到乌鲁木齐，停留了几天，再飞到喀什待了几天。童年的梦想终于成为现实！

三十年来，我多次到新疆，只因为我对她有一种痴迷。正是这种痴迷使我逐渐认识了新疆，并见证了她的变化。

每次去都能从乌鲁木齐看到新疆的巨大变化。乌鲁木齐的发展进步不只体现在现代化的飞机场、高楼大厦或五星级酒店，它的指标应该是在二道桥和大巴扎附近。第一次去的时候，二道桥附近有很多卖羊肉串的摊贩，大巴扎里多是尼龙衬衫、胶鞋之类的生活用品。后来二道桥附近有了大剧院和歌舞厅，大巴扎改建成了"新疆国际大巴扎"。2011 年夏天，我在二道桥大剧院吃了一顿丰盛的晚餐，在解放南路见到一家家国内外服装品牌的专卖店。

从这些变化，我深切体会到，经济开放和社会宽容是建设新疆的最佳方

我到新疆去

针。另外，我也知道，新疆自 1884 年之后，在整体发展的潮流中也有过一些风浪。

在风浪中，有一位坚守岗位、潜心学问的学者是我的好朋友——2018 年年初刚离世的突厥语文专家陈宗振教授。20 世纪 50 年代初期，他在北京学习维吾尔语文，后来调到乌鲁木齐从事维吾尔语文及其他突厥语文的研究。他和其他学者花了多年心血，推出一套以拉丁字母标写现代维吾尔语的文字，但文字改革的工作因"文革"而出现过反复：这套拉丁标音新文字曾被自治区认可，并在小学里使用了好几年，但后来又放弃它而恢复以阿拉伯字母标音的维吾尔文。

因为"文革"的变动，陈老先生有几年在南疆的一个县里担任汉语和维吾尔语的翻译。由于他有这段历练，维吾尔族知识分子莫不称赞他的维吾尔语说得流畅、精准、地道。他的主要学术成就是对突厥语族各种语文的历史演变和横向比较的研究。他曾经发表很多著作，并且在八十多岁的年纪出版了一部七十余万字、厚达六百页的《维吾尔语史研究》。陈老先生全家在新疆生活多年，为新疆做出了贡献；他的品德与学问将流芳千古！

从乌鲁木齐向南沿山地国道走，只需几小时车程就能到库尔勒。今天的库尔勒既不以游牧为主，也不以农耕为主，而是有许多石油公司和银行，是现代实体经济化工业和虚体经济金融业交集的城市，可谓继承了历史上的双栖性格。

住在库尔勒的一家酒店时，我有机会和总经理聊起天来。他是香港人，在新疆已经生活了十几年，孩子都在新疆出生。言谈中得知他还怀念香港，但是他清楚地告诉我，他早已决定在新疆落户。他还直言，每次回香港，且不说他的孩子，连他自己都觉得香港太潮湿了。作为香港人，我愿意相信，正是因为像他这样把自己的经验和视野带到这里的人越来越多，新疆才变得更加美好了。

和田在塔里木盆地西南部沙漠的边缘，长期被称作于阗，以产美玉著称。我们在和田看了一些文物古迹，也和当地老百姓有不少接触。一天晚上，我们去了一个歌舞厅，见到不少穿着颇为入时的青年男女在跳社交舞。这里既有向往现代生活方式的新潮派，也有衣着和行为明显保守的复古派，而更多的恐怕是介于两者之间的生活派。

在和田有两件让我印象深刻的事。一件是吃缸子肉，是用小火在一个搪瓷杯中慢煮着、咕嘟咕嘟冒泡的肥羊肉，一般用馕蘸着食用。同行的十几人大都不太能消受这种美食，但是我天性好奇，吃了一缸。卖缸子肉的老板和附近的食客都对我的勇敢表示赞赏。

另一件是一位朴实农民的故事。我们夫妻托本地人帮忙订了一辆驴车，去沙漠深处的热瓦克佛寺遗址。那里虽是县级文物保护单位，但是路不熟的人很难进得去并出得来。路上来回、参观留影，一切顺利。回到市里，车方停稳，我们见到去别处参观的朋友，大家聊起各自的见闻。这时候，我一回头，发现给我们赶驴车的那位农民不见了。三个钟头的劳顿没有报酬怎么行？打听了半天，知道了他的住处，我们就找到他家去，敲门一看，果然是他。原来他太朴实，见到我们谈得热烈，不好意思打搅，就静悄悄地走了。我把钱给了他，然后握手道别。两个素昧平生的人，一个有善意，一个有诚意，虽然语言不通，以后也不会有机会再见面，但是我相信，我们彼此都珍惜这次握手。

喀什是丝绸之路南、中、北三道的总汇之处，是名副其实的丝路明珠。喀什的早期居民是斯基泰人，它的文化兼有波斯、印度和中国风格。从喀喇汗王朝开始，喀什一千年来都是新疆的伊斯兰文化中心。

11 世纪，喀什出了两位著名的作家：一位是用回鹘文著作《福乐智慧》的玉素甫·哈斯·哈吉甫；另一位是用阿拉伯文撰写《突厥语大词典》的马哈茂德·喀什噶里。

新疆 1884 年建省后，政治中心移到乌鲁木齐。此后，一个相对宁静的、几乎与外界隔绝但又因此落后的喀什，延续到我第一次去旅游的 1987 年。现在的喀什变成了一个具有现代街道、现代建筑和许多衣着入时的市民的新都市。喀什老城区的艾提尕尔清真寺、阿帕克霍加家族的陵墓（香妃祠）都成了旅游热点，给这颗带有中世纪风味的丝路明珠平添几分璀璨。在卖乐器的地摊上，我以不高明的议价能力买了一把都塔尔（长颈二弦的弹拨乐器）。后来有维吾尔族的琴师告诉我，这把都塔尔的卖相和音色都很好，当初我付的价钱很值。

伊宁（旧称伊犁）是伊犁哈萨克自治州的首府。它是清朝廷治理新疆南北两路的伊犁将军的驻地；曾称雄全疆的准噶尔汗国也以伊宁为首都。伊犁属于汉代的乌孙国，被汉武帝嫁到乌孙的细君公主应该就住在今天的伊宁。

伊宁的西边有察布查尔锡伯自治县，这里生活着几万锡伯族人。锡伯族和满族语言相近，他们的先人被乾隆派遣，跋涉万里到伊犁戍边。如今满族人几乎都不会说满语，遑论读写满文了，但是远在新疆的锡伯族中还有不少人保持了他们的语文。据说北京故宫里整理满文档案的许多工作人员都是锡伯族人。

2005 年，我有机会两度到伊宁，第一次向西南方向去了察布查尔和昭苏草原；第二次朝西北方向，去了赛里木湖边上的霍城县和境内正在建设的霍尔果斯口岸。霍尔果斯自古以来便是交通要道，我在 312 国道的终点碑牌旁拍照留念之际，想到这条公路的交通将会很繁忙。哪知不到十年，"一带一路"出炉，霍尔果斯口岸成了霍尔果斯市，而它的吞吐量一定会超过内蒙古和东北各个陆地口岸！

历史上，新疆大体以天山为界，分为以游牧为主的北疆和以农耕为主的南疆，今天北疆草原上的牧民主要是哈萨克族。15 世纪，钦察汗国东部的白帐汗国分裂，一部分血缘相近的部落集体出走，被称为哈萨克，这是哈萨克民族最为可信的起源。18—19世纪，俄罗斯逐步占领了全部中亚地区，1864年又从清朝手中夺走了伊犁河流域的大片领土。许多哈萨克族牧民不愿意在俄罗斯的统治下生活，于是来到伊犁、塔城和阿勒泰地区游牧，受到清政府的接纳。

哈萨克族的语言虽然与维吾尔语同属突厥语族，但是生活方式却与蒙古人更为相似。

阿勒泰是新疆最北边的重要城市，飞机可以直达，人口中哈萨克族占很大的比例，许多哈萨克人都能说流利的汉语。

我们去阿勒泰是为了看喀纳斯湖。但我重要的收获之一不是看到了美丽多色的湖水，而是在去看湖的路上和导游的小女儿聊天。这位导游是新疆生产建设兵团的子弟，自己开一辆越野车做散客生意。我们出发的前一刻，他问能否让他的女儿也跟着去，并说她很乖，不会打扰我们。反正车上有空位，我们就同意了。上车一看，是个聪明秀丽的小姑娘。在几个小时的路途中，我们发现小姑娘知识挺丰富。说着说着，我们两个长者和这个八岁小姑娘居然背起唐诗来了。三个人轮流你一句我一句地背，这小姑娘居然撑了下来。

从我们在阿勒泰的经验看，担心中华传统文化将会被侵蚀、弱化的人，恐怕太悲观了！

在喀纳斯湖的几天还有另一个收获：我接触到了中国境内的图瓦人。

喀纳斯湖位于中国、哈萨克斯坦、俄罗斯和蒙古四国的交界地区。那一带的图瓦人生活习惯受蒙古人影响很深，却仍然说突厥语言。大多数图瓦人住在俄罗斯的图瓦共和国（唐努乌梁海），也有一些住在蒙古国西部。我过去从来没有见过图瓦人，也不知道新疆有图瓦人。我们参观他们的帐篷，听到一次神奇的乐器演奏。一位图瓦乐师能够把一片芦苇似的微小乐器放在嘴里，吹出两种不同但又和谐的曲调，像是演奏巴赫的赋格。巴赫的赋格需要用十个手指弹琴键，而图瓦人的小簧片却只要含在嘴里，用舌头和口唇来控制，就能吹出不急不缓的悠扬乐声。

"我到新疆去"的故事其实还没讲完。只要有机会，我会继续童年的旧梦想，再去体验新疆的新现实。

张信刚

香港城市大学荣休校长
北京大学及清华大学名誉教授

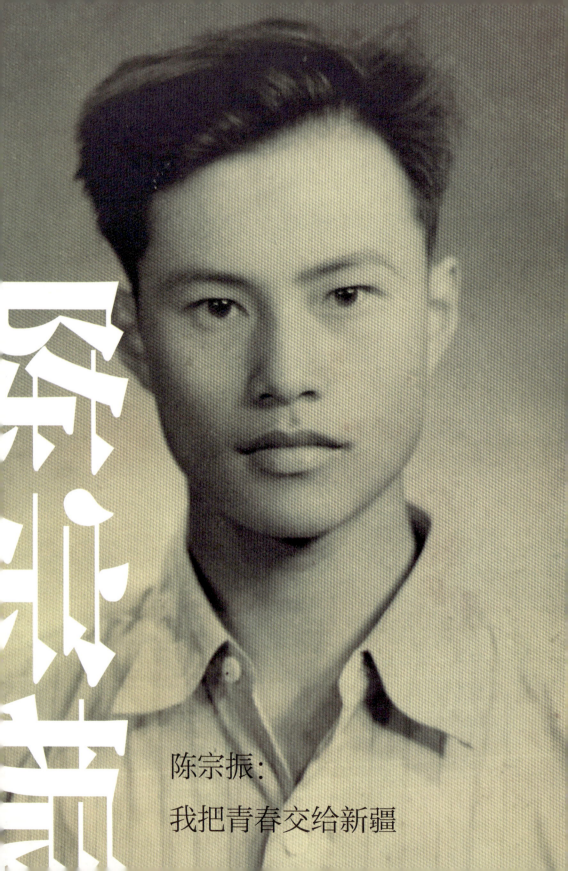

陈宗振：

我把青春交给新疆

我今年已经九十岁[1]了，学习维吾尔语在我人生中占了六十六年，直到现在还在继续。语言学是一门很有趣的学问，为什么这么说呢？语言的发展是历史的反映，发展到什么阶段，吸收什么样的文化，都会直接反映在语言上。所以学习语言，也就是学习一个民族的历史和文化。

我是江苏南京人，1950 年考上重庆大学的经济系。后来抗美援朝号召大学生参军参干（干部培训班），起初我还不敢报名，因为抗日战争逃难，我二十二岁才上大学，就特别珍惜这个上学的机会。那时，动员会上有一个女同学，大概十八岁，上台之后拿着刀片割破手指，写下了"抗美援朝，保家卫国"。我一看，哎呀，Beribir（维吾尔语：反正就这样了），就去吧，U Kizchaq Tursa（她怎么说也是个姑娘家），我再怎么说也是个 Eri（男人），就报名了。报名之后，团支部书记问我是去学东方语还是去炮兵干校。我说反正报名了，就服从国家需要，让到哪儿就到哪儿。过了两天后让我去希腊文教部报到。

就这样，我去了北京大学东方语系。当时系里有日语、朝鲜语、越南语，

---

1 在本书编辑过程中，陈宗振教授于 2018 年 2 月 13 日在北京逝世。

还有维吾尔语。我直接报了维吾尔语。1947 年，新疆省政府主席包尔汉，还有阿合买提江·哈斯木（新疆三区革命领导人），到南京参加国民代表大会。他们带的歌舞团里有康巴尔汗——到苏联留学过的舞蹈家。我当时看了这个歌舞团的表演，觉得维吾尔族的衣服特别好看，这个民族有意思，所以看到维吾尔语就报名了。当时一百五十个人中就我一个报了维吾尔语，然后学校又动员了四个人，跟我组成了一个班。

我从 1951 年开始学维吾尔语，1953 年去新疆伊犁实习，做土改、统购统销，以及人口调查中的口语人员。接着我去了《新疆日报》实习，做笔译人员。维吾尔语翻译成汉语对我来说很快，一天最多能翻译五千字，但汉语翻译成维吾尔语特别不习惯，不能很地道地把维吾尔语表达出来。看得懂语言但不懂它背后的文化就会这样，所以经常被老师改得满篇红字。毕业后，我分配到中国科学院少数民族语言研究所。1961 年因为维吾尔语文字改革，需要有语言学背景的汉族干部，我就去了新疆。我是二十九岁结婚，三十一岁有了大女儿，然后一家子都去了新疆，直到 1979 年调回中科院。我们在新疆待了十八年，我的二儿子和小女儿都是在新疆出生的。我和我爱人把大半的青春都放在了新疆，我这一辈子都在研究维吾尔语，对新疆的感情十分深厚。

大学毕业的时候，我维吾尔语的程度也就是入门。那时候学维吾尔语就是学报纸上的政治性、社会性的语言文字，脏话、成语、俗语、谚语等这些日常生活方面的语言会得很少，像给小孩儿擤个鼻涕、把个尿，我们都不会说。当年也没什么词典，碰到听不懂的只能马上记下来，过后再问人。我是毕业了二十年后，才能比较顺畅地听懂维吾尔族人开玩笑。这就不错了，有什么事还能吵架也是本事。

刚到新疆的时候，我感觉就跟去了外国一样。当时新疆人管新疆以外的地方叫"口里"。因为交通不发达，大家完全不了解新疆以外的地方，我的同事就常常问我你们北京有没有这个那个。中华人民共和国成立初期，新疆只有九所中学，很多干部都是初中学历，上高中的没几个，所谓到苏联留过学的，接受的也不是正规的大学教育。知识分子里也没有几个爱看书的，有空就一起吃喝、唱歌、跳舞。维吾尔族有一句话是"Ulemdin Baxka Tamaxa"（除了死亡，其他都是玩乐）。

在新疆生活的时候，经常会参加同事之间的各种聚会。我性子直，一说干杯，我就干了，然后人家说哎老陈你怎么没干杯。我说我刚干了啊。人家说没看见你干杯，然后就又给我倒了一杯，再接着干，最后喝到大半夜。婚礼、丧事，还有小孩子的割礼，我都去过。我们住的是"文改会"给我们的宿舍，没有厨房，只有一个灶台。1973年的时候，我们单位的少数民族同事花一天的时间帮我们盖了个小厨房，我们都很感动，觉得少数民族的朋友们都特别讲义气。我爱人在院子里还弄了个馕坑。我们的那些同事都来烤馕，大家在一起特别热闹。我们的生活方式、饮食习惯也都跟当地人一样了，我爱人抓饭做得都非常地道，连我女儿现在也会做抓饭了。

那时候，新疆各民族的关系非常好、特别融洽，我女儿当时在新疆上的是民汉合校。学校里，维吾尔族学生学汉语，汉族学生学维吾尔语。我对那个年代的新疆的印象就是大家在各个方面都互相尊重，一起搞建设，虽然工资不高，但非常团结。

我也感受到了很多文化上的不同，都是从生活中观察出来的。比如维吾尔族削铅笔是往里削，汉族是往外削；维吾尔族妇女缝衣服是从上往下缝，汉族妇女是从右往左缝；维吾尔族跳双人舞，就是Tangsa（交际舞），是往右转为主，这是向苏联学的，汉族主要是往左转；维吾尔族人蹲厕所是屁股朝外，汉族人是脸朝外……民族不同，好多的生活习惯都不同，这就是学语言的过程中需要学的文化，不然很多话就会理解错误，就像汉语里的"吃豆腐"除了表示吃之外还有摸的意思。说出来的话能听懂，但未必能明白内在的意思。

就在这个学维吾尔语的过程中，我慢慢研究它的历史。没有文字的历史都是传说，有文字的历史里，维吾尔语最早可以追溯到7世纪，距今一千四百多年，用的是鄂尔浑-叶尼塞文字。Uyghur（"维吾尔"）这个词出现在一千多年前，而它的汉字是在1935年定下的。维吾尔历史发展到什么阶段，就吸收什么词，比如鄂尔浑－叶尼塞时期，也就是唐朝时期，因为和汉族有政治和经济联系，吸收了很多汉字。比如汉语的"碟"，古汉语念 diè，到了维吾尔语变成 dik，后来又演变成 Tehse；汉语里"棱"，古汉语拼音是 lim，现在的汉语拼音把 m 变成 ng，但维吾尔语的拼音没变，所以维吾尔语里的一些词语保留了古汉语的特点。还比如纸，在古代汉语中叫构纸，也叫桑皮纸，古代维吾尔语是 kokte，传到西方，在阿拉伯语里变成 kegizee，然后又慢慢传回维吾尔语就变成 keghez。"纸"这个字在蒙古语里叫 cas，也是跟汉语有关系。

不同民族的文化在历史中相互影响。古代的维吾尔位于丝绸之路，东边是中原，西边是阿拉伯、波斯，北边是俄罗斯，南边是印度。中国、印度、阿拉伯、波斯都是文化大国，它们影响了维吾尔的宗教以及语言。维吾尔的中心原来在蒙古高原，回鹘汗国灭亡以后，往西迁，一支迁到了吐鲁番一带，一支迁到了喀什一带，其余的继续往西迁到了吉尔吉斯斯坦那边，然后接受了伊斯兰教，受到阿拉伯和波斯文化的影响。维吾尔的宗教经历了佛教、景教、萨满，以及伊斯兰教。宗教变了，上层建筑好多也变了。宗教对文化的影响体现在语言上，特别是维吾尔人在信仰伊斯兰教前后——主要就是察合台汗国时期，语言上有了根本性的不同。现在的维吾尔人有古代回鹘人、突厥人、阿拉伯人、波斯人，以及蒙古人的子孙。正是因为这些才使得维吾尔语里有很多来自这些文化的词汇，我们只有了解了历史，才能对语言有更深入的了解，也会对文化有更多的理解。

我这一辈子做了三件事。

第一件是学维吾尔语，做了维吾尔方言调查。维吾尔人待过的地方，我基本上都去过了。当时没有关于维吾尔方言的集体著作，只有一个叫 Mirsultan（米尔苏力坦）的人做了一个维吾尔语方言调查，但是没有集体的力量，好多资料还没有用到。等我们从各个地方调查完之后国家就开始了反右派的政治运动。当时研究所有一百多个人，五十多人调查维吾尔语，最后都解散了。我们在研究所的就回研究所，民族学院的老师回民院。这个事就完了，第一件事失败了。

第二件事是从 1959 年到 1982 年的维吾尔语文字改革，最后也是以失败告终。这件事的历史背景要从 1950 年说起，当时苏联希望中国的文字都能用斯拉夫字母，这样对他们来说比较容易输出自己的文化价值观。但毛主席和周总理认为拉丁字母在全世界通用，就没有用斯拉夫文字，同时周总理说今后少数民族创造文字或者文字改革的时候也尽可能用拉丁字母。后面我们就是按照这个原则设计维吾尔新文字方案的。

当时新疆的领导人以及社会各界的干部、知识分子，还有阿訇一起开会通过决定后，成立了新疆维吾尔自治区文字改革委员会。因为需要语言学的专家，就把我从社科院派了过去。维吾尔文字拉丁文改革方案，我从最初参与到最后，从设计方案到推行改革，但推行的时候立刻遇到了很多困难。1965 年通过了文字改革方案，第二年"文化大革命"就开始了，让下面干什么都不听。

一次文字的改革不单是三十多个字母的替换，而是几十年读写习惯的改变，这需要很长时间的练习。我们有很多很好的措施去帮助大家学习新文字，并且在实际运用中能够不停地练习。当时学生、农民等都学了新文字，但在政府部门的实际使用上有了很多分歧。也是和当时的大环境有关系，最终新老文字在改革过程中由于种种原因没有衔接上，到后来又因为各种因素，到了 80 年代初没有能善终。最直接的后果就是导致在改革期间已经按照拉丁字母学习了本民族语言的两代人，到了 80 年代初文字改革结束后，一下子成为文盲，因为他们没有学过老文字。"文化大革命"结束之后，我在 1979 年回到了北京，1982 年新疆恢复了老文字。对我来说，我花了几十年时间，投入了很多心血在这个文字改革上，到最后也都是 Bika（荒废、白费）了。

不管怎么样，这已经是历史了，但是最近又有些人说我们还是改改新文字。我说："不行，现在不能这样子，一个民族的文字哪能这么开玩笑？当时改革是二十多年翻一个个儿，现在四十多年过去了，出了多少书，你怎么解决这个问题？"对于我来说，我对文字改革这件事有我的感慨，而历史已经这样形成了。

第三件事是研究 Serik Uyghur，也就是裕固语。在中国，我算头一个研究裕固语的语言学家，国际上第一个研究裕固语的是一个叫马洛夫的很伟大的语言学家，但是这个苏联人分不清 j、q、x。裕固人不懂俄语，马洛夫的调查就很困难，所以好多裕固语的笑话也弄错了。我呢，算是重新研究了裕固语，这才算是做成了一件事。

退休之后，我把关于裕固语这一块儿的研究写了一本比较厚的书。因为我是学维吾尔语的，我想我应该写一个关于维吾尔的东西，就写了《维吾尔语历史研究》。我这一辈子最重要的关于维吾尔语的成果，除了一些论文，就是这本书了。现在学习维吾尔语的汉族人也有快两万人了吧，除了北京之外，新疆、兰州等很多地方的大学都在培养汉族人学维吾尔语，但真正学到家的没多少，搞研究的就更没几个人了。学习语言很不容易，学到最后就是深入了解这门语言的历史和文化。

陈宗振

中国社会科学院研究员
语言学家

我到新疆去

王世杰：

不了新疆情

日子太快了，人生苦短，转眼年逾古稀。

我的人生按地域划分为四个阶段：天津、新疆、河北、上海。祖国大地似锦绣，辽阔自由任我走。1964年高考过后，接到了新疆和田师范学校的录取通知书，9月赴新疆，走进那个学习维吾尔语的大专班报到，后来分到文化单位工作。在和田学习和工作了十七个年头，可以说是一个在和田成长、成熟起来的汉族巴郎（小伙子）。

新疆是个奇怪的地方，在新疆的时候，总想着调回去；而回去之后，却又撕心裂肺地思念着新疆。我就是经历过这种内心折磨的人，其他人可能无法体会到。在我回去后的三十多年里思念新疆的心情始终难以平复，一直与新疆保持着工作联系，仍在为新疆做着力所能及的事。2000年以后，为了我的第一部书采风，我终于有机会回新疆探望，以后又先后五次西行回望我的第二个故乡。

20世纪60年代中期，新疆少数民族的基础教育中极度缺少汉语教师。经批准，新疆乌鲁木齐、塔城、喀什、和田等地的师范学校开始组建维吾尔语言文学大专班，简称"维专班"。我们是1964年被招进的第二届和田维专班的学生，大多数人来自天津。岂料，学路坎坷，学业中途，便全体参加了农村的"社教运动"（"社会主义教育运动"，也称"四清运动"），后因需要，相继分配了工作。1965年又再次招生，学生大多来自北京、天津、辽宁、内蒙古等地。岂料，第二年"文化大革命"开始了，学生全部下乡成了"知青"，然后历史重演……我们这两届学生大多数都被分配到了汉族学校当教师，可以想象，当时的新疆是多么需要教师。而且，随着汉族人口的增加，汉族中小学教师短缺严重。

我们这些大专学生多出身成分不好，在和田很快就传开了，说我们都是地主、资本家的子女，走在大街上都会被人指指点点，鄙视敌对的有之，羡慕眼红的有之，垂涎三尺的亦有之。但我深知，这百余名学生中不乏品学兼优者，他们大多是因为政审不合格，被盖上了"不宜录取"的红戳，这才在第二轮报名中选择了远在边疆的"维专班"。当然，也有第一志愿就报了新疆"维专班"的，或是主动放弃第一轮高校录取机会，转而再报"维专班"的。积极、上进，一颗红心报效祖国，踊跃投身边疆建设，已经成为我们那一代青年学生的政治抱负和主导思想。

1964年9月，我背起行囊，从天津经北京前往新疆，从此踏上了人生的征程。那年，乌鲁木齐通火车还不到两年。我们乘卡车，用了七天的时间走完了漫长的2024千米的石头公路，最后到达了和田。一路颠簸，满目荒凉，我们满脸满身都是尘土，连嘴巴里也是，围绕着塔克拉玛干沙漠走了一个完美的"C"字。那时在新疆，大巴车凤毛麟角，拉运乘客的车多是卡车，车上安装个木头棚子，后边是开放的，可以上下人，两侧木板各开了一个小窗口，如12英寸的电视机，连续播放着沙海边沿路的风景。

学校里全部是维吾尔族的同学，有利于互相学习语言。大家苦练维吾尔语中几个最难的发音，首先是生硬的"舌后音"，还有特轻的清辅音，极难掌握，都是汉语言里绝对没有的发音。维吾尔族的同学还有汉语课，向我们学习汉语发音，他们最大的困难就是汉语的四声"阴平、阳平、上声、去声"，学不好这"四声"，就讲不出标准的汉语腔调来。

老师曾叫我们每天向维吾尔族的同学学一句维吾尔语，次日的课堂上要抽查。那时候年轻、调皮，我竟然学了一句"Nang kiqik, Ax suyok"（馕太小了，饭太稀了），引来哄堂大笑。也是事出有因，同学们都是十八九岁，风华正茂，饭量很大，家里平时会寄些补贴来，我父母亲每月寄给我五斤全国粮票和五元钱。学校也是全心全意改善伙食，包括调换厨师、增加副食品等。记得有一次，维吾尔族的校长心疼我们这些外地来的学子，带领我们到春花公社的一个大队，宰了一只羊，炖了一大锅手抓羊肉，叫大家吃了个够，那真是一次煤油灯下的羊肉盛宴、饕餮羊肉的洗礼。有生以来，头一次这么猖狂地吞食美味的羊肉，书生我从此一辈子爱上了羊肉。

维吾尔族和汉族同学之间互相了解对方的风土人情，学习对方的风俗习惯。例如，用流水洗手洗脸，此法更加卫生、干净，这个好习惯影响了我一辈子，时至今日，我七十多岁了，从不用盆盛水洗手洗脸，一直保持用流水洗。20世纪60年代中期，中华人民共和国成立十五六年，因为路途遥远、交通落后，边疆地区相对封闭和落后，少数民族的同学也向我们学习一些好的生活经验，比如什么样的牙膏、牙刷更好一些。

刚到和田时，衣着的差异也曾令我们疑惑。我们维吾尔族的老师和校长，都是戴着当时流行的蓝色硬壳大檐帽。有同学竟然问他们以前是不是在铁路局工作。老师们捧腹大笑。这种大檐帽的流行是受苏联的影响。我想起苏联电影中的斯大林和苏联的年轻学生都是戴着这种蓝色的大檐帽。新疆地处欧亚大陆中心，是欧亚交通要冲，深受周边文化的影响。

维吾尔族妇女的服装五颜六色，非常亮丽。2008年，和田申报的维吾尔族服饰经国务院批准列入了第二批国家级非物质文化遗产名录，它具有鲜明的民族文化特色，具有典型的传承性与地域性。其中，妇女的花帽就是一大特色。和田最流行的是奇曼花帽（奇曼塔什干朵帕），上面的绣花是对格刺绣几何形纹，以米字为骨架，花枝叶交错，色彩对比强烈，火红闪耀如盛开的花丛。

另一大特色是"艾特莱斯"，它是流行于我国新疆和中亚一带的丝织物，主要用于民族服装与装饰，亦称为"和田绸""土花绸"，在国外亦称为"舒库拉绸"。这种绸料的染料大多来源于天然；它的图案花纹已经进入了一种"准抽象"的范畴，简单的几何图形长短、曲直、疏密、松紧相宜，使得空间虚实布局得体，而排列大胆、粗犷而流畅；它的色彩是以少胜多，每块绸料一种底色，然后加上一种或两种主色形成基调，给人三色平衡的感觉，也有的添加少许其他色彩，但整个绸料色彩冷暖相间、和谐统一。

维吾尔族的妇女最喜欢穿的衣衫就是"艾特莱斯"。"艾特莱斯"已经成为维吾尔族妇女的标志性服饰，有着强烈的民族特点和魅力。

我曾经陪着北京来的一位专画丝绸之路的油画家，站在和田文化宫二楼阳台上俯瞰街上的人群。他感慨地赞叹说："维吾尔族妇女的服装简直太漂亮了！"尤其是艾特莱斯丝绸，把世界上最美丽的颜色放在了服装上，绽放出妇女爱美的本性。真的要感谢阳光，它给予人间各种各样的色彩。我深信，只有保留住了文化的多样性，世界才如此美好。

当年，为了响应中央的号召，大中专学生必须参加"农村社会主义教育运动"。我们"维专班"的学生被整编到各个社教工作队和工作组，来到了农村，一边在实践中学习维吾尔语，一边参加社会实践，锻炼自己。我们与贫下中农一起出工劳动，住在一个屋檐下，同吃一锅饭，喝的是用紫铜乔贡（壶）烧开的涝灞水，用的餐具是木碗、木勺子。每天基本的饭食就是"乌玛希"，即苞谷面熬制的糊糊。干粮主要是苞谷馕、青稞馕，白面馕是稀罕之物。这些食物，开始吃时难以下咽，后来吃起来竟是如此香甜！过年过节，我们也吃维吾尔族阿娜（Ana，维吾尔语妈妈、阿姨的意思）做的拉条子，放了"品萘"（Pinnai，类似薄荷的一种香料）的汤面条，还有胡麻油做的放了"比叶"（Biye，类似木瓜或梨的一种新疆水果）的抓饭。品萘、比叶的香味已经久违了，那是我一辈子也忘不掉的味道。

后来，我用学校发的生活费在大队小卖部买了一套餐具——一个底上印有一条红鲤鱼的搪瓷盆和一个不锈钢调羹。墨玉县上游公社某大队的房东古丽夏迪汗总是先用双手把我的搪瓷盆放在炭火上转动着烘烤，烤热后再把糊糊或汤饭盛在里边，说这样能保温，吃热的饭食不会伤害我的胃。老人家顿顿饭如此做。这种温暖、这种民族的感情，怎能叫人忘怀？几十年过去了，老人瘦高的身材，头上扎着的那块白色的、陈旧的土布头巾，以及慈祥的笑容时常闪现在我眼前，每每想起，常常眼圈湿润。

古丽夏迪汗的丈夫是位个子不高的老实疙瘩，耳聋，不善交流，整天除了出工劳动就是微笑。当年夫妻俩六十岁出头，有一个六七岁的儿子，瘦弱娇小，尚未上学，名叫米吉提。当时不解，偌大年纪的两口子，怎么会有这么小的儿子？这里边的故事成为我心中永久的谜。

我永远感激那段在维吾尔族聚居的农村生活，有酸苦，更有香甜。我参加三期社教运动一年半的时光，没有做天涯过客，而是经历了我人生旅途的重要阶段，除了工作责任和压力之外，也锻炼了工作能力，以及维吾尔语的语言和文字能力，了解了他们的生活，并深切认识了偏远贫穷的底层农民的原生生活状态。广大维吾尔族农民的淳朴、善良也深深影响了我的人生，从此让我多了一份深沉和成熟。

维吾尔族的村落里，不管谁家人外出，不用锁门，只用把门鼻儿扣上，插上一根麦草或一根小树枝，目的只是告知家中无人，而不是防范盗贼，也有的是用一团湿的沙土封住门鼻儿。和田的沙土也是有趣，只要无人触动，即使水分蒸发变干了，也仍然会原封不动地封住门鼻儿不会掉落，而"告知"与"防范"可是两种天壤之别的心理呀，这充分彰显了维吾尔族农民兄弟的无比纯洁的心灵。

他们还有着一种朴素的真诚和平等待人的情结。家里来客，无论是县长、高官，还是普通百姓，抑或是贫穷的陌生人，他们端出来的都是一样的馕饼、一样的馓子、一样的方糖、一样的奶茶、一样的羊肉。从他们身上，我学会了对人要真诚、坦率，心中永远明媚，朋友就永远会在你身边。

后来，我被分配到了文化宫（群众艺术馆）工作，三四年后，又调入了和田地区新玉文工团，就是后来的新玉歌舞团。这是周恩来总理于 1965 年在北京亲自接见他们后命名的。由于我通晓维吾尔语，与少数民族的同事们更是结下了深厚的友谊，大家互相学习、互相尊重、互相帮助、互相体谅，亲如兄弟。

在歌舞团，我开始了舞台美术的工作，也曾上台做过演员，然而更多的时候是创作节目。我笔下的小歌舞，歌词用汉语，道白用维吾尔语，无论哪个民族的人基本上都能看懂。有的作品经久不衰，为观众喜闻乐见，有的作品被文化部选调去北京演出，有的作品参加全国会演获得金奖，有的作品登上了央视春晚的舞台。

1981 年年初，父亲在天津患重病，无奈之下，我举家调回了距离天津最近的河北省的一个地级市。从此，我离开了第二故乡——和田，结束了我人生韶华青春的十七个年头，结束了我平凡而又绚丽的新疆岁月。与新疆割舍是剧痛的，回去后则是痛上加痛，为家父健康的忧虑，不适应湿热多雨的气候，以及陌生的人文环境，我连续数月整夜望着屋顶的秫秸靶子失眠……人在河北，魂在和田，长久忍受着人、魂分离的痛苦。新疆，和田，成了我最难忘、最美好、最刻骨铭心、最幸福甜蜜的记忆。

我离开和田时，和田歌舞团的老团长、地区文化科科长托乎提·库尔班语重心长地对我说："我们真的舍不得放你走，你是维吾尔的儿子。可你的情况特殊，我们也同样舍不得卡住你。你回到口里以后，还要为歌舞团工作，为和田工作。你那里就是和田办事处，就是和田歌舞团的一个站。"

1982 年，和田地委宣传部副部长白克尔·司马义来北京中央党校学习。他把我叫到北京，给我做了一天的思想工作，劝我回去……一位喀什地区维吾尔族女性副专员也拍着我的肩膀直言不讳地说："新疆不应该放你，新疆需要你这样的汉族同志……"和田新玉歌舞团的同志们对我有诸多赞美之词，然而，我牢记心胸的只是一句话，说我"曾经 Kaladaik ixilaiydo（像牛一样地工作）"。有此赞誉，我感动万分，心已足矣！

1983 年，父亲病故，年仅五十八岁。当时，祖母尚且健在，但已风烛残年，我作为长孙，成了她的精神寄托。在赡养祖母四年之后，老太驾鹤西去，我完成了父亲嘱托我的为祖母养老送终的遗愿。

我回去后，仍在为新玉歌舞团努力工作。他们每次过来演出，包括 2010

年来上海参加世博会数月的循环演出，我负责他们的外围工作，解决方方面面的难题。很多少数民族的朋友过来办事，我都为他们联系、安排，力尽地主之谊。更有从未间断过的任务，就是这多年来仍在不断为他们创作新节目。调回来后，解不了新疆情，我曾六次重返故地，回望绿洲，出版或发表了三十多万字的散文和回忆随笔。我只期盼着，新疆的桑皮纸等民间手工业技艺都能得到很好的保护和传承，期盼着我的第二故乡和田平安富庶，祝愿新疆各族人民团结，一道大步跨入中国特色社会主义新时代，实现复兴中华的伟大梦想。

如果托乎提·库尔班老团长在天有灵，我可以坦然平静地对他说："老领导，我没有辜负您的嘱托，我仍在为歌舞团工作，为和田工作。"

王世杰

文物考古学家

我到新疆去

挑

战

我参与《我到新疆去》纪录片拍摄的原因很简单，因为我出生在新疆，是一个"疆二代"。我父母都是南方人，20世纪50年代到乌鲁木齐，在那里相识、结婚。我小时候上的是厂矿子校，上大学之前基本没离开过乌鲁木齐。在工厂大院里，汉族、维吾尔族等各民族朋友都是住一起的，我们的邻居就是维吾尔族家庭。我每天和维吾尔族小孩一起玩耍，可能唯一的意识就是他们不能来我家吃饭，但我们经常会在节日或婚庆时受邀去维吾尔族朋友家里做客。

我在80年代末离开新疆上大学，后来在北京定居，因为工作繁忙，很少回去。所以我对新疆的认知几乎一直停留在高中阶段。2009年7月6日凌晨，我从新闻上得知那边发生的事，整个人顿时蒙了，没有丝毫的心理准备。我不知道这么多年来积累了那么多的问题，感到非常震惊，可以说是锥心之痛。后来我在电视上看了《我从新疆来》后，十分感动。我觉得只要有人能打开一扇窗户，让外面了解真实的新疆，我们都会非常感激他。不光是从电视工作者的角度，而是从一个普通新疆人的内心情感来讲，我很尊重这样的人。他是在为我们出生的地方做一些好的事情——从普通人的基本情感出发，让外面的人知道，这里生活着两千三百万老百姓，他们跟别的地方的老百姓一样，在努力工作，谋求平静幸福的生活。把他们日常的喜怒哀乐，把这些真实和平凡的一面呈现给大家，是一件特别好的事。很多年来，大部分人对新疆的印象只停留在一个概念上，因为他们不像我们在那里生活过，没有一种切身的体验。

乌鲁木齐其实算是一个移民城市，有很多移民城市的特点。几十年来，这里混居着天南海北来的各族人民，带来各地的方言、习性和丰富多样的文化。我们"疆二代"对新疆的感情特别复杂。我们的父辈已经老了，不少人可能还想落叶归根，回到自己的老家，他们对于故乡有一种天然的情感。那我们的老家在哪里？籍贯对我们而言就是表格上的几个字。我对老家的印象就像口里朋友对新疆的印象一样，只停留在概念上。上大学后，有人问我是哪里人，我一直说自己是新疆人。随着年龄的增长，我慢慢发现，其实所谓的真正"故乡"，不过是那个你的心安放得最舒服的地方。

作为新疆人，我还是挺惭愧的，从小在乌鲁木齐长大，几乎没有去过新疆其他城市或地区。这一次有机会参与《我到新疆去》这个项目，感触很多。我也要"到新疆去"了，要去重新认识那个对我而言已经"陌生化"了的地方。

"挑战"这个题目对于任何编导来说都是一个很好的题目，因为无论你到新疆工作或生活，都是天然构成的一种挑战，这是这个题目的先天优势。从选题之初，我就很明确地要找一个南疆的题材，我一定要以一个"旁观者"的角度观察一下真实的南疆现在是怎样的，它为什么变成现在这样。通过朋友的介绍，我找到了黄震飞，一个在南疆生活了二十多年的南方商人，玩大画幅相机的摄影发烧友。

除此之外，我一直认为这一集还需要一个体育产业的代表，因为新疆这几年的体育事业发展很快。后来几经周折，经过总导演库尔班江的不懈努力与协调，终于获得了拍摄李秋平的机会。可以说，他是这个题材的最佳人选。后来我又找到了一个来新疆寻找到爱情的韩国人：美发师安钟旭。这次我选的三个主人公都是纯爷们儿。在我心目当中，新疆是雄性的，辽阔豁达，不惧任何艰难险阻。他们"到新疆去"的经历就是这种感受的直接表达。

人有一个很普遍的习性：当你听到一个名词时，首先会对它有一种概念化的倾向，特别是那些离你比较远的人或事物。比如你听到"新疆人"三个字时，脑子里马上会冒出一个抽象的概念。其实每个人都是具体的、生动的，各有差异。又比方我们说"韩国人"，既有特别勤劳的人，也有懒蛋、坏人、政客、小偷……但是作为一个总体概念来讲，韩国人应该是什么样的？把一个族群概念化也就是标签化了，"贴标签"其实并不好，会影响你对个体的客观认知与判断。

安钟旭就是一个很独特的韩国人。

安钟旭这个人很单纯，心地也特别善良。他从十几岁就开始学理发，这一辈子就想做好这一件事情。他到新疆后既收获了爱情，又拥有了非常好的事业，习惯性地不停做好事去回报这里的父老乡亲。他对钱和物质没有太多概念，很享受帮助别人时获得的精神上的认同感。

我们都知道不同地域长大的人，在性格和生活习惯上是有一定差异的，更何况是来自不同国家的两个人。当安钟旭向甘肃姑娘史记芳求婚时连汉语都不会说，他让一个朋友把中文"嫁给我吧"用韩语拼音写给他，反复练习了两天后向她求婚，但是没有成功。他就努力学习中文，只用了二十天就能够用汉语进行日常交流了。他的执着和真诚最终打动了小史。他们互相吸引对方的根本还是因为有共同的价值观，对事业很专注，内心向善，不是完全为了金钱而工作。他们现在有三个非常可爱的儿子。

由于时长限制，《挑战》这一集里的每个人物都有表现得不充分的地方，其中最明显的就是黄震飞。他的经历实在是太丰富了。我去喀什预先到他的农场访问，没有想到那里那么偏远、土质那么差、环境那么艰苦。整个农场有四千两百多亩地，养了两千多只羊。作为农场主，他无论如何也算是个有钱人，但平时过的却是非常简单清苦的生活，住两间水泥板房，和工人们一起吃饭、下地，起早贪黑，很少上网，最大的乐趣就是在农场干活，和我想象中的农场主完全不一样。后来正式拍摄时见到他，发现他比预先访问时又晒黑了不少。他对金钱有自己独特的观念。比方说在拍摄期间，他对纪录片也产生了兴趣，加之大女儿刚刚考上北京电影学院，就向我询问摄像机的价格。我说好一点儿的机器要二十多万，他想也没想就说："还行，半台拖拉机的价格嘛！"

他的农场对附近乡村的贡献很大。因为甘草和其他农作物是错季种植和采收的，农民们在农闲时来帮忙就够了。这样农民们在原先收入的基础上，还能每人每年多两三万元的额外收入。而且他的农场常用工都在二十人以上，这二十多个人就是二十多个家庭，还不算临时来搭工的老乡，所以对当地的扶贫工作贡献很大。我印象特别深的是，有一个在他手下干了五六年的维吾尔族农工，叫吐尔逊江，自己刚买了一台八万多元的二手大型农用拖拉机，黄震飞很自豪地说："看，现在我的工人都自己买拖拉机了！"

他玩大画幅相机的爱好也吸引了我。这二十多年，他去过南疆的每一个乡镇，拍过很多很棒的摄影作品。我一直觉得他是一个南疆的观察者，这也是我为什么专门用了"稻草人"这个意象。他始终以一个平和的心态去捕捉生活中最平凡的事物，所以他的作品里有其他摄影师不具备的那种松弛和随意的、生活化的内容。最初他只是一个业余摄影爱好者，后来变成器材发烧友。他不满足于此，就开始研究怎么做大画幅相机，后来找了一个合伙人，在浙江老家开了一家大画幅相机的制作工厂，品牌叫沙慕尼，占全球大画幅相机 60% 的产量，甚至周润发也买了四台作为收藏。前几年，他退出了相机厂的全部股份，专心做农场。

他是一个充满了好奇心、求知欲，并且学习和动手能力超强的人。用他自己的话说："凡是自己感兴趣又不懂的事情，一定要弄明白才罢休。"他开农场，生生把自己做成了一个土壤改良专家和甘草种植专家。他从南方引进了三百多只湖羊，但因湖羊不适应南疆气候死了一百多只，市面上又没有相应的量产疫苗，所以他就自己亲手做疫苗，用三年时间改良品种，让湖羊完全适应了南疆的气候。湖羊的产羔率远高于本地滩羊，他又繁育种羊，把养殖技术毫无保留地传授给当地农户。他还喜欢骑越野摩托车，在农闲时会骑车去自驾游、去拍照，他妻子就开车在他身后给他做后勤保障。他们俩是典型的夫唱妇随。有一次我问他妻子："你自己有没有什么兴趣爱好？"她想了一会儿，回答说："还真没有呢！就是他喜欢什么，我就跟着干，反正他做的事都挺有意思的。"有一次拍摄他们在屋中煮咖啡聊天的片段，结果他们商量农场的各种安排聊得太投入，都忘了我们在拍摄。他们很享受在一起做动脑筋的事，两人相濡以沫，是一对很让人羡慕的夫妇。

李秋平是一位非常优秀的篮球教练。当我得知可以拍摄他时，在网上看了几乎所有关于他的视频资料，最大的感受是每位取得成功的人都曾承受很多常人无法感同身受的压力，经历过很多不为人知的艰难与挫折。李秋平在四十出头的年纪就带着姚明让上海队夺得了 CBA 总冠军。但那一年也正是他人生中最为艰难的一年。当时他的妻子得了重病，在夺冠前夕离世，他当时顶着巨大的悲痛拿到这个总冠军。当时记者现场采访他，问他接下来有什么打算，他说，他要做的第一件事就是赶到妻子墓前，把夺冠的消息告诉她。

后来，他的爱徒姚明从 NBA 退役后收购了上海大鲨鱼队，出于俱乐部配置结构调整的考虑，解除了李秋平的教练职务。他在事业上一度陷入低谷。出于对篮球事业的热爱，他选择远赴美国 NBA 学习进修。

在美国，他不仅学习考察他们的篮球理念，还重点研究他们的商业运作模式。回国后，李秋平首先执教青岛队，兼任俱乐部的总经理,仅用一年时间就把青岛队带到CBA联赛第四的位置，获得了当年的 CBA 最佳教练奖。他真的是一个将帅之才，有坚定的信念、宽广的视野和强大的掌控力。他平时就住在队里，办公室和宿舍是一体的，每天四五点钟起来看录像回放，做战术分析，是一个极其敬业的人。

李秋平对自己的爱徒姚明有很大的期待，期待他作为中国篮协新任主席能带领中国篮球一步一步走向世界巅峰，这同时也是包括他的师父孙月根在内的几代中国篮球人共同的梦想。从这个意义上讲，李秋平的故事已经超越了"我到新疆去"这个相对狭隘的概念。姚明从最初李秋平精心培养的篮球少年，如今成长为中国篮球掌门人，他们俩思考的是中国篮球的未来，这是一种更大意义上的挑战。

这一集中的三个人物的最大特点就是他们非常热爱自己的事业，这是他们取得成就的前提。当你特别热爱一样事物时，你就不会觉得辛苦，会坚定地往前走，面对挑战永不言弃。就我个人而言，最大的遗憾是节目的篇幅，因为他们每个人都值得用更长的篇幅去更深入展现。人物短片毕竟有它自身的规律，不可能把人物内心那些挣扎纠结的部分展现得太多。如果这一部分能展现出来，我相信能引起观众的更多共鸣。

每个人物的出场方式，我都有详细的构思和设计，从出场就展现出人物本身的职业特征和个性。拍摄过程也比较顺利，这种顺利是建立在前期详尽的拍摄计划上。整个拍摄周期的安排和每天的拍摄内容都列得非常详细，也很紧凑。我们团队的创作氛围特别好，拍摄时，我的状态也非常专注，每天都在想拍摄的事情，心无旁骛，而且会提前把后几天可能会出现的问题和隐患都排除掉，留出机动时间，防止天气等意外因素影响工作进度。但最重要的还是三位主人公的大力配合，我非常感激他们，能因拍摄与他们结缘，对我是一种荣幸。

文／吕克

他是姚明的恩师，曾带领上海男篮摘得CBA总冠军。2015年他与新疆队签下三年合约，承诺『两年内带领新疆队夺得冠军』，现在他做到了。

李秋平：

凝聚力
是夺冠的重要动因

籍贯：上海
职业：篮球教练

我是 2015 年 6 月来新疆的，现在已经是第三个年头了。在 2015 赛季，我在山东青岛带双星队。带完以后，2015 年新疆广汇俱乐部董事长来找我，希望我能来新疆接手这支队，但是我当时没有选择新疆。

当初没选择新疆的原因，一个就是距离比较远，一旦赛季开始，路途上消耗的时间太多。另外，新疆整个俱乐部的要求都比较高，就是要拿冠军。在青岛打完比赛以后，我在上海休假，广汇俱乐部的总裁兼董事长到上海，我们当面聊了一下。就短短一个小时吧，我就下决心来。聊的时候我的感觉就是，整个广汇从上到下对篮球是很热爱的，总裁甚至谈到流泪。我想俱乐部可能有很多的目标，但一般的总裁可能不会像他那么动情，对篮球投入那么多的感情。就是这一点我没想到，也是这一点深深地打动了我。

还有一个巧合，我在青年队时的孙月根教练，曾在 20 世纪 70 年代来新疆带女篮。那么实际上，我这次来也是追随着我师父。所以我在做这个决定的时候，跟师父也沟通了一下，征求意见。孙月根教练说："那你去吧。"

除了我带上海队比赛的时候来过乌鲁木齐，新疆的其他地方我都没去过。当时就是今天到了，明天打完比赛，后天就走了。了解新疆的机会就是坐车，从机场到酒店，从酒店到球场，就在路上这么看一看。我想象当中新疆很漂亮，这种印象是从电视纪录片中得来的，我没有机会到新疆各处转一转。

我看中新疆队有那么多优秀球员，有非常强大的实力，带这么一支球队，有很大的机会去夺冠。但是，这支队为什么老拿亚军，拿不到冠军？这里面的问题有很多。我来之前就分析，这支队最大的障碍可能就是凝聚力不够。球队的大牌球员太多，都是国字号的，有退役的，有现役的，有国奥的，大家在一起凝聚力可能会比较差一些。如果这个问题解决了，这支队夺冠的概率就非常大。给这支球队当教练，当时的压力是非常大的。到了新疆，第一年我就用来了解这支队伍。

新疆队的特点就是防守好，有拼劲，进攻得分点很多。大家都想夺冠，这是大家的目标。但是在夺冠过程当中，训练、比赛当中，每一天的工作当中，大家的想法不一样，队伍的凝聚力不够，队员相互之间不是非常信任，都是我怎么样，我怎么样，先从"我"这里考虑。通过这一年的工作、比赛，我反复地跟他们沟通，不光是开大会，还经常把队员叫到房间来，或者我到队员的房间去，跟他们讲。我就说："我们现在都想拿冠军，你们每个人也想拿冠军，俱乐部从上到下都盼望着拿总冠军，为什么实现不了？问题就在于大家心不齐，没有合力。为了球队的总冠军这个目标，大家现在必须做出牺牲。"大家在思想上慢慢沟通，然后通过比赛来实践，使他们认识到这么做是有效果的，然后他们才会相信你——我们要为了总目标，做出自我牺牲。

其实到新疆压力非常大，我也给自己定了一个时间表。对新疆队来说，拿亚军不算完成任务，而算失败。实现这个目标的时候很开心，那么大一个目标。我说的"大"不光是总冠军，关键是时间段，我定了两年。我跟整个教练团队坐下来聊的时候也说，我们这两年的付出没有白费。大家几乎很少出去，我有时候一个星期都不出楼门，就待在这栋楼里，准备训练，看录像，准备第二天的比赛，比赛完了又准备后一天的针对性训练，就这么循环。两年的付出得到了回报，非常开心。

我们广汇从上到下对这个总冠军渴望已久，特别是广汇主席。他自己酷爱篮球，每周要打几次，球队提什么要求，他几乎都会满足。他的目标就是拿总冠军。在男篮历史上，新疆维吾尔自治区从来没有拿过冠军。而新疆人民非常喜欢看篮球，每到联赛，球场都非常火爆。南疆北疆的人们也都在收看电视转播，在议论这个。他们对篮球非常热爱，对男篮寄予厚望，非常期待广汇男篮能够拿一个总冠军。以前没有这个实力，差距太大，但现在已经拿了四次亚军。所以，我们这次算是圆了大家的梦。

时隔十五年，再一次夺得总冠军，开始也没去想那么多，主要是为了完成这个自己给自己定的目标。他们就说，你是唯一一个带了两个不同的队拿冠军的人。

夺冠以后，体育局的领导说，要给你一个惊喜。我也不知道是啥惊喜，后来我才知道，新疆维吾尔自治区给我颁发了"开发建设新疆奖章"。这么一个荣誉给我，我没想到。我师父当初来新疆，现在我也沿着我师父的足迹来了，想想蛮有意思的。我以前从来没有想过会到新疆去，更没想到还能获得这么一个奖。这对我说来挺有意义的。

至于怎么看待过程和结果，实际上你看到的是你一年或者几年工作、努力付出的结果，但这个结果往往并不和付出成正比，也有一辈子搞篮球没有达到这么高目标的。但是你不去努力，肯定达不到。我们今年拿了冠军，实际上是新疆队前面一代一代人，或者说那么多年不同的教练带领下一路走过来的结果，是大家不断付出、积累，到最后慢慢开花结果的这么一个过程。

现在新疆对体育的投入越来越大，普通老百姓中体育受关注的程度也越来越高。以前你去打了，打好打坏很少有人去关注，但现在不一样了。改革开放以来，新疆的篮球、足球等很多项目水平都在提高，像这次天津的全运会，新疆拿了不少奖牌，整个体育发展得很快，势头很猛。而且我认为，新疆的球迷非常热情，同时又非常本分，不会去指着骂，很少听到新疆球迷骂客队的，他们甚至会鼓励客队。这么多年下来，在各个地方待过，我觉得新疆的球迷是最热情、最友好、最友善的。

教练能碰到天赋好的苗子，然后又能够把他培养出来，是非常幸运的。我带上海队的时候有姚明，带新疆队时又有周琦，他们两人都去了NBA，这是非常幸运的。反过来说，队员也希望有好教练，两者相辅相成。我说这就像军民鱼水情一样，大家相互帮衬着才能成功。

按照 NBA 规定，队员退役五年以后才有资格参加名人堂评选，去进这个备选名额。姚明退下来五年以后，成为备选人之一，后来选上了。姚明也邀请我参加了名人堂的活动。飞到休斯敦参加这个活动，对我来说也是第一次经历，整个过程让人感觉非常棒。这也是值得我们 CBA 学习的地方。姚明邀请我参加这个活动，作为教练来说也是非常荣幸的，有机会去开开眼，看看进名人堂是怎么回事儿，活动是怎么组织的。对他们来说，篮球不光是体育运动，更是一种文化，他们把篮球作为一种文化在运作。这方面我们与他们的差距实在太大。

作为一个中国教练，我有责任去把这种差距缩小。新疆队是好苗子，我也会努力把这支球队培养好。

曾发誓要单身一辈子的他被朋友「骗到」新疆干美发，结果遇见了现在的妻子，如今他已完全融入新疆的生活，夫妻俩还一起创立了一家形象设计公司。

安钟旭 & 史记芳：

相遇改变了我们

籍贯：韩国（安钟旭）
职业：理发师

籍贯：甘肃（史记芳）
职业：理发师

安钟旭讲述

我叫安钟旭，从韩国来，今年四十一岁了。我十几岁开始干美发，很喜欢给别人做头发，做美一点儿的话觉得很有成就感，所以已经爱上了这个行业。我也不会干别的，所以我老婆经常说："你什么都不会干，只会洗剪吹。"我说："太好了，这是我的爱好。"

我到新疆是 2004 年。我朋友在新疆开了一个美发店，他说："过来给我帮忙吧，这里没有韩国人。"开了韩国美发店没有韩国人不行，我答应给他帮忙三个月。三个月以后，我慢慢觉得新疆很美丽，又看上了我现在的老婆，这一待就是十三年。

第一次到新疆的时候特别可笑，当时我朋友说韩国和中国都是一样的，就语言不一样。我大概凌晨四点到了乌鲁木齐，到了以后就觉得不对劲儿，维吾尔族的人戴花帽子，语言也不同，我就觉得不是这儿，我来错了，这不是中国，这是别的国家。他们看我这个反应就笑，说这里是新疆维吾尔自治区。后来，我慢慢了解了。当时有点儿后悔来了，后悔的点也挺好玩的，因为这儿太冷了，在韩国就算是冬天我们也可以穿着牛仔裤出门，但这里不行。我到了中国以后才知道有秋裤、毛裤这东西，如果不穿这个，膝盖完全受不了。

还一个问题就是语言，我不知道当时是怎么想的，来的时候一句中文都不会，所以有一个翻译。我现在的妻子在很多事情上帮助了我，在我一句中文都不会说又需要理发模特的时候，谁都没有帮我，是她站出来愿意当我的模特，我很感激。我就觉得她这个人很善良，也很阳光。所以选助理的时候，我直接选了她，还威胁我朋友说如果不让她给我当助理，我就不干了，我要回国。她当时还戴着眼镜，并不是那么起眼，可是我就是喜欢她呀，因为她的内心是最美丽、最善良的。

通过给她做发型，我也算是得到了大家的认可，他们对我的技术心服口服。接下来，我在那个店开始工作，刚开始我是抱着一种学习的态度，时机成熟后就对老板说我想自己开一家店，老板自然是支持的。于是我们去克拉玛依，但是没有找到合适的店铺，最后又回到了乌鲁木齐，在一个学校的对面找到一个店铺。虽然只是三十五平方米的小店，但是我知道那是我们的起点。很奇怪我为什么一直用"我们"吧？因为我走的时候也把她给带走了呀，我怎么可以没有她呢？

我们那时候特别快乐，开店第二天，我们打扫卫生的时候，来了一位阿姨，那是我们的第一个客户。我们跟她说价格是十五元，她就觉得很贵，其实以前是一两百元。我跟她解释说我是从韩国来的理发师后，她就很开心地接受了。那天赚了三百元钱，我们给第二天立下目标：要挣五百元。那时候真的很轻松，下班后还会去撸串，没有什么压力。

那时候，我已经对她动心了，最后鼓起勇气约她出来。那一次，我记得去的是水上乐园，没有带翻译。我那时候已经会说一些中文了，但还是闹了一个笑话，我说："我可以吗？"其实我应该说："你喜欢我吗？"她听了就说很好啊，就夸我什么的。后来我就求婚啦，但并不是那么顺利。我用了两天时间在纸上学写"史记芳嫁给我"，结果被她拒绝了。她说她不会嫁给外国人，还嫌弃我汉语说得不好，但我是那种脸皮薄的人吗？我立马说那我当中国人，我去学汉语。每天早上，我跟一个顾客的女儿学汉语，刚好她也想学韩语嘛，然后我的汉语就突飞猛进，最终还是感动了她。

后来我才知道她是怕我骗她，她以为我在韩国有妻子了。我以前是个浪子，父母都为我头疼，他们都知道那时候我已经决定不结婚了，拿我没办法，当知道我要结婚时特别开心。等结完婚买完房子，我们就第一时间赶回去了，爸爸妈妈见到她很开心，在他们眼里这个女孩改变了我，所以对她特别好。

现在生意也好了，所以偶尔会做一些公益活动，比如给儿童村捐募，还有给六十五岁以上的老年人免费理发什么的，这些都是为了回馈这片土地，这里给我的东西真的太多太多。于我自己，就是有个计划，想开美发培训机构，让新疆的年轻人学这一门技术，这也算给我自己的交代吧。

史记芳讲述

第一次接触他的时候，我不会讲韩语。当时美发厅的员工是一组一组的，他是老师，我是助理，还有另外两个助理，再加一个朝鲜族的翻译，所以当时的语言交流都是通过翻译来传达的。当时我们美发厅的老板是韩国人，店在乌鲁木齐应该是面积最大的一家，一千多平方米。我以前也自己开店，之后觉得应该出来学习，学习完之后再开一个更好、更大一点儿的店。

刚开始上班的时候，他还没来，店里有另外一拨韩国人，好几个化妆师、美容师、美发师。他们可能初次来新疆，对新疆的发型不太了解，而且新疆的水质碱性特别大，韩国人跟我们这边的理念不一样，烫完之后的头发特别容易变直，老返工，最后店里的生意也不太好，老板就又去韩国签了他和另外一个韩国人。我干的时间久，懂得比较多。他的一个眼神，我就知道他需要什么，该拿什么，最后就分到一个组里。

我第一次看到他是韩国老板签约后他到中国来的第一天。当时之前那帮韩国人还没有走，他们都想看他的笑话，就想看他的技术能有多好。因为我老家是甘肃的，我也不是新疆当地人，就觉得一个韩国人到新疆来挺不容易的。当时是早晨，没有客人，也没有人给他当模特，但老板想看一下他的技术。我说我来给他当模特吧，就觉得一个外国人，被人家那样等着看笑话不太好。幸好他当时剪的头发还挺好看的，我自己还是蛮满意的。通过这件事，也让别的人看到了他的实力。

后来他虽然在店里工作，但还有一些人怎么都跟我们过不去，于是他干脆自己开店。当时在那个店里，我跟着他能学到技术，其他老师，包括他带过来的那个韩国人，技术都很一般。之后他要走，我们肯定要跟着走，因为我们也要生活，跟着他才能赚到钱。出来之后，那边的老板可能想的是我们在乌鲁木齐开店的话，肯定是抢他的饭碗，之后就让他的经理找我们说让我们去克拉玛依。到克拉玛依一看，有一家店的转让费特别高，他手里又没钱，就回来了。回来就找了一个小店，三十多平方米，就把它盘下来了。

对他印象比较深的就是，我们去南山玩，上车之后先要交团费，每人八十元钱。他打开包，里面就装了两张一百元的。他那时候对钱没概念。我心想这个人怎么回事，你装两百元钱，团费一交，连吃饭的钱都没有了。我就跟司机说等一下，我到前面银行去取点儿钱，其实我那会儿也不是很有钱，但是比他有钱一些。我去取了一千元钱，给他装包里了。我的意思是他先用，等他发了工资再给我就可以了。我觉得，我要是去外国，身上剩下一百多元钱，我会很恐慌的。结果他就特别感动，回来他发工资的时候，就拿了一沓子钱装到我的钱包里。他硬给我装的，我就挺感动的，觉得这个人知道报恩。

有自己的店后，卖产品的收入他从来不要，而是分给四五个助理，还带他们去泡脚、唱歌。他对于中国的钱没概念，特别大方。当时的消费也不高，他就觉得什么都便宜，泡脚又洗又按，才几十元钱，唱歌、吃饭都好便宜。

我学得差不多的时候就想走了，我一直想自己开店。当时我们家条件也不是特别好，妹妹上学，我哥那会儿也刚开始工作，我觉得不能浪费时间，要自己开店。开店之前，我想先回老家一趟看父母，因为一开店就没有时间了。结果回老家之后，我就生病了，每天骑自行车去打针。那会儿还没有手机，他就让助理往我们家打电话，问我啥时候回来。我妈说我生病了，感冒了，打针去了。他一听就非要助理跟我要银行卡号,给我打钱,我说打什么钱,我自己有钱。助理就说:"你快点儿把卡号给我,要不然安老师来了,觉得我事情办得不妥,又该收拾我了。"我没办法,就把卡号给了,结果他打来两千元钱。这对于一个小女孩来说还是有点儿压力的。

我从老家回来之后,就觉得应该见个面谈一下。他是老师,我是助理,即便要走了,也应该跟他谈一下。我说:"我回来了,请你吃个饭吧。"他就说:"求求你了,一起干吧,你走了我怎么办?"大概就是这个意思。他挺诚恳的,我就又跑到店里去上班了。

我们的恋爱关系是开店以后才有的。开了一阵子后,我们又盘下了隔壁的店,店从三十多平方米变成一百多平方米。之后我们天天在一起,慢慢地,感情就深了。他是韩国人,我没去过韩国,当时心里多少有顾虑,就觉得万一他要是在韩国有老婆不就那什么了嘛。我就问他:"这个营业执照办谁的?"他说:"办你的就行,你不用考虑我。"其实在这个店转过来之前,我们的感情本来已经挺好的了,但我还是心里没底,因为他在中国没根。

他求婚的时候,我没有答应,因为当时觉得他不太靠谱,又不会说汉语。结果我不在的时间,他猛补汉语。二十天后,我回来的时候,发现他的汉语突飞猛进。我说:"哎哟,不一样了呀,会说汉语了。"我一下子惊呆了,但还是蛮感动的,因为他上心了。

我们去韩国的时候,他父母对我特别好,给我做了很多好吃的,每天都是大餐,我自己也很开心。

从韩国回来后,我们就安安心心开店了。我们店的回头客很多,有的客户跟我们成了特别好的朋友,逢年过节也给我们拜年什么的,真的跟家人一样。

他做事特别认真,要是觉得头发做得不好,就顾不上吃饭也要给人家做;头发没烫好,明天来了接着弄;只要顾客说不满意,立马给洗头返工,一定给你做一款你喜欢的发型。

说到改变,他的口味发生了变化,以前他天天嚷嚷要吃韩国料理,现在能吃拉条子,尤其是胡辣羊蹄子,还有抓饭、烤肉、烤面等。

最近这两三年，我们的店里一直在做六十五岁以上的老年人免费剪头发的公益活动。还有做儿童助养，老早以前就开始了，给昌吉那边儿童村的孩子剪头发，送西瓜，送学习用具、玩具之类的。这些都是他起的头，他做得比我好，有时候听到医院里的孩子需要救助，他会把工资悄悄捐给医院。

现在我们的小日子也挺幸福的，有快乐，也有一些小烦恼，但都是可以解决的，我自己很满意。

我的朋友都说我是一个不务正业的商人。我觉得，他们这个定义还是挺正确的。

黄震飞：
一个
不务正业的商人

籍贯：浙江海宁
职业：特色农场经营者

我的家在浙江海宁，我从小在那儿长大。小时候我比较喜欢玩，玩的都是南方小孩常常玩的那些，打弹弓、逮鸟、捕鱼等。

我是个比较不安分的人。1995年下半年，因为生意中间有些闲暇，我就突发一想，到从没去过的新疆看看，然后就自己一个人搭飞机到新疆来了。

第一次来新疆，我先到乌鲁木齐，然后从乌鲁木齐去奎屯、石河子、克拉玛依转了一圈。去的时候是冬天，还比较冷。新疆的朋友跟我说，你可以去南疆看看，那边更有民族风情，所以我还去了喀什。在喀什我待了差不多有半个月吧，然后整个旅程就结束了，我就回浙江，继续过我的日子，该干啥干啥。

第二年，我突然之间就还想去那个地方，于是在9月又来到了喀什。我当时想，这个地方是不是可以改变一下我的生活。因为一九九几年在浙江沿海城市，生活节奏很快，朋友间的所有话题基本上都围绕着做生意、挣钱。我觉得人活这一辈子不能只为了钱，所以我想尝试改变一下自己的生活，重新找一下自己的人生轨迹。

这次来了以后，我觉得我可以在这个地方找点事情干，不说挣钱发财，至少维持自己的生计吧。后来跟家人、朋友商量后决定做五金、汽车配件之类的。

当时我的打算是，在那边一边玩，一边寻找新的生活方式，看我能在那里坚持多久。我不能保证自己一直待在这个地方，这是我的性格决定的。说不定我在这里待两年又会换个地方，去西藏或别的地方，我不确定。但是我没想到，从 1996 年到现在，我在这里一待就是二十二年。

　　做汽车维修跟零配件销售这一块，差不多有十几年。这个工作要求你不能随便离开，基本没有星期六、星期天，客户随时来，你必须在那个地方待着。所以我觉得，这个工作太花费精力了，让我不能经常出去玩。后来我就想，种地不也简单嘛，一春一秋就搞定，剩下一大半时间可以玩。而且土地它不会亏待你，你有多少投入就有多少产出，还不用去跟人讲好话，不用去献殷勤，什么都是自己说了算，自己做主。所以，后来我就寻摸了一块地，签下来一测量，四千两百多亩。对于一个在小城市长大、从来没有种过地的人来说，这个步子实际上跨得有点大了。

　　这块地是 2007 年签的，2008 年就开始实际做农场。如果接手的是良田，你还比较好操作。但我接的这块地，感觉是开荒，我 70% 的精力用在这上面。四千两百多亩，我 2008 年开始开荒，花了一年时间，然后去测土样，准备做土壤改良方案。但检测所的人跟我说："我不知道是我的机器坏了，还是你的土样有问题。你这个土样盐碱含量是 10.8%，是我测过的最高的，正常一般是 3%，你这块地可以划为重度盐碱地了。"我当时就蒙了，不知道该怎么办。前期为把土地平整出来，我已经投下去两三百万了。而土地改良方案一出来，需要再投几百万上千万，但是照这种盐碱含量，很可能改不出来，那我的投入就都打水漂了，我后半辈子不就完了？所以，我内心有点慌，但静下心来一考虑，觉得已经投入的就算了，接下来最关键的是怎么少走弯路。我采取的措施就是先拿一小块地来做改良实验，大不了就是晚种一年嘛。刚开始就是用各种方法来尝试，差不多试了十几种，最后总结出来，最好用的办法就是拿水泡，土话叫洗碱，把碱从土壤里洗出去。大概用一年时间，我们把盐碱量下降到 1.5% 到 3%。

　　我尝试种了很多作物。棉花生长得很好，因为棉花本身是耐碱作物，但是种的玉米、小麦产量就不行。这说明它不适合种粮食作物。在开荒的时候，我们从地里挖出很多野生甘草。所以我就考虑，既然野生甘草能长好，说明甘草适应性很强。它比较耐盐碱，抗干旱，而且耐低温，所以低温冻害这些风险都没有。再者，甘草是中草药里的一味基础药，很多药方都会用到，销量肯定没有问题。甘草三年一采收，虽然资金的周转周期比较长，但对我来说，正好有大把时间可以出去玩，所以最后就选择了种甘草。

决定种甘草的时候，我连甘草秧都没见过，更别提种子了。我仅有的经验是，工人们从地里面挖出来，跟我说："老板，这是甘草。"种甘草种了六年，也走了很多弯路。它发芽的时候，我很兴奋，但以后是活还是死，这中间是一道坎儿，不是说发芽就能活。因为品种选择等多种因素，我们前期出来的甘草品质比较差，卖不出价。每年挖出来，感觉不对，第二年再改。第二年改完又面临一个新的问题，第三年再改。我会去周边参观那些甘草种植基地，学习经验。冬天回家时，我一路开车到内蒙古、甘肃去拜访甘草种植基地的老种植户。每个地区土壤、气候条件不一样，甘草种植方法各不相同。我这一路过来，一路拜访，然后总结他们的经验，来制定一套自己的、适合南疆喀什的种植方案。

甘草在农产品里是个小品种，很少有人会大面积种植，大部分都是种几十亩。从播种到采收，它牵扯到很多的专业设备，这些专业设备又很难买到，因为对农具厂来说，开发一台机器，必须卖到几百上千台才能盈利。我比较喜欢琢磨机械，看见这个机械觉得设计得不合理，不符合我的要求，我就自己设计一台。按设计图纸做出来，一用不对，就继续修改，边改边用。

在经营农场的过程当中，我觉得盈利是一个方面，享受生产过程是另一方面，而且这方面的乐趣不会少于挣钱的喜悦。从种植到制作农机具，我能享受其中的每个细节。一年中我有半年时间在制作工具，每天过得很开心。最早开荒的时候，乡里连大马力拖拉机都没有。买了大马力拖拉机以后，我自己做了打梗机，不是因为没有打梗机出售，而是打梗机动辄七八千，我嫌太贵，就自己做了一个。打梗机做完以后，又做各类的小型农机具，扒芦苇根的、扒地膜的都做。我做的最大的一个工具就是打井机。

我别的没什么，就是胆子大，比较自信，我想干好一件事，我就一定能把它干好。第一年失败了，第二年接着来，第三年继续干。所以，这几个事情，包括土地改良，一路下来，我都是靠自己的这种毅力硬挺下来的。

种甘草以后，甘草秧每年下来有几千吨，如果不经过处理直接弃田，反倒会造成病虫害污染。所以，我又养了两千多只羊，秋天把甘草秧打下来，储存起来，就是这些羊全年的饲草，羊产生的粪肥再还田。现在我们就是在极力往绿色循环农业体系上面靠，这几年效果也非常好。

养羊对我们来说，也是全新的领域，虽然见过羊，但从小在城市里长大，并不知道怎么喂羊。本地羊的产羔率比较低，基本上，一只母羊一年只能产一只羊羔。老乡们是放牧型的，生产成本比较低，可能也不会算太细的经济账。但作为企业，我们肯定要去算投入产出，不管怎么算，养殖本地品种的羊肯定要亏本。

所以，我们从江浙引进了湖羊，它的特点就是多胎性，产羔率比较高。第一次引进了三百多只。在南方的时候羊好养得很，没有病，只要把它喂跑，什么事情都没有。结果第一批羊买回来，因为不适应当地环境，经常得病，死了一百多只。刚开始我们不知道是什么原因，想着可能是换了地方，水土不服，死几只很正常，但是羊越死越多。后来经过解剖发现，这些羊胸部感染了，专业术语叫传染性胸膜肺炎，主要是因为吸入异物引起的。我就打听了其他曾经引进过这个品种的养殖场，他们说："一样，我们的损失比例比你还高，有些甚至达到50%，主要也是这种病引起的。"这种病主要是山羊得，绵羊很少发这种病。针对这种病，山羊有成品的疫苗卖，而绵羊没有。山羊跟绵羊的染色体是不一样的，所以这种疫苗不能用于绵羊。种疫苗这个事情要非常谨慎，万一接种不好，会造成非常大的损失。我后来就请教了一些专家，他们跟我说，只有一个办法，就是自己做疫苗，看能不能控制，要是还控制不了，那就没什么更好的措施了。所以，我就死马当活马医，买了全套设备，什么电子天平、显微镜、恒温箱、烧杯等，按制作疫苗的流程来把病体采出来，经过几次冷冻解冻，组织粉碎，提取组织液，再稀释，灭活。一道一道做完以后，先在五只羊身上试验，看一下反应，过几天打二十只，再看一下反应。如果都没有太大的反应，就全部接种。这种疫苗每六个月接种一次，经过两年，这个病就控制住了。最近这两三年，羊群已经不需要再接种疫苗了。现在的羊是在新疆生产出来的二代、三代，已经适应了本地干燥、高粉尘的气候环境了。

最近这些年，湖羊的推广力度比较大，农民接受这个品种也是一个逐步的过程。前期没有推广开，主要是因为饲养管理方面没有形成一套系统，这个事情需要我们来做。我们在给农民提供种羊的同时，还要给农民提供养殖的技术服务，要给他们培训。

新疆北疆那边的城市实际跟口里的北方城市基本都差不多。而喀什，在我的认知领域里面，是一个全新的地方。第一次去时接触喀什的一些老乡，包括本地的一些汉族人，就觉得生活节奏非常舒适，很缓慢，大家都是不紧不慢的，很悠闲。这种生活节奏，让人感觉很舒服，而且这里的人文景观各方面都很丰富。你闲了，老城区逛逛，乡下农村去转转看看，然后每趟出去，都有不同的收获，都有新的发现。再一个，南疆的饮食我也很喜欢，很能接受。

喀什这边的人，没有那么多的贪欲，他们觉得生活嘛，过得去就完了，不需要非得攒多少钱。在南方我们原来生活的圈子，生活本身没有压力，但是老是给自己很大压力。就觉得这一个小圈子里的人，谁今年挣了两百万，我明年要挣三百万，要超过他，自己跟自己摽劲。这边不一样了，相互之间也不去做这种比较，能够身体健健康康，日子乐乐呵呵、不紧不慢地过着，没有这种横向的比较，所以压力一下子就轻了。

南疆的风土人情吸引了我，因为我比较喜欢摄影。一有闲暇，我就去各地看看、转转。到了后来，慢慢过了一段时间以后，说实话，老是不想干活，老是想去玩。对于我来说，新疆任何一个地方，我都是好奇的。我基本上不放过每一个乡镇，不管有多偏远，不管路有多难走，都一定要去。比方说帕米尔比较难走的那些乡镇，可能得要两天才能到目的地。我还有一个朋友，也是跟我一样，每隔三年都要来一趟新疆，没来就觉得亏欠自己点什么。我们一般比较喜欢去偏远一点的农村。现在就全疆来说，除了阿勒泰有几个县还没去过，其他地区的县我基本上都去过了。在喀什，我敢说，我到过每一个乡镇，而且都不止一次，经常会觉得这个地方我两年前去是什么样的，现在还想去看看。

我现在每年大概回浙江老家两次，因为父母、孩子都在那边。我一般是暑假回去一次，待一个月左右，然后春节再回去一次。每次回家，刚到家那三五天觉得特别新鲜，之后就觉得老在家坐着无所事事，心还在新疆。所以，我把手头的事情一处理完，就征求家人意见，问可不可以回新疆。他们说你再待两天吧，我就再待两天，过了两天，我又问能不能走。他们就说："算了，你心没在家，就赶紧回吧。"所以，我就回来了。每次回家都是这样。

我的朋友都说我是一个不务正业的商人。我觉得，他们这个定义还是挺正确的。原来我们的小圈子里面，从做生意来说，我考虑问题还是比较周全的，有各方面的风险意识。所以我那帮朋友，有什么事情也都喜欢跟我商量。后来，我的想法慢慢变了，觉得这不是我想要的，不是我想过的日子。所以，我就开始想寻求改变，我的兴趣很广泛，小的不算，比较占精力的有摄影、自驾旅行，后来又玩汽车越野。玩好了汽车以后，就开始玩越野摩托车，现在又准备拍纪录片，反正所有能提起我兴趣的事情，我都要去尝试。

我从小养成一个习惯，凡是我不明白的，通过学习可以把它弄明白的，在我能力范围之内的，我都感兴趣。出门没见过的东西，我都要站在面前去仔细琢磨一下，哪怕路边有一个打排水管道用的机器，我会在旁边看他们工作。我的兴趣一般都在机械方面，没有见过的，我都要把它琢磨清楚。

至于钱，我也经常跟我太太说，钱这个东西，一旦我们要停下来不做生意，不需要流动资金的话，平时生活的需求其实是微乎其微的，只要不给自己施加压力，不跟别人去比较。对于物质，我倒真没有什么太特别的要求。像我们有时候出去拍照片，找不到住的地方，到老乡家里面打个招呼"老乡，我今天能不能住你们家"，随便什么地方都可以住，什么饭都可以吃，一个馕一块西瓜就解决一餐，没有太大讲究。

金钱这个东西，你不能没有，但是不能把金钱作为你整个人生唯一的追求目标，或衡量一个人成功与否的唯一标准。我认为衡量一个人是否成功，要多方面、全方位地去考量。所以我想，体现自身价值有很多种元素，是一种综合的评价。我觉得，作为男人，最重要的是担当，要敢于承担一切责任，敢于面对所有挑战，不怕失败。这是我的信条。

相

逢

2017 年，北京的冬天格外寒冷，我猫在工作室里剪片子，心情随着片中主人公真挚的讲述起起伏伏。

这是一部很特别的纪录片，如果用一个词语概括我做这部纪录片的感受，那就是洗礼。整个创作过程是一次视觉和感官的洗礼、体力和意志的洗礼、精神和心灵的洗礼。

在我二十多年的纪录片生涯当中，《我到新疆去》是第一次真正贴近、深入到新疆各地拍摄。作为分集导演，我承担了《相逢》和《探索》两集的拍摄任务。在前后近两个月的时间里，我和我的摄制组完成了六个人物的拍摄，跨越两个季节，辗转十个地点，以纪录片人的视角深深领略了新疆的大美，真诚地记录下了那片神奇的土地上曾经经历和正在发生的故事。

纪录片创作是集体智慧的结晶，一部系列片应该是一个风格统一的整体，每一位分集导演既要服从共性，又要在一定范围内发挥个性。对主题的理解、对人物的诠释是否准确到位直接关系到片子的成败。因此，在人物故事的选择、拍摄手法和表现形式上我都做了精心的策划和安排。在经过大量的纸上调研之后，我的助理王南深入新疆，在我的指导下做了为期一个月的实地调研。这一个月正处新疆最炎热的季节，在吐鲁番时气温高达四十八摄氏度，王南克服了自然环境的艰苦和语言障碍的困难，按照我的要求出色地完成了调研任务，为接下来前期拍摄的顺利和高效打下了很好的基础。

《我到新疆去》全片无解说词，以主人公第一人称自述每个故事。除了把故事讲好，我还希望通过塑造人物展现出新疆的地理、风貌和社会生活。

在我们的镜头里，有天山脚下的长河落日，也有塔克拉玛干的大漠孤烟；有卡拉库里湖畔奔腾的牛群，也有帕米尔高原璀璨的银河；有冰川上滚滚而来的融水，也有孩子们纯真澄澈的笑容。我们记录新疆的"大美"，不仅是大自然之美，而且还是与大自然融为一体的风土之美、人情之美，生活在这片土地上的各族人民是那样淳朴、善良、友爱，这些都让我们内心深深震撼和感动，情不自禁地想要记录和表达。当然，拍摄这些最终还是为塑造人物服务的，比如拍摄阿超时，为了表现他的经历和不羁的性格，我选择了在帕米尔高原纯净而梦幻的星空下拍摄，这与他在深圳嘈杂喧闹的生活形成了强烈反差。如何避免拍摄的画面和故事变成两张皮是有一定难度的，所以既要有现实的东西，又得有他过去经历的心路历程，这样就能增加纪录片的可看性。

在新疆拍摄的每一天都在考验我们的体力、勇气和意志，镜头里每一帧画面的背后都是我们肿胀酸涩的四肢和睡眠不足的黑眼圈。每天日出开工到日落收工，新疆的长日照让我们吃完晚饭已经是午夜十二点，必须立刻睡觉才能保证第二天有体力继续高强度工作，而实际上等到整理完素材已是凌晨两点。即便如此，摄制组的全体人员依然保持着饱满的工作热情。在拍摄陈长青时，我们不幸在水稻田边被蚊子"围剿"了，虽然做了最充分的防护措施，但是那些蚊子能够穿透你的衣服，甚至是帽子，所以防不胜防。有一天傍晚刚下完雨，天边挂上一道彩虹，特别漂亮，那个光线甚至可以用瑰丽来形容，所以我们就组织了一次航拍。我们的航拍摄影师阿迪操控云台时，恰好有个蚊子落在他的嘴唇上，再加上他是侧脸对着我，光线是逆光，可以看到那个蚊子透明的腹部是满满的血，特别美，是一种带着残酷的美。拍摄完后，他虽然满头满脸都是被蚊子咬的痕迹，但是拍出的画面非常完美。我们经历了高原之夜的寒冷、大山深处的险峻崎岖、峭壁之上呼啸的狂风，遇到了各种各样的艰难险阻，但最终都在同舟共济的信念之下一一化解。

我觉得自己很幸运，能作为一名纪录片人来记录这个时代的真善美。《我到新疆去》让我再一次感受到精神的力量和真善美的价值。我拍摄的每一位主人公都是我镜头里最可爱的人，他们心怀梦想离开故土来到边疆，历尽艰辛，他们执着地追寻着人生价值，忘我地工作，无私地给予，把他乡当作故乡，最终在这片土地上深深扎下了根。吐鲁番文物修复专家徐东良，在他十六岁的时候就下定决心把壁画当作他一生追求的目标，在恶劣的自然条件下一待就是二十多年，他靠的不仅仅是毅力，还有对民族艺术的热爱。换句话说，他让我体会到我们现在提倡的工匠精神是远远不够的，更重要的是要时常心怀大爱。

我很幸运，我是一名纪录片人，我能够体会到那么多丰富的人生故事和深邃宽广的内心世界。在采访当中，我时常热泪涔涔，被我的主人公深深打动。我提醒自己应该是一个冷静的旁观者、记录者，不应该陷进去，但是如果我都没有被感动，我的片子又如何感动观众？

最后，用徐东良老师的话结尾吧，他说："向前走时别忘了不时回头看看来时的路。"是啊，我们都别忘了当初为了什么启程。

文／邬虹

周丽娜：

因为爱情
收获了新疆

籍贯：辽宁沈阳
职业：幼儿园园长

20世纪 70 年代，我的哥哥、姐姐们要参加一些文艺节目。他们跳舞的时候会穿上新疆的民族服装唱《亚克西》，甚至还编了一个舞蹈，叫《向阳大院亚克西》。我就是通过这种方式知道"亚克西"就是"好"的意思。上高中的时候，地理老师把新疆讲得特别美。他说新疆的哈密瓜甜，按东北话说就是杠杠的，新疆的葡萄又大又甜，让人对新疆有了一种幻想。

1994 年，大批工人下岗、转岗，我就到（沈阳市）五爱街批发市场做批发生意。有一天，我的小伙伴们说："批发市场东门来了一个外国人，不知道是卖什么吃的，我们去看一下。"我就跟他们一起去了。就这样，我认识了乃苏路拉——我现在的爱人，他在口里的名字叫阿里木。当时，他给人的第一印象是比较憨厚。此后，我就经常去他的烤肉摊。人多的时候，他一个人忙不过来，吃完烤串没给钱就跑的人也有，我就给他帮忙。有时候也到他家里去，帮他洗点儿衣服，干一些家务活。

我就是看上他这个人了，其实钱无所谓，金钱是身外之物，只要你身体健康，就可以赚到钱，人是最重要的。他人品好——诚实（不骗人，不撒谎），在做买卖这件事上，我就能看出来。他宁可自己少挣一些，也一定要让顾客吃得好。他的羊肉串都是十几种调料煨出来的，差一样都不行。再一个，对他带过来的那些徒弟，他都像哥哥、父亲一样照顾他们。那些孩子（徒弟）的家庭条件都不是特别好，所以他绝对不能让他们在这边受委屈。换季的时候，他都给他们

我到新疆去

换新衣服。买卖好的时候，他还给徒弟们奖励。今天卖得多了，他就给他们50元、100元钱，让他们去洗个澡、吃个饭、自己玩一玩。我想他对外人都那么好，对我肯定也错不了，他肯定会是一个对家庭负责的爱人。

而我母亲却不听我解释，她说我们语言不通，习惯也不一样，他家又离得那么远，我嫁到那边肯定会受气，我们有什么事情的话，家里也帮不上忙。因为老人们以前把新疆人叫老鞑子、鞑人，说我们修的万里长城就是为了防御他们，他们比较豪放、粗野，所以母亲不同意。我给她解释，她又不听。其实刚开始的时候，我也不是特别相信他。他就把手指伸出来，他说每个人的手指都不一样长，用手指的不一样来说明他和别人是不一样的。当时虽然语言不通，但是他表达的那个意思我理解了。

就这样恋爱了三年，这三年能坚持下来很不容易，因为我的父母和亲戚、朋友都反对，说我为什么要找一个不同民族的人结婚，沈阳没有小伙子吗？他们都不愿。在母亲眼里，他是"鞑人"，但在我看来，他是一个诚实、善良的人。所以，我就坚持跟他在一起，能坚持到把户口簿偷出来，跟他去登记结婚。

我们的女儿一岁半的时候，我母亲生病了，我就带上爱人和孩子去看她。母亲问我姐姐："他（阿里木）对孩子好不好？对丽娜好不好？"我姐姐告诉她："你安心养病吧。他对那个孩子，顶到头上怕吓着，含到嘴里怕化了。对孩子非常好，对丽娜也非常好。你就放心吧，尽快把病养好吧。"母亲听了点点头。三个月后，母亲就去世了。母亲去世之后，我好几次都梦到她。到清明节的时候，我就跟我姐妹们说："你们去给妈妈扫墓的时候替我说一下，说我这边都很好，让她放心吧。"之后，我就没怎么梦到她了。

他脾气比较好，不像我们东北人脾气大，有一点儿事情就好发火，他总是不说话、不吱声。他想得也比较远，什么事情都能先想到，然后告诉你，让你不去犯错误。他对家庭、对孩子、对我都很有责任感。当时，我的批发生意不做了，跟他去卖烤肉。我老担心生意不好，要付房租，又带了那么多徒弟，处处都要开支。他就拍着胸脯告诉我："你放心，你什么都不用害怕。"给我一种安全感，让我觉得有依靠。就是因为这些吧，我才坚持走到了现在。

那时候，在语言交流上的困难不是特别大，就好像我们之间心有灵犀，他说什么我都能理解。当时，他的普通话说得没有现在好，可他说一两个词，我就大概理解了，再加上肢体语言，就能明白他说的意思了。我觉得人善良、诚实、友善是最重要的。他对家庭有责任感，对社会也肯定有责任感。他还孝顺。每年过古尔邦节和肉孜节，还有秋收的时候，以及春天耕地的时候，他都会给家里寄钱。他知道家里比较困难，不能挣了钱就在外边大吃大喝，他会把钱攒起来。所以，当时他不抽烟、不喝酒，我觉得好像（优点）都集中在他一个人身上了。

一九九几年的时候，我们的生意做得非常好，有五个摊位，他的徒弟已经有十几个人了，他们就两个人一个摊位，家里还有一些送货的人。我主要是给他们做饭，管后勤这一块，还有城管来有什么问题的时候，他们交流不了，还是我去。后来不让露天烧烤了，城管经常会把炉子拿走——没收掉，或者把一篮子烤肉拿走，那这一天的生意就没有了，家里那么多人，所以我就快快地去给他帮忙。

后来，我们在沈阳离批发市场近一点儿的地方租了间房子，还是做一样的生意，算是挣了第一桶金吧，然后我们就回新疆盖房子了。我觉得他还是留了一个心眼儿。我说在沈阳买房子，当时一套房子一般是三四万元，好一点儿的可能是五六万元。他不说不买，他说要买的话，买一个大一点儿、好一点儿的。没承想，他把钱留下来，还是在新疆盖房子了。

我第一次到新疆，待了四个半月，也基本对当地了解得差不多了。在沈阳，我们相处了很长时间，但我还是想要去了解他，想知道他说的是真的还是假的，就借跟他哥哥到新疆玩的机会验证一下。后来，我觉得他说的都是真话、实话，所以我回沈阳以后，我们就准备结婚了。

第一次来新疆的时候，觉得这边的绿化搞得特别好。每家的房前屋后全是树，每家的后院都有大块的田地，有各种各样的树。他们有一个特点，就是早晨起来第一件事，一定要把家里打扫得干干净净，里里外外都要打扫，然后再干别的事情。当时的房子是土坯房，从外边看觉得很破，一进到里面，会发现不管东西是新是旧，都会摆得整整齐齐，收拾得非常干净。原来，维吾尔族人非常爱干净。

来到新疆以后，他的家人，还有邻居，对我都非常好，都很包容我。有些事情我做错的话，他们都原谅我，尤其是我婆婆，把我当自己的女儿。我记得第一次来新疆的时候，婆婆事先在大门口等着我，然后一把把我抱住，就是母亲的那种感觉。我们刚来新疆的时候，婆婆带我串亲戚家，两个半月才回来。回来后，她说她觉得非常自豪，说她儿子找了一个这么好的媳妇儿，她还到处去炫耀。我们的第二个孩子是在新疆出生的，婆婆当时已经七十多岁了，身体还挺好。我的孩子没有奶，婆婆半夜起来给孩子泡奶粉，然后喂孩子。她每天给我做四次饭，知道我们爱吃一些小米、红糖、稀饭，就做，像照顾自己的女儿一样照顾了我四十天。

还有他的姐妹都非常好，我的那些妯娌也都不跟我计较，非常好。她们有什么事情都叫上我，教我很多事。我还给自己起了个维吾尔族名字，叫古兰丹姆，是高原之花的意思。

记得第一次来，路程那么遥远，上车以后走了一天多，我就后悔了。我当时就想，怎么还不到，我为什么跟他来新疆？当时是慢车——绿皮的火车，坐了六天六夜，而且坐的是硬座。我们先到了北京，从北京坐到大河沿，然后转车到乌鲁木齐。下火车以后，我都不会走路了，脚肿得穿不上鞋。

下了火车后，我们在他喀什的妹妹家住了一宿。到妹妹家的时候已经是半夜了，进屋后，他们让我们喝茶，我当时只想睡觉，进屋就睡着了。睡了三四个小时，醒了以后才跟妹妹一家人认识。第二天起来，我们在他们家喝了早茶后就离开了。后来，我们坐柴油车到了上阿图什（镇）。当时，我心里还有一个念想，就是快点儿到家，看一看未来的婆婆，看看他的家人。没承想，婆婆在门口等着，一等就是好几个小时。邻居、亲戚可能早早就听说我要来，陆陆续续地就都来了。那个场景就像看外国人一样，好像整个上阿图什（镇）都知道了，全急着要来看看这个汉族人怎么样。阿图什当时汉族人非常少，可能只有在乡政府上班的五六个汉族人。我记得到镇政府去办事情，有一个领导还说："你胆子真大，自己敢跑这么远。"我没觉得害怕，有啥可怕的，这儿的人多好呀。

生活习惯方面，可以说有个过渡期吧。在东北的时候，我慢慢接受了一些新疆的饮食，但还不是特别喜欢。在东北有各种选择，到新疆就不一样了，你要学习各个方面的东西，饮食上的、习惯上的、风俗上的都要学。既然你来了，想在这儿生活，就不能像小孩子过家家一样，来了一两天，不高兴就走了，那不可能。

当时，路都是石子路，各种蔬菜都没有，我简直就有种绝望的感觉。婆婆就想办法，她养了很多只鸡，她把鸡蛋拿来，打开，放上白糖给我冲鸡蛋水喝。她养了一只奶羊，挤出奶来，让我喝。婆婆这是在暖我的心吧，也是为了把我留下来。所以，我就觉得吃不是问题，这些都可以克服，喝凉水，吃一块馕也可以。婆婆对我太好了，鸡蛋她自己不吃，那么大年纪了，让我吃，鸡蛋她是要攒起来卖钱的。所以这就是爱，这是母爱。

当时，最困难的是语言上的障碍。那时是一个大房子，我们两个儿媳妇儿跟婆婆在一起住。有一天打馕，嫂子在馕坑旁边跟我说："古兰丹姆，你到院子里去，绳子上挂了一件跟袜子一样颜色的衣服，你给我拿来。"我没明白她的意思，她一个劲儿地拽袜子比画，我以为是要袜子。到院子后，绳子上的衣服旁边还真挂了一双袜子，而且衣服和袜子都是肉色的。我就把袜子拽下来，给她送过去了。送过去以后，她就笑着说："哎呀，古兰丹姆。"然后自己跳下来，到院子里把衣服拿了。我当时特别尴尬，我就想：你想在新疆生活，肯定要学语言，这么简单的生活对话都听不懂，怎么能待下去？

邻居的小朋友们都喜欢我，他们觉得可以跟我学汉语，就经常到我们家来。有时候，我还没干完家务活，他们就来了，开始问这问那。我想，我是不是也可以用这个方法跟他们学维吾尔语呢？然后，我就跟小孩子学维吾尔语，在家里跟婆婆学做饭、生活上的一些用语。婆婆做饭的时候跟我说："古兰丹姆，你把那个给我拿过来。这个是勺，这个是小碗。就这样慢慢学，把家里生活的这些词语学会。"我跟小朋友们到地里干活的时候，就学羊、牛那些词。如果是赶集天，我就一定要去集市，不买东西我也要去，去学语言，比如我特意挑几个水果，然后问水果的名字，还有核桃、巴旦木、药茶，就学这些东西，可能去了几次才把这些词学会。

新疆饮食也有自己的文化，哪个民族都有自己的饮食文化。婆婆带我参加了不少婚礼，和婆婆分开过后，我也跟着邻居们去了不少婚礼、葬礼，觉得他们的饮食很有文化，比如说他们吃油一些的东西的时候，肯定要配上酸奶。还有上阿图什特有的一种馕，是用奶油做的，吃的时候也要吃酸奶。新疆的酸奶特别纯，自己家养的牛，然后自己做的酸奶。现在说酸奶还有药用价值，可以软化血管，对人的肠胃也很好，很讲究。慢慢地，我也就习惯了这种生活。我现在早晨起来也是喝茶、吃馕，中午的时候到饭店吃，或者做抓饭、拌面，还有烤包子。

回到新疆时，女儿阿依古丽已经上小学三年级了。当时，当地的学校的条件不是特别好，没有汉校，女儿又不懂维吾尔语，所以我们就把她送到她喀什的姑姑家上小学了。她上到六年级，然后考到石河子的内初班。上内初班的三年，她也没在我身边，每年暑期回来一次。然后，从内初班又考到天津的内高班。今年，她如愿以偿了，考上了心目中的理想大学——东北师范大学。

好多人问我，有没有想过女儿以后的婚姻，因为我毕竟和她父亲是不同的民族。女儿的婚姻，我不准备做太多干涉，因为婚姻是自由的，她有自己心目中的白马王子。她觉得幸福，觉得这个人可以终生依靠，我不干涉。我很相信她，也相信她的眼光。我们很有默契，好多事情，我们无话不说，可以是姐妹，可以是母女，她的心扉是向我敞开的，所以我相信她。她爸爸可能跟女儿交流少一些，但是他会用自己的行动表达父爱。

儿子阿拉法特是在新疆出生、长大的，骨子里有一些新疆人的特点，比如对一些小的事情，他非常细心。我下班回来一说累，他就会给我按摩，说："妈妈，我给你按摩。"我希望我的儿子诚实、善良、有责任感、有担当，就像他爸爸一样。

2013年，我们州上要评首届感动克州（克孜勒苏柯尔克孜自治州）十大教育人物，要最基层的教师。教育局双语办的主任记得我，就提了我的名字，把我的材料送上去了。就这样，我被评为首届感动克州十大人物。这件事情可能被上传到网上了，中央电视台的导演在网上看到了我的事迹，然后就准备叫人推举，一层层推上去，最后中央电视台来选拔，让他们摄像组的记者来录这一期节目，结果就被选中了（最美乡村教师）。

我爱这个事业，也离不开这个地方了。因为我从小有这个志向——想当教师，正好有这个机会能实现我的梦想，我也是因为这一层关系而留在了新疆。喜欢的职业，你可能会用心，会做得更好。当初来新疆是为了爱情、为了家庭，但是来了之后，我意外地有了另外的收获，实现了儿时的梦想，成了上阿图什第一位留下来的汉族女教师，这也是人生中的收获之一。

新疆给我的体验可以说很多，每一个都很精彩。这个地方很神奇，也一样让人有动力。我是一名教师，我会把自己的这种精神继续传递下去，我希望别的人也能爱上新疆、留在新疆、建设新疆。

两年前，他骑摩托车从深圳出发，骑行四万多千米到达喀什。现在他在喀什开了一家青旅，每个月都会去往新疆各地骑行。

阿超：

让更多人
像我一样爱上新疆

籍贯：广西
职业：骑行爱好者、青旅老板

我叫阿超，是土生土长的广西人。

我的家乡山清水秀，气候炎热潮湿。我所在的村子有条河，河水清澈，鱼虾成群，那里有我人生最美好的童年回忆。在我的记忆里，除了父亲当兵去过内蒙古，我的妈妈、爷爷奶奶和外公外婆一辈子没有去过北方，更没见过雪。我的爷爷最远去过广西北海，那是他为了生计去贩盐，当时没有公路，全靠扁担挑着走山路。现在我用摩托车旅行的方式走我的人生路，我比父辈走得更远，看到了更多的风景。

从儿时起我就喜欢唱歌，梦想长大当一名歌手。青少年时期的我很叛逆，对什么事情总有自己的想法，从来不听父母的安排。而且我不屑于他们几十年一成不变的生活，觉得生活应该是丰富多彩的。我盼望着走出大山，看看外面的世界。十八岁的时候，我终于有了这样的机会。我独自来到广州读艺校，学习通俗唱法。之后我就在珠江三角洲闯荡，做跑场歌手。我特别喜欢 Beyond 乐队的《海阔天空》，从这首歌里我感到了一种力量，这种力量让我坚持自己的理想，永不放弃。

2005 年我来到深圳，那是中国最年轻的城市。年轻就意味着活力，就意味着机会，意味着充满激情的生活，这正是我向往的。它给每个人的机会都是公平的。对当时年轻的我来说，深圳是一座充满魔力的城市，这里每个人都拼命地努力，提高自己的生活质量。我也不例外。我开始自己创业，和朋友一起经营一家文化传播公司。这座城市飞快的发展速度让我眼花缭乱，每个人都脚步匆忙。人们只关心你的房子多大、车子多好，并不关心你是否快乐。

许多年来，我经常一个人去旅行。旅行为我打开了生活的另一扇窗，让我看到很多别人看不到的风景。我印象最深的就是在西北看到的夜晚的星空，比如西藏阿里的星空、帕米尔高原的星空。它们明亮到你甚至不需要开灯就能看清路。这种满天繁星是你在城市永远感受不到的。这种空灵、纯净的天空，是真正原始的一个状态。它跟我小时候生活的农村的环境很相似，让我有种熟悉的感觉。旅行中的心情和在城市里工作或生活中体会和感受到的是完全不一样的。旅行也让我认识了很多有着不同故事的人。旅途中认识的那么多朋友，都让人感觉特别真诚，跟他们能够保持一种特别纯净的友谊。在旅行中认识的朋友令人印象特别深刻，有时候甚至会让你有种莫名的感动。比如我曾在旅途中认识了一个朋友，旅行结束就各自回家了。但隔一段时间后，我忽然收到一个包裹，打开一看，原来是那位朋友寄过来的一些自己家乡的土特产。虽然这个朋友跟我的交情并不是很深，但他把我记住了，把我当成一个真正的朋友来对待。这种被旅行中认识的朋友惦记的感觉真的特别让人感动。

我第一次来新疆是在 2012 年秋天，当时是一个人来的，背着包，也没有明确的目的地，比较随性。在一个多月的时间里，我走过了北疆的雪山、森林、湖泊，也踏足了南疆的沙漠、高原、古城。我从小生活在南方，第一次亲身领略到辽阔边疆的壮美和神奇。这种震撼直击我的内心。

2014 年刚好是藏历的马年。藏族有个习俗就是马年转山，羊年转湖。所以我很想尝试一下，来一次一个人的旅行，骑着摩托车到大西北看看，途中经过朋友工作生活的城市，再给他们打电话，约出来一起喝茶、吃个饭。

我一生出这个念头，便马上付诸行动。先在原来驾照的基础上增加了一个摩托车驾照，然后买摩托车，把东西收拾好，就从深圳出发了。我自己也想不到会持续这么长的时间，我也没告诉父母，怕他们会担心，因为父母年纪比较大，会担心我一个人骑着摩托车跑不安全。很多朋友也说我，你一个人这样不行，不安全。但是我想，这个世界上也没有绝对安全的交通工具，只有安全的驾驶员，我小心谨慎一点儿，应该没有什么大不了的。

到达新疆时，每到一个地标或路牌，我都会记下里程数。到喀什时，我记得我的里程数是8000千米。我到达时，喀什刚好举行盛大的古尔邦节，场面非常隆重，给我留下了很深的印象。当时我住在朋友的青旅里面，跟客栈的老板，还有来自天南地北的游客，骑行的、徒步的、自驾的，关系非常融洽，认识了许多朋友。

一路来到新疆，我差不多用了两个月时间。当时我把所有工作都放下了，所以路上并不是很赶。我觉得，旅行不应该以匆忙的方式进行。别人旅行都要事先规划好、安排好，包括几点钟坐车，第二天几点钟要赶什么景点，安排得很严谨、很细致，像做工作一样，力求一切尽在掌控。但是我觉得旅行应该在很随意的状态下进行，去遇到一些新鲜的人和事，这才是一种轻松的、真正的旅行方式。

第二次来新疆与我第一次来相比，感受完全不同。一路从北疆骑行过来，看到了最好的风景。通过摩旅，我真正体会到天山南北的巨大差异，亲身感受了它的人文。当地人的淳朴和热情给我留下很多难以磨灭的印象。在旅行中，我得到很多当地人的帮助，让我很感动。

新疆的美，美在它的辽阔，美在它的风景、人文。新疆是一块很神奇的地方，我在很小的时候就听说过这个地方，对它的民族风情很是向往，很想真正地深入进去看看。这次摩旅让我体会到了真正的新疆。在这块土地上，物产丰富，特别是瓜果。这里除了大海，什么都有，雪山、戈壁、草原、森林、沙漠，特别神奇。

留在新疆，选择在新疆这边生活，是在我去西北骑行一圈后做的最终决定。可能很多人觉得北疆的风光更好，有雪山、森林、草原。但我更喜欢喀什，有句话叫"没到喀什就没到新疆"，这里的人文和自然风光非常吸引人，老百姓也很淳朴。喀什是座很古老的城市，尤其喀什的老城。在老城的巷子里，活跃着很多手工艺人，市场上有很多手工制作出来的铜器、陶器、乐器，以及精致的小刀，都是我非常喜欢的。只要有时间我就会去那边淘宝，特别喜欢那种发现"新大陆"的感觉。在夜市，你能品尝到新疆的各种美食。冬天逛老城，喝

我到新疆去

一碗浓香的羊蹄汤，感觉特别好。喀什又是一个慢节奏的城市，它的时间甚至比北京慢两个小时，所以感觉白天特别长。我特别喜欢这里四季分明的气候，还有这里的人，很淳朴。这几方面，最终促使我决定留下来。

我一直梦想在新疆开一家青年旅社。在这上面，我投入了很多心血，每件事，只要力所能及，我都亲力亲为，比如店里管道、洗手盆、线路等的维护，我都自己做，除非有些实在做不了的事情，才去请工人来干。

我们青旅所在地应该是喀什最好的地段。天气晴朗的时候，从这里能看到帕米尔的雪山，还能看到非常壮观的晚霞和日落，以及最西边的一排山。这里还有非常漂亮的夜景。这点我非常喜欢，应该说，我选择这个地段，跟这里的环境起码有九成的关系。我特别喜欢这里的阳光，这里日照时间长，每天要到晚上十点半才天黑，总感觉这样就把时间拉长了，每天"凭空"多了几个小时，这种感觉特别好。

我平时在青旅的生活忙碌充实，早上起来，首先去天台锻炼身体。我在这里养成了天天健身的好习惯，长期锻炼身体，不仅可以登山、徒步，还可以做长途摩旅。这种锻炼能磨炼我的意志，让我更坚强，更有勇气。一般早上锻炼完身体，我就去遛遛狗，给小猫喂水。照顾完小动物，我开始在店里工作，接待来自全国各地的背包客，解答他们的一些旅游咨询，包括给他们建议路线、安排出行等。偶尔，我也会在这里跟朋友聊聊天、喝喝茶。在接待各地驴友的同时，我也能了解到他们的故事、特殊经历，以及走过的路。我觉得青旅给我提供了一个平台，让我认识了很多朋友。他们的勇气、探索精神都让我很敬佩，他们的很多地方都值得我去学习。有时候，忙完青旅的事，我也会跟他们一起骑行，带他们去感受新疆的美好。

目前喀什的生活让我很有满足感。喀什是南疆重要的旅游城市，"一带一路"的节点，将来这里的火车会直通巴基斯坦的瓜达尔港。我很看好喀什的发展前景。我的愿望是将来在喀什再开一间设施比目前这家青旅更完善的国际青年旅行社，让更多的人像我一样爱上新疆，爱上喀什。

2013年，他辞去在德国的工作来到克拉玛依，与好友王石磊一起开办了一家西餐厅，并亲自酿造啤酒。如今，他们的啤酒厂马上就要投产了。

丹尼尔：

在平静中
努力探索

籍贯：德国
职业：餐厅老板

我叫丹尼尔·苏克菲尔（Daniel Suckfuel），三十四岁，来自德国。三年前，我来到中国，这缘于我与中国朋友建立起来的友谊。十四年前，我在德国的时候常常与许多中国朋友来往，后来我决定到中国度假，见见老朋友。过了一段时间，我在中国开始酿啤酒，并开办了自己的啤酒厂。

我的家乡泰特罗（Teterow）在德国的东北部，属于一个叫作梅克伦堡 - 前波美拉尼亚（Mecklenburg-Vorpommern）的州。那个地方并不大，大概有一万人。我在那里度过了十六年，童年生活是很平静的，我的性格也是如此，非常轻松，非常静谧。我的父母非常喜欢静静地待在家里的壁炉前，生活非常平静。

泰特罗非常落后，它是德国新的组成部分（原属东德）。大部分人会选择留在梅克伦堡 - 前波美拉尼亚，这也是我曾经生活过的地方。他们做旅游的生意，那里有湖泊、大海，有很多游客在那里度假。但是，旅游季过后，这里就会变得异常安静，不像德国的人口密集区。

我父母自己修建了他们居住的房子，他们那时有两个孩子（我和妹妹），无法离开那里。1989 年，柏林墙倒了。我父母任何事情都做不了，也不能卖了他们的房子。那时，他们失去了很多挣钱的机会。我的父亲是砖工，我的母亲是护士，当时，我父亲只有夏天有工作，冬天没有工作。那里有太多人需要工作，又没有任何工业，有着大约 25% 的无业人员。我不想要这样的生活，我想要一个光明的未来。这也是我后来才上大学的原因，我当时只想离开那个没有希望的地方，想要有物质保障的生活，一种有安全感的生活。我渴望去探索新知，并能够学以致用。我真的不想在那里度过我的余生。一个十六岁的少年，想的不是具体要什么样的生活，而是如何让生活变得更好。我大部分的朋友都在我的那个年纪离开那里了。所以，我十六岁完成了高中学业后，就选择离开了那个地方。我去了明斯特（Münster），开始学习厨艺。

我喜欢烹饪，因为我是个吃货。我想发挥自己的创造力，想知道当别人品尝新的食物时有什么样的味觉和嗅觉感受，想通过创造新的菜品去发现新世界。我接受了三年的厨师培训，毕业考试后，我发现自己并不想做厨师，但这是一个很好的基础：知道自己能够烹饪我很高兴，但我知道这不是我未来要从事的职业。

一些人总是想弄清楚自己的爱好，并使之变得越来越好，不想总待在一个地方，每天重复一样的事情，于是他们不得不去多读书、多探索，我就是这群人中的一员。不同的人有不同的关注点，而我的关注点是用我的感官去感知事物。我很小的时候听音乐就非常认真，因此我还学习了演奏小号。我学习烹饪，是因为我想发掘我的味觉、嗅觉的能力。做啤酒也是一样，做啤酒的过程可以使我的感官充分地发挥作用。你要有一定的想象力，要清楚啤酒的种类。很多人想知道啤酒的种类，事实上，这个世界上的啤酒有许多种类，但是你要做出一种好的啤酒样品，就需要使用你的手，要清楚此品种包含的成分、颜色，大麦、酵母是如何发挥作用的，等等。这个过程包含了一切信息，你不得不发挥你的想象力，利用你的舌、鼻的经验，用眼睛去观察它的性状。最终，你的全部感官将被充分地调动起来。你可以听到冒泡的声音，能够闻到、尝到、获得泡沫在嘴巴里的感觉，你可以得到一切感觉。它涉及五种感官的应用和想象力的扩展，必须充分地发挥你的创造力。这正是我最享受的。

我在学校时最爱的学科不是音乐或者烹饪，而是化学，因此我想要在化学领域有所作为，充分利用我的思想和智慧，而不是感官。我对自己感官能力的训练，尤其是在嗅觉、味觉方面的灵敏度，使我在做厨师时能够更好地理解菜谱，在酿造啤酒时也是一样。并且，我在化学方面的基础使我能够明白酿造啤酒的过程是如何运作的。我在学习酿造啤酒时阅读了相关的书籍（生物化学书籍），并很好地把握了书中的内容，这与我的化学知识息息相关。

2003年，我在化学学校上学。有一天，有人敲开宿舍的门问我是否有吉他，那个人就是王石磊。那时，他是在那里学习德语的学生。后来，我们一起弹吉他，慢慢成了很好的朋友。他本人非常和蔼、友善。还有一点我印象非常深刻，就是他可以仅仅认识你两三分钟，就开始以朋友相称了，这对他来说轻松自如。

我永远记得王石磊对我说过："丹尼尔，我喜欢喝啤酒，因为克拉玛依的水太少了。"我说："什么？这说不通啊！"当时真的非常疑惑。这句话到现在还在我的脑海中回荡，印象太深刻了。王石磊告诉我，克拉玛依是一个石油城、人造城市，它位于中国的西部。我当时不是很清楚在哪里。

我知道中国的历史悠久，我在化学学校时跟许多中国人住在一起，还曾有一个中国学生跟我学习德语，我也因此进一步了解了中国的文化。她比王石磊早半年到德国，她告诉我许多中国的事情，教会了我用筷子，告诉我他们吃什么样的食物，还有中国的历史。我觉得中国的历史非常有趣，只是当时没有花太多的精力去关注中国，因为有趣的事情很多，你不能什么都关注，当时也没有非常渴望去中国。但是从那时起，中国开始引起了我的兴趣。我听到很多中国的事情，也了解到很多风俗习惯。例如，在德国，大家坐在一张桌前吃饭，都很安静，只是静静地吃饭，吃完之后，可能会简单地交流一下，但中国则不同，四五个人坐在一起，桌上有五六个菜，每个人都有一碗米饭，然后大家边吃边聊。这是一种非常不同的感觉，是我之前从来没有过的体验，这种用餐方式令我印象深刻。

完成化学学业之后，在化学领域重复的工作渐渐使我失去了动力，我意识到我需要有所改变了。这或许是我决定来中国的原因，于是我先开始在中国旅行。我想那时决定来中国创业算是我年轻人生的最后一搏，我当时还孑然一身，肩上没有太多的责任要承担，可以冒险一试，这样的想法促使我来到中国。

2013 年，我到中国旅行，见了许多老朋友。我一直对中国以及中国的历史深感敬佩，无论是以前还是到中国度假以后，都让我想要更深入地探索中国。这次假期之后，我跟王石磊的联系变得很频繁。一个月之后，我辞掉了在德国的工作。那时，王石磊邀请我来新疆，我就过来了。

刚到克拉玛依时，有几个月的时间，我都住在王石磊的家里。我和王石磊开始商量要做什么样的生意。我之前学习过煮咖啡，但是克拉玛依人对咖啡并不是很青睐，所以我们就去了解克拉玛依人的需求，应该在这里做什么生意。最后，我们决定开一个餐厅，同时在餐厅里自酿啤酒。德国有着悠久的啤酒文化，但是现在喝啤酒的人越来越少，反而中国人越来越关注啤酒，喝的人也越来越多了。我们刚开始在家里进行小量的酿酒试验，二十到三十升，之前我只是看过极少有关如何酿制啤酒的书籍。我们想方设法地研究克拉玛依人喜欢的啤酒种类。比如，当我获得一种新的大麦，我要咀嚼；当我获得新的啤酒花，我会用手搓碎，闻它的味道。我利用我的感官去辨别哪种是我们需要的。还必须通过阅读弄清楚如何让味道起作用，如何利用酵母。阅读真的是一个你不能错过的过程，通过阅读，我解决了很多问题，比如别人是如何酿啤酒的，我能够从中学到什么。有些过程仅仅是为了获得一种类型的啤酒，非常独特，或许我可以用来酿制我的啤酒，搞清楚其中的原理。

我之前仅仅读过一些与大麦、啤酒花相关的信息，但是关于配比、时间、添加物，我当时几乎没有概念，因为真的了解得太少了。第一次在我们现在的餐厅里酿的酒，也没有成功。当时，我们一直在反复琢磨问题出在哪儿，实在是没有头绪。但是，我知道这绝不是我要的啤酒。我们第一款成功的啤酒不太符合这边人的口味，所以当时不得不调整种类，尝试几种德国古老但是出名的品种，如小麦啤酒，在德国非常成功，在中国也广为人知。当我们酿制出第一款成功的啤酒时，我们知道虽然没有酿得很完美，但是方法对了。我们感到很自豪，我们找到了方法、配方，明白了酿酒的流程，也知道了以后要如何做。这一过程虽然有些复杂，但是我们终于攻克了它。

新疆没有酿酒文化中心，我们想要建立一个这样的站点。新疆有几家酿酒商，不过他们不会聚在一起共同讨论啤酒。在德国或者其他国家，啤酒商会聚到一起，品尝啤酒、讨论啤酒，或者不同的酒家共同酿制一种啤酒，因为他们有着共同的想法——想要尝试做同一种啤酒。但是在新疆，甚至中国，人们担心被抄袭，不会分享想法。当我向我的邻居询问啤酒的问题时，他们不会分享，他们会想这是在窃取他们的机密，不想透漏太多。这是很不好的。所以，我的资源大部分来自书籍，我需要信息，我想从书中得到启发，从信息中得到启发。我需要这些信息来激发新的想法，进而看看我能做什么，如何利用酵母或者酿酒原料。

我以前常研发菜品，现在不做了，现在的关注点是啤酒，使啤酒厂尽快开业，研发出更多的啤酒种类，获得更多的经验、更多的想法。我更多的是研发创造，王石磊则负责组织管理。

我们初次售卖啤酒是在夏天，啤酒卖得非常快，我们从来没有期望会卖得如此好。夏天，人们喜欢坐在外面，喝一杯冰啤。到了冬天，人们不喜欢喝啤酒，啤酒是一种冷饮，克拉玛依的冬天又非常冷。现在，冬天啤酒也销售得很好，是一种超出想象的成功，至少不是消极的。

拥有自己的事业是一种不一样的崭新生活。你可以待在一个机会渺茫的小城市，开始一种很棒的、有意思的生活，尝试一种从未期待过的新生活。你也可以选择一座被机遇环绕的大城市，生活却不尽如人意，因为你找不到属于自己的机会。在德国，我只是一个普通的雇员，我没有太多的空间去发挥自己的想象力和创造力。我无法想象来到克拉玛依还是重复过去的那种生活，那将是更糟的一种选择。很幸运的是，我和王石磊创立了我们自己的事业，我们拥有了更多的自由和空间，关键是让我们从中获得了满足感。

我想中国老板和欧洲老板最大的区别就是，中国老板认为"我可以休息，因为我是雇用者，不需要工作"，但是德国或者说欧洲的老板则认为"我必须成为企业里工作最努力的那个人"。我和王石磊争吵时通常是我会发火，大声吼叫，他一般不说话，只是听着，之后想办法转移话题。但是，如果他觉得是我错了，我们会争吵。如果觉得我是对的，他会立马道歉。所以，我们吵的次数不是很多，有那么几次。生意是生意，友谊是友谊。我们在生意中有争吵、摩擦，或许需要时间让彼此冷静下来，但我们依旧是朋友，我想生意上的不愉快不会影响我们的友谊。另外，处理文化差异的方法其实很简单，你必须学着包容、接受，学着忽略一些细节，付出最大的努力去了解对方。包容和接受是非常重要的两样东西。

人们总是想着改变。我虽然性格比较内向，但是我仍然想着改变。当你听王石磊谈论我的时候，他会说我性格内向，但是做事积极主动、斗志昂扬。我同时也在激励着他，激励着这里的每一个人。我可以不积极、活跃吗？可以不阅读吗？我的心无法保持安静，或许唯一可以让我安静下来的便是阅读。

来到中国后，我的生活发生了很大的变化，王石磊是重要的原因之一。王石磊有他自己的生活方式，我过去也有自己的生活，现在我在这里的生活变得更有生趣，这是我从未期待过的。我的生活可以说发生了一百八十度的转变，我真的希望这种感觉和生活可以持续下去，这是我对我和王石磊由衷的希望。来到克拉玛依后，我做事情更多的是出自本能意愿。在德国的时候，我的生活从来没有这样有意义过，我花费很多时间做一些常规的事情。现在，只要这个事业可以继续进行，我就会很高兴在这里生活很长很长时间。

某种程度上，每个人都有对力量和能力的渴望。当我回望过去，我跟父母之间没有矛盾，我跟我生活的环境之间也没有矛盾，但是我总是感觉要有所行动和改变。我出生在一个非常封闭的环境，我想要冲破束缚，破茧而出，拥抱自由。这是我在探索我是谁，这是一种生活方式。

拓

荒

你以为人物是筛选的？错，是缘分。

拍摄对象总会问："你们是怎么找到我的呢？"

在茫茫人海中找一个不知道的人，你说怎么找呀？

2017 年 4 月，演出开始，《我到新疆去》。

一切到位，导演组的成员坐在一起开会，八集，每集最少五个备选人物。尽管大家都已经是老新疆人了，一下子要找到四十个人不容易——他们要属于不同的年龄段，来自不同的故乡，生活在不同的环境；要在不同的领域，做着不同的事情，有着不同的想法；还要个性鲜明，有表达的愿望和能力。最好这些人物还能带着新疆的大好河山、地域文化、历史信息……

时间一天天过去，一个个人物渐渐清晰。可是，我们这一集的名字叫《拓荒》，一个人物也没有落实。

主题是"拓荒"。

我们可能需要一个兵团务农的人物，垦荒是最贴近的题材；我们可能需要一个石油勘探的人物，他们常年在没有人烟的地方工作和生活；我们可能需要一个边防哨所的人物，戍边也是拓荒。

兵团宣传部相当给力，一下子发过来一大堆材料。筛呀筛，模范材料中很难找到人物的个性。最后，让人眼前一亮的是刘思思，她要把钢管舞带到戈壁滩上的哈密，这和我本来想找的垦荒没啥关系，但是故事够"拓荒"的。人物必须有"我到新疆去"的经历，刘思思是哈密人，在口里上过学、工作过，回到新疆，也算是"我到新疆去"吧。

石油物探党群工作部更给力，直接落实到219队，一个大学毕业学动漫的钻井组长刘保华，一年要在大山野外住大半年。这个听起来也不错。

边防哨所的备选人物——编外的巡边老大爷，太红了，直接被否定，最后还差一个人。

各种材料显示没有太合适的，于是每天在网上搜索。我锁定的区域是巴州，因为在那里生活过八年，必须有一个巴州的人物。但是否定，否定，一个一个否定，不是不合适就是不合适。终于有一天看到一条新闻："达西村获得全国十佳小康村"。人们印象中的南疆是荒凉和贫穷的，在南疆待了那么久，我居然不知道这个地方。我只是想了解达西村，并没有想着在那里找到一个外地人，可是，确实有一个外地人，还是福建人，是那里的荣誉村民，而且，一个设计师出身的人做起了农村电商，他叫黄昌辉。

强大的"搜索引擎"陈馨怡小朋友，北大研究生刚毕业，友情加盟来做导演助理，她迅速就找到了想找的人。加了黄昌辉老师的微信，才在朋友圈里发现，他和我的几个好朋友都认识，而我们却是通过这种方式相遇了。

走到这一步，也只是第一步。2017 年 6 月，和每个人物都见了面，三个人物基本上定下来，可是拍摄时又是一波三折。

6 月，拍摄了刘思思的哈萨克式婚礼，第二次拍摄时，她已经是一位孕妇。黄昌辉一直在问我们什么时候来，可是我们赶到库尔勒时，他却要回福建参加侄女的婚礼，我们感兴趣的达西村已经成了过去时。刘保华不善言谈，我们备选了物探 219 队队长岳宏，可是，马上开拍了，岳宏生病回了北京。物探党群工作部的主任袁敬武说："我们这儿很多人都可以选，因为工作是一样的，到时候再说。"

这太冒险了。确实，我带着摄制组到了库尔勒，却不知道要拍的人是谁。我只好凭自己对物探队的熟悉和了解给大家鼓气。当然，我心里还有一个备选，那就是物探队的彝族姑娘，她们是从云南的大山里来到新疆的大山。

到了拜城，进了物探队，见到王中杰队长，我心里暗暗高兴，这正是我理想中的人物。物探是一个复杂的工程，只有队长才能知道这工程的压力和使命，而王队的气质充满了一个甘肃人的厚朴和智慧。

这不是缘分又是什么呢?

出于职业的习惯，每一次拍人物，我都要求自己喜欢我选的人物。事实是，每一次拍摄人物，我都深深感谢这一次相遇、相识。每一个人物，我走进他们的生命，他们也走进我的生命。我相信，这是上天赐予的机缘，让我们这些陌生人走出茫茫人海，成为朋友。

文 ＼ 李晓东

刘思思：

我在新疆
跳钢管舞

籍贯：新疆
职业：舞蹈老师

爷爷奶奶刚到新疆的时候在兵团，当时特别穷，每天在地里干活挣工分、拿工资，一年下来才拿个一百多元钱，所以爸爸是吃着黑馍馍长大的。可能是因为过过最贫穷的日子，现在日子过得好了，爷爷奶奶还是很勤俭，连剩饭都不愿意往外倒，能吃四五天。那水吧，我们年轻人一打开，就让它哗哗地流，而爷爷奶奶就要一滴一滴地滴满一桶然后才去用，就是老传统下的勤俭持家，不过我倒觉得这个非常让人钦佩。

我爸爸是家里面的老大，一心想上大学。国家一直提倡上大学改变命运，爸爸家兄弟姐妹五个人，只出了一个大学生，结果命运还不是很好。

我爸爸学的是建筑，毕业以后修公路、修房子之类的，后来种种原因修着修着就不修了，修不了了。然后他又回到农场开始种地，种着种着就觉得这一辈子不能老种地，毕竟他上过大学，去外面见过世面，就开始跟我妈妈商量做生意吧，就是开小商店，然后养猪养牛，几乎什么生意他都做过。

我出生在巴里坤。这个地方很冷，有时候会到零下二十摄氏度左右，但我依稀记得小时候我们一群小孩子吸着鼻子也玩得很开心。但是，我那时似乎也没那么开心，因为我特别喜欢哭，是一言不合就哭的那种，大人们总是拿我没办法。后来不知道是听谁说认个干爹就不哭了，父母不懂这些，但还是想试试这个办法。当时我的干爹也在场，他很高兴，就说那就让他来当我的干爹吧，还开玩笑地说我除了爱哭，其他地方都很可爱，说完还当场在我们家开的杂货铺里给我买了衣服穿上。神奇的是，当穿上干爹给我买的新衣服时，我立马就不哭了。

干爹是哈萨克族人，他家离我们家也不远，我经常跑过去在那儿玩。可能也是因为这个吧，我喜欢上了舞蹈，以后长大了，上学了，每次逢年过节我都很乐意上台表演。而表演的这些舞蹈都是我自己去琢磨练的，当时小，不懂事，觉得舞蹈的境界也就是这样。但是等我中专毕业实习的时候，我觉得我和我的同事永远不是一个圈子的。因为他们每次都会说我大学的时候怎么样，而我从来没有接受过大学教育，说不羡慕那是假的，于是我就下定决心要上大学，然后把舞蹈学得更精致一点儿。

至于学什么舞蹈，我心里早有定夺了。我想学钢管舞，工作的时候就很喜欢，但是没条件去学，因为没有人教。我必须踏上更远的路来完成这个愿望。

于是我做了两个打算。一个是我会努力参加成人考试，但是万一考不上，我就学钢管舞。如果我考上的地方有钢管舞的话那就更好了，一举两得。可能上天也觉得我爱舞心切吧，我考上了南昌的江西教育学院（现南昌师范学院），亮点是那里有学钢管舞的地方。当时我特别开心，二话不说就去报名了。

说句实话，我也不是叛逆的那种人，成年后也没去过几次夜店，但是我喜欢那种劲爆的音乐和节奏感，如果再配上这样的舞蹈那简直完美了。这种在我眼里完美的舞蹈，我一学就爱得死去活来，完全停不下来了。

练钢管舞特别苦，跟干了一个小时体力活、跑了几百米是一样的，三分钟下来就气喘吁吁的。刚开始的时候学什么都难，腿上青一块紫一块的，胳膊也是青一块紫一块的，夏天穿着短裤出去，人家都以为我被家暴了。当时特别想放弃，这想法持续了一段时间，但后面还是坚持下去了，就觉得不能浪费钱，挣钱不容易。我也完全收不住对这个舞蹈的热爱。

大学毕业以后我想留在外面，当时觉得外面的世界比新疆要好。我觉得每一个从新疆出去的孩子可能都有这样的想法，但是最终都会回到新疆，因为想家。刚走的时候，父母天天叨叨，然后你觉得烦死了，一辈子都不想回去了。

但是见到了外面的世界，见到了外面的人，你觉得孤独、无助，因为更多的时间你是一个人，你受伤的时候身边没有一个人，所以有时候还是想回家。朋友也劝我，说："刘思思，你去那边你真的是一个人，什么都没有，朋友也没有，亲人也没有，兄弟姐妹也没有，你一个人在那边干啥？回来吧。"妈妈也来接我了，我最后就回去了，但还是不甘心，又回口里当了半年时间的教练。有一次商业演出，我把腿摔断了，只能挂着拐杖，跳着走，很不方便。学校分配的宿舍是顶层六楼，我下不去也上不来，就在那个房子里面窝了两个多月。两个多月没有人照顾，我妈天天给我打电话，我每次都是以泪洗面。我一听她的声音就想哭，后来都不想接她的电话了。

钢管虐我千百遍，我却待它如初恋。休养了三个月，能走路的时候，我就两地跑，其实当时真的很迷茫。当时，我的一个朋友在湖南电视台做舞美，就想把我也留下做个幕后。我觉得做幕后的话永远没有出人头地之日，所以毅然决然回去了。

回去后其实更迷茫了。我开始找工作，找房子，还想继续跳这个舞。我第一步就是要改变新疆人的思想，因为新疆比起其他地方还是有些落后，我想把外面的东西带到新疆来，让新疆人去感受。于是我就花了十五天时间找练舞室，找到以后就开始装修，买设备。我用自己的钱把房钱付了，但还差钱，父母也没有，所以向同学借了将近一万元钱。最后东西齐了，可以开办了，时间差不多是过年的时候了。

开始招生的时候，有很多打电话咨询的人，但是没有人报名，一听是钢管舞就挂了。最后有一个从陕西打来的电话说："你好，是刘老师吗？"我说："是的。"她说："你这儿是不是教钢管舞？"我说："是。"她说："我看到你们网上有招生广告，我想去学钢管舞，我男朋友特别喜欢。"我说："可以啊，可是你在渭南呀，你会来新疆吗？"她说："如果你那儿真的教的话，我就去。"她的电话给了我信心，后来哪怕只有一个学生，我也上课。从下午一点半开始上课，一直到晚上十点多，学生都是一个一个来的，我等于是一对一的私教，但是不觉得累，一天到晚都很开心。慢慢地，学生开始多了，大家介绍自己的朋

我到新疆去

友过来学。他们也对钢管舞有了一个新的认识，觉得跳钢管舞很健身，也很美。

就这样，这些人慢慢开始改变对钢管舞的刻板印象，从起初的排斥到后来的接纳。我看到这些转变也很开心。

随着舞蹈室的发展，我也认识了很多志同道合的人，他们都很优秀，也很有想法，是一群很努力的人，我们平时聚在一起会做公益，尽我们自己一份力量去温暖别人，这其实更有成就感。

说了这么多，我最感谢的还是我的父母，尤其是我的父亲。从小我就特别崇拜他，在我眼里他是世界上最厉害的人，也是最爱我的人，每一次我有演出，他都会亲自给我安装钢管舞的钢管。就因为这样，我格外依赖我的父亲，哪怕家里的灯管坏了也找他修。现在父母看着我的舞蹈室慢慢进入轨道也比较安心了，虽然我不敢肯定让他们骄傲了，但是我觉得我起码让他们省心了。有时候，我跟我妈说，我的青春感觉什么都没有，就一直在拼命。现在回想一下，我的这些经历就是我的财富，纵然过程很痛，但是没有什么比这个更值钱了，不是吗？

他的工作是寻找地下的油气资源，常年在边疆的荒无人烟地区风餐露宿，参与了中国的第一个整装大气田——克拉2气田的勘探。

王中杰：

传承石油人的
铁人精神

籍贯：甘肃
职业：中石油物探队队长

我家是农村的，小时候我的想法很简单，觉得只有读书才能跳出农门，甭管干什么工作，只要别跟父辈一样面朝黄土背朝天。所以，我努力学习。

1993 年高考，题特别难。我定的目标本来很高，但一考完，如当头泼下一盆凉水，没敢填重点院校。在老师的指导下，我填报了石油大学（北京），就是现在的中国石油大学，考到地球科学系。拿到录取通知书的时候，我也不知道这个系到底是干什么的。直到第一天报到发书以后，有本《普通地质学》，我才明白跟地质有关系。其实小时候我对这方面不感兴趣，但是阴差阳错地就跟地质打交道了。

上学的时候，我们老师就说，物探局是一个专业性很强的单位，我们学了这个专业可以去。毕业时我被分配到涿州物探局研究院，离北京很近，而且离我的母校石油大学也不远。我觉得挺好的，那就去吧。到单位又进行了二次分配，我被分配到地调三处。我们接受了半年的英语培训，1998 年初奔赴新疆，加入了石油地震勘探这个行列。

小时候听我爷爷那一辈人说起新疆，说清朝末期或民国的时候，逃荒的人说只要能走到新疆，就能活下来。新疆物产丰富，但是戈壁滩这一带很难走出去，很多人就死在戈壁滩上。这就是我关于新疆最早的印象。

到新疆去的时候，我是从兰州上火车的，但第二天起来，火车还在甘肃境内呢，感觉真远啊。到新疆后，我先去库尔勒帮忙，然后进了 2100 队。2100

队是第一个上山地的队伍，1997 年就在拜城这边做山地勘探。我是 1998 年 4 月进去的，一直到 10 月一年实习期满了才回的家。我们基本上五年换一个地方。山地干了五年后，又到沙漠去，接着又去外围，然后又在塔北干了五年，2016 年就到库车这边了。

作为北方人，我觉得新疆是很好的。刚来的时候，当地人也不会因为你是外地来的就欺负你，没有这个感觉。以前我们遇上刮风下雨干不了活儿的时候，就去当地老乡家吃个饭，下雨天没地儿住的时候就去老乡家留个宿。这里维吾尔族、汉族都有，人们都特别热情。你只要以诚相待，大伙儿对你都挺好的。

最艰苦的就是，有时候特别冷，有时候特别热。我第一年当副队长的时候，冬天在老虎台干山地二维。天气太冷了，那时候没有电暖气，就用煤炉子取暖，一个帐篷放一个，零下三十多摄氏度的时候不怎么管用。冬天确实很辛苦，风吹到脸上就跟刀割一样。所有人员都发了棉衣棉裤，一般都是里面穿毛衣毛裤，外面再穿棉衣棉裤，然后再裹一件大衣，戴着棉帽子什么的。施工过程中，平地雪就有三十多厘米厚，整个冬天都不融化。干活的时候，要先用推土机把雪铲掉。狼也被冻得下山，离我们二三十米远，它根本不跑，因为也跑不动，而且人比较集中，对狼来说，有这么多野兔、黄羊，它不至于攻击人。冬天风太大的时候，我们仪器受到高频干扰，因为它的波是很轻微的，石子动一下，人或黄羊之类走到旁边的时候，仪器都有反应。所以冬天检波器必须埋好，要防风。我第一年当队长的时候，正好碰到最热的一年。当时我们在若羌三十六团戈壁滩干二维，基本上每天从下午两点到六点所有人都休息，凌晨两点以前根本睡不着觉，热得没地方待，没有风，干热干热的。当时我们做了一个实验，一把铁锹放在那儿晒，晒完以后把鸡蛋打在上面，一下子就凝固了。市面上买的温度计，靠墙根立着，不到十分钟就爆了。那个温度就是六十摄氏度，所以我们就停止施工，两个车打开遮阳篷，所有人就地休息，同时派发藿香正气水，还有大桶的绿豆汤放在那儿，每个人喝点。下午六点以后就可以干到天黑，因此那个项目进展得很缓慢。

我 1999 年当副队长的时候，项目管理方面不像现在这么规范，在沙漠里我们都是背着行李，走到哪儿就干到哪儿、睡在哪儿。基本上就是开工前睡一晚上，收工以后睡一晚上，其他时间都在车上。干三维的时候，我都跟着插线车司机，整个工期都在车上睡。而且睡觉的时候，电台（耳机）一直在耳朵边挂着，哪儿有问题喊我的时候，我第一时间就要给出回应。只要在工地上，我就要随时知道施工状况怎么样，出了问题再找我就晚了。因为干三维的时候点多、面广、人多、车多，一不留神就会出安全问题。这可能是压力最大的方面。

有时候我们面对面坐着，这边还是阳光灿烂，那边没准儿已经大雨倾盆了，然后洪水很可能就来了。当你听到洪水声音的时候，你往往是跑不掉的，会有生命危险。所以，我们在冲沟或者大河道上游设置瞭望哨，专门监测天气情况和水情。这边天特别蓝的情况下，那边突然就会飘来云彩，这时就要及时提醒全部人员注意。这种情况在夏天雨季的时候，非常可怕。

这个活儿主要是体力劳动，施工地方都比较偏远，通信这方面都比较差，电视信号、网络都没有，业余生活比较枯燥。说实在的，现在 80 后、90 后很少有人干这个活儿。

我在野外待的最长时间是 13 个月，就是从 1999 年初一直干到第二年三四月回去的。我家孩子出生我都没有回去，那时我刚当副队长，也不敢请假。我还是得到了我老婆和其他家里人的支持。现在孩子也能理解我，能理解我这个工作性质，就是你就干你的活儿，我学我的习，两不耽误，你也别替我操心了。

算起来，我在家的时间一年最多最多也就是四五个月。我有十个年头就是在野外过的春节，冬天项目施工，回不去，每年基本上要到 3 月，甚至 5 月项目才结束。

从 1998 年毕业到现在，我在新疆待了整整二十年。现在我觉得，既然要干这个行业，就要把这个活儿干好。只要给我一个项目，我想的是带着弟兄们把项目干好，让弟兄们平平安安地回来，这是我最简单的想法，也是我最终的目标。

我们干"物探"，说起来也算石油人，我觉得我们也在传承石油人的铁人精神。当年大庆会战，有铁人王进喜，铁人精神到现在还传承。当年我们进塔里木盆地的时候，那里荒无人烟。什么都没有的时候，我们"物探"人员作为开路先锋挺进这个死亡之海，在极度艰苦的情况下，大伙儿相互帮助，相互搭台，完成了异常艰辛的工作。在别人看来，这很辛苦，但我们干的时候并不觉得受不了，干不了。回头想想，以前苦的过程也是一种财富。每个项目平平安安、高效完成的时候，我的心里会油然而生一种自豪感。

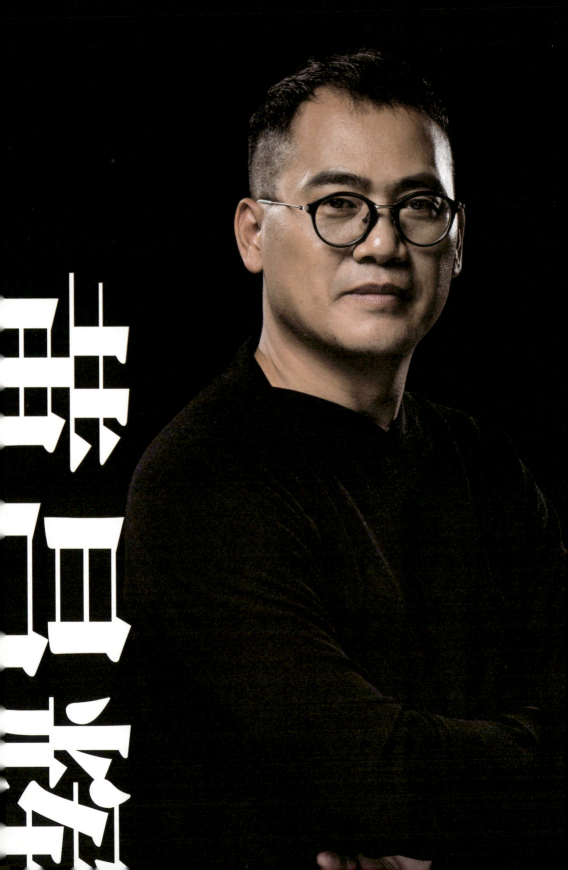

2014年，达西村授予黄昌辉「荣誉村民」称号。2015年，第八届「中国十佳小康村」揭晓，达西村成为新疆唯一入选的村庄。

黄昌辉：

坚信这里
未来的路很长

籍贯：福建
职业：电子商务、品牌设计师

我第一次来新疆是在 2003 年，当时我在乌鲁木齐给一家企业做培训。那时候觉得新疆真的是很美很美，但确实也非常遥远。

2005 年，我们本来要到国外去。那个时候，我的一个朋友在郑州开发了一个地产项目，问我能不能到那边给他帮忙。我想了很久，最后就去了。我当时想，在郑州我最多待五年，然后就回福建。结果那个项目没有做起来，另外一个股东就喊我到库尔勒干个项目。

我到库尔勒一看，这个城市太美了，河非常干净，人的气质、状态也非常好。跟多数人一样，我以前也老觉得新疆地处大漠，会很荒凉，但没想到大漠里还会有这么漂亮的城市，太精致了。它很吸引我，我就过来了，留在这边做项目。

我来的时候本来想地产项目做完了就回去，当时感觉最多也就待五年，因为我觉得五年是人生的一个阶段。但是后来，尉犁县的领导跟我说："黄老师，你能不能再帮整个尉犁县想一想有什么更好的方式，让尉犁县的品牌提升一下，让更多的人知道我们的特产，而且让老百姓的生活方式有更好的改变？"一个人如果能被人家需求，其实也是很幸福的。这种需求，不是说能给你多大的回报，但可能会给你带来意想不到的变化。

在这之前，我刚好在做达西村的一个展览馆的整体规划，以及里面的策划。这个过程中我发现，达西村这个品牌是非常好的，两任总书记写过信，而且 2009 年习总书记还来过。这个村庄这么富裕，能不能把互联网电商这一块引进来，让它很好地发展，这对我来说也是一个突破。于是我当时就跟县委马书记说，我来做一个电商规划，主题是"智慧达西，电商先行"。因为当时他想做智慧社区，所以我们提出这样一个口号，后面就开始推动项目。这样做着做着就留下来了。当你沉迷于一件事情的时候，外界的东西可能就很难影响你。就像我爱人说我的那样，我想做一件事，九头牛都拉不回来。

于是我就留下来做农村电商这件事，因为我觉得很有挑战。我沉下来做的时候，发现有很多东西可为。我们原来做策划、媒体这一块时，本身就有做电商意愿，而且我不排斥新鲜的东西。再说电商这块也不算陌生行业，因为早在 1997 年起我就在福州做相关行业。那时候我算是福建省第一代做因特网的。我当时负责交互式音乐，以及跟福建旅游相关的事情等。

我觉得，不管你做什么，不管是你喜欢的还是不喜欢的，一定要专注进去。你做进去了，不喜欢的可能也会变成喜欢的，因为这个世界没有什么机会让你做喜欢的事情。这是我自己的深刻感受。我当时也跟我们马书记讲："我好不容易从农村到了省城，结果却跑到新疆来，省城还没有待上，又到这个州，然后又跑到村里去了。"他也调侃我，说我从农村到城里学习，学习完再回到农村，然后再回到城里去。

很多人问我辛苦不辛苦。辛苦是肯定的，我一个人跑到这个地方来，每天很晚从公司回家，睡个觉，早上洗个澡又去公司，有时候早餐可能都没吃。当你身处外地，家里很多事情你是顾不上的，还会让家里人挂心。我感受最深的就是我父亲去世。我父亲去世得很突然，因为摔了一跤。那时候，刚好我们一家人都在新疆，我儿子在这边念书，我爱人也请假陪在这边，待了一个学期。得到父亲出事的消息，我们打算立即赶回去，但当时这边正起了沙尘暴，航班停了。结果我们没能及时赶回去，留下很多遗憾。那个时候我才觉得新疆真的是很遥远。这个让我感触非常大，那个时候有一点点想放弃，觉得这个不好，离家这么远，家里有什么事都回不来。

但是人嘛，有时候被需求的感觉也是蛮好的。需求有很多种，父母亲有需求，子女也有需求，家庭也有需求，还有朋友的需求、事业的需求。你真的被这么多人需求，你会发现你的时间是不够用的，但你的生活就很充实了。所以，我真没有觉得特别辛苦。其实我个人感觉还是比较幸福的，因为我觉得生活的状态就应该这样。我爱人就说我："你在家里待两天，就会待出病来。"我觉得真是这样。

很多人问：你在新疆收获了什么？我在这边十一年，收获了很多朋友，也收获了很多让我们非常愉悦的东西，有时候是很小很小的触动，可能我们在家乡也可以体验，都是同样温情的体验。但在家乡可能是父母、家人给予的，在新疆可能是朋友、陌生人给予的。

我以前给很多企业做培训，去过全国很多地方。但新疆给人的感觉却大不一样。大家只要一提起新疆，自然而然就有一股力量。你从新疆回来，会告诉大家你什么时候去过新疆，新疆有很多好吃的，南疆的人文风景很好，北疆的风光很美，都记得很清楚。因此，来过新疆的人自然而然就结成一个朋友圈。我经常在吃饭的时候遇到一些人，一说新疆，"我在新疆待了三个月""我在新疆待了十五天"，每个人会很具体地告诉我这些数字。我也跟他们介绍新疆的朋友，还有喜欢新疆的朋友。大家一说起这个，感觉很神奇。这在其他地方是没有的。

我们小时候，南方的父母亲觉得新疆生活得很艰苦，小孩子不听话就会说"把你送到新疆去"。等长大一些之后，我对它的印象就是新疆舞蹈中的摇头，这对童年的我们来说，是最有新疆特色的符号。但是来到这里之后，我感觉就不大一样了，特别是 2003 年第一次来的时候，我就感觉"哇，乌鲁木齐太美了，很国际化"。我当时回去就跟很多人讲，乌鲁木齐是一个非常国际化的城市。因为我觉得除了北京、上海，我在乌鲁木齐看到很多外国人面孔，街上有很多外国人，可能很多俄罗斯人在这边做生意吧。

我觉得新疆是一个有情谊的地方，而且这种情谊是多方面的，其中一个就是友情。这里人跟人之间没有那么多猜忌，告诉你"你吃吧"，你就很随意地去吃。还有新疆地域这么广阔，特别是去接人的时候，或者他们带你去玩的时候，很难想象可能开车要开三个小时，甚至花半天时间去接人，而且他感觉没事儿一样，他没有觉得这个事情是很辛苦的。我第一次体验到这种情谊，是一个喀什的朋友说带我去玩，去看"沙漠零公里"，我以为开车最多一个小时就能到，结果开了三四个小时。还有，很多朋友听说你喜欢什么东西后，他们可能就会弄过来送给你。我以前听说这边有很多好大的党参，就随口提了，然后一个朋友就给我弄来一个好大的党参。我说到野生的甘草，他说是啊，有很大的甘草，回头就给我送来一个很大的甘草，现在还放在我的办公室里。后来我都不好意思再说这些了，因为你说了，他都会想着给你弄来。

从福建来这里之前，我是做地产的，生活非常轻松，除了旅游拍照，就是写文章。后来我开始做互联网，生活变得不大一样了。现在做农村电商，要到农村去，而且这行迭代非常快，我们必须每天都有新东西。我现在才感觉到，那是我人生的第三次创业，我是在重新创业。

其实我个人觉得，一个人在自己的一生中可以多方面地去尝试，做一些不同的事情，这样你可能会体验到不同的生活方式。但这的确是需要勇气的。因为每次尝试，你可能会放弃很多以前已经有的东西，光环也好，好的生活也好，重新再去选择生活。虽然我现在将近五十岁了，但我觉得我应该还会有第四次创业。其实我已经习惯这样，每天飞来飞去，做自己想做的事情。这种生活状态，别人可能感觉挺苦，但我自己觉得挺好，这就是我自己的体会。

我母亲一直跟我的子女、跟我爱人说，得赶紧让他回来，一个人在那边那么辛苦。记得当初我来新疆的时候，我岳父说："小黄，你不要一个人在那里待那么久，你把人生中最好的青壮年时期放在那边，又是一个人，太辛苦，你要快点回来。"当时来的时候，我只想待三五年时间，但现在已经待了十一年，未来可能还会待很长时间。

新疆给我的感觉很不一样，这种感觉跟别的地方给我的感觉不能比。我很开心自己来到了这样的地方。我坚信我在这里还会不断成长，未来在这里的路还会很长。

探

索

二十五年前，他到吐鲁番钻研壁画艺术，现在是吐鲁番学研究院技术保护研究所所长。

徐东良：

丝绸之路是
我一生都要做的研究

籍贯：吉林敦化
职业：文物修复专家

我觉得喜欢画画是天生的，自然而然地喜欢。

小时候，我对色彩就挺敏感的，初中时有个同学家里给他买了盒水彩笔，十二色的，我特别喜欢。那盒水彩要两元多钱，我没有那么多钱，就用两毛钱买了一盒蜡笔。蜡笔我也从来不舍得用，放在抽屉里一层一层的，有时候睡觉就把蜡笔放在枕头底下。只要是自己喜欢的东西，我就一定要守着，一根都不能丢，也不能不全，用掉了会心疼，就不用。

我老家在东北，小时候没有托儿所、幼儿园，我母亲他们单位的图书馆有《永乐大典》《四库全书》等很多书，我就接触到这些古书、繁体字，还有《康熙字典》。实际上，我看不懂，但是我知道这些书里的东西比较深奥，没事儿也可以翻一翻、摸一摸。后来，因为我母亲在图书馆工作，所以她经常会给我讲一讲这些书的来龙去脉、历史背景。那时候，我才七八岁，一直到上高中一年级，我都总去图书馆，每天放学都往那儿跑。我母亲说："你喜欢啥书，画册很贵，咱买不起，就在单位进书的时候把这本书加上。"然后，我就可以看了。我母亲特别支持我，我当时就已经对壁画着迷了。

我正式开始学美术是高中二年级，正好是十六岁到十七岁。我父亲教育人特有办法。在延边的时候，我们那边没有汉族学校，我父亲就把我送到朝鲜族学校上学。我上课时啥也听不懂，毫无疑问是最差的学生。我父亲当时培训干部，他的学员年龄都是很大的，有的比我父亲的年龄还大。他就对学员吹他儿子："看见没有，我儿子将来是翻译家。"后来，我在吉林左家镇学习美术。他也跟他的学生说："看见没有，这是我儿子，将来是画家。"我母亲就很不满意，说："你儿子根本就成不了画家，你搁外面乱吹，到时候多没面子。"后来我才明白，他不是在给他的学员吹他儿子，而是把这话用另外一种形式灌输给我——"你将来一定要成为画家"。所以说，那个时候我就知道，我天生就是画画的。我们的校长许占志，是很有名的画家，看了我平时画的东西（那时候还没有受到正规训练），就说这孩子肯定考不上大学，但是将来一定能画出好画。让他说中了，我没考上大学，但还是在画画，没有扔下。

我天生又喜欢考古，考古跟美术结合得最好的东西，就是壁画。它既有历史，又有艺术，还有不同的宗教，既有道教的，也有佛教的，非常丰富。最重要的一点：它有种神秘感。比如我来柏孜克里克之前查资料，我觉得神秘感就把我吸到这儿来了。

我父亲去世得很早，四十七岁，突然脑出血。我父亲给我的影响是潜移默化的。他给我讲一些古典小故事，包括《塞翁失马》，还有亚当和夏娃的传说什么的，甚至斯大林的秘书写的一些关于斯大林的秘闻，我们家里都有这方面的书，他有时候也让我了解一点儿。我小的时候，第二天就要政治考试了，厚厚的一本书我背不下来，我就跑到我父亲的办公室。他就把半本书给我念了一遍，让我听着，他说我准能及格。第二天，我果然考了六十分。他念的时候，每到关键字语气是不一样的，他说："你把这几个关键字记住，这半本书你就全会了。"他有一种学习态度，还有一种钻研精神。在我的印象中，我父亲的床头灯从来没有熄过，通宵都是开着的。他床的一半上面有七八十厘米高，全是书，他每天晚上都要看书。他躺着看书，床头灯就在旁边。我们早就睡着了，他还在备课。所以，这种精神对我影响比较大。

他的去世对我们的打击很大。那个时候，我就已经开始独立了，我不再跟我母亲要钱，而是自己想办法赚钱，去做自己该做的事。这样的话，就去敦煌，去永乐宫，后来来到吐鲁番，我是这么走出来的。当时，我的小卧室里一堵墙上钉着一张全国地图，我就从西安开始画，一直沿着河西走廊画到敦煌，然后画到克孜尔、喀什，从喀什到阿里，最后是古格，这么画一条线，我就计划走这一条路。

我从东北出来没过多久就给家里写了一封信。我认为一个民族的艺术有它的开始、兴盛，最后消亡的过程，回纥艺术正好符合我的这个概念。出来之前，我母亲的图书馆已经满足不了我了，我还跑到东北师范大学的古籍善本库，看到了柏孜克里克的玻璃版的印刷品，非常精细，那个佛的头比较大，身体比较小。当时，我就觉得特别神秘，为什么头这么大，身体这么小？为什么衣服、袈裟都是这样画的，跟我印象中的佛像完全不一样？最大的冲击就是特别神秘，吃不透，理解不透，在我的知识范围之内我读不懂它。后来，我就坐火车准备去克孜尔，因为克孜尔的壁画在全国来讲是很著名的。

然后我想，既然路过吐鲁番，就到这儿看一下。当时的老馆长非常好，安排我去参观。回来后，他问我有啥感受，我说："已经是一堆垃圾了。"那个时候的卫生几乎没人打扫，就跟垃圾场一样，但是从这里边能整理出不少好东西。他说："你虽然画过壁画，可年龄这么小，我们不相信你的水平。你有啥水平，给我们露一露，我们看一看，不能光靠嘴说。"

我就花了一个月的时间临摹了一幅画，他们看完之后觉得还行，画得还不错。最后说，这小伙子想留下，咱们就把他留下好了。那时候，我就是个临时工，他们就把我放在千佛洞去工作。

老馆长不懂美术，但是他知道临摹工作的重要性，他是 20 世纪五六十年代从自治区博物馆派下来的。他们这一批有好多人，袁庭鹤去了龟兹，也是从自治区博物馆下派到库车的。因为他是地主出身，不能在省会城市待了，一定要到农村去锻炼，所以就去了库车。那里的生活条件非常艰苦，老头儿一辈子没有枕过软的枕头，枕了一辈子布套里装沙子的枕头。后来，我把他请过来，搞交河复原壁画的时候，他一宿一宿睡不着觉，我问他咋了，他说："这枕头咋这么软呢？"现在他退休了，回了四川。

我到新疆去

他们那一代人都非常认真，尤其是对工作，包括人际关系，没有任何私心杂念。我当时的朋友都是五六十岁的，因为我小，不管怎么样，他们不会骗我，我很放心。不管他们说什么，肯定不会害我。另外，我也认认真真地做工作。

全国考古圈都有一个保守的观念：我所挖的资料不能和你共享，或者既然我没有水平研究，也不让别人去研究。这样是不利于发展的。我是很开放的，包括所有照片，和别人共享没有任何问题。但是搞考古的，他们占有资料的多少就决定了他们将来发展地位的高低，这跟他们是息息相关的。到今天仍是如此，但已经好多了。比如现在博物馆允许游客拍照了，过去连拍照都不让。当然，洞窟里除了所谓的闪光灯等原因，其实有很多原因是知识产权的问题，但是老祖先留下的东西，产权属谁？是属于世人的遗产，我是这样认为的。

交河第一次申报世界文化遗产的时候，在名录里是排第一的。吐鲁番人当时的观念不行，认为这要是申遗成功了，交河就归文化厅直属了，那我们吐鲁番地区怎么办？收入怎么办？领导是算这些账的，那一次就失败了。联合国规定，不能两次重复申报。没有办法，咱们2014年成功了，是占用了哈萨克斯坦的名额，丝绸之路整体申遗，就不算重复。随着时间的推移，人们的观点也发生了转变，人都是在进步的。过去，我们三元钱一张票，游客买完之后说："什么玩意儿，这么破，这画连个眼睛都没有，还骗了我三元钱。"说我们是骗子。现在游客花四十元钱买一张票，看完就说太可惜了，怎么被外国人偷走了。他们的认识真是和过去不一样了。

柏孜克里克保护确实是特别早的，1993年就成立文物中心了，变成自收自支单位。那时候，国家文物局一分钱都不给，当时长江三峡在搬迁文物，所有的经费全往那儿投了，整个丝绸之路没有一分钱的保护经费。我们就靠门票收入，如果没有收入，我们工资都没有，我们单位当时有六十人，全分配到景点去看文物。机关只有局长，财务室和办公室以及其他几个科室有人，不超过十个人。那个时候，收入对我们来讲是第一位的。地区有好多单位都发不出工资，最后都合并到我们单位了，我们要全部养起来，领导的压力特别大。

一度账上一分钱都没有了，工资发不了，最后是靠跟旅行社的协议才保障了收支。现在，每年的收入都在递增，博物馆、文物局发展得越来越好。

我做任何事情都要发一个心愿，比如说看到出土壁画的情况，就像医生看到了病危的病人一样。医生会发一个心愿，这个人还有救，我一定会把他救活。现在，我们做保护，也用"病害"这个词，很多工具、名词都是借用于医学。20世纪五六十年代的时候，我们的文物、壁画保护是世界领先的，而今天我们要去国外学习壁画修复技术。这是发展还是倒退？20世纪50年代是领先世界，今天要到国外去学习，确实是我们在倒退。包括很多材料、技术什么的，那个时候非常好，而今天很多都被抛弃了。比如织补技术，清朝衰弱的时候，很多太监就往外偷绢花，撕成碎片，塞到棉袄里跑出来，到琉璃厂那块儿，请人织起来，天衣无缝，看不出来。我们今天的织补技术用在文物修复上了吗？没有，几乎没有。而我们拿针线补也好，拿胶粘也好，都不如织补技术做得好。这也是一种倒退。所以，我们现在面临的问题非常多，但是这种局面也在逐渐好转。当你摸透了所有技术，包括国内、国外的，你就知道路该怎么走了。也不能老沿着别人的脚印去模仿别人，人家有的技术是对自己的文物有用，对我们的不一定适用。我们还要走自己的路，去探索。

我们有一个跟德国合作的纺织品项目，我接到了他们邀请我去柏林的邀请函。去了之后，看了被偷到国外的吐鲁番的柏孜克里克的壁画图。我心里头就想，这种研究不可能孤立地去做，必须跟国外的资料结合起来。既然不能共享，我们可以用临摹品互相交换资料。国外没有这个研究，离开吐鲁番也研究不成，所以现在整个吐鲁番学都处在国际大合作阶段。我们和韩国、俄罗斯、德国都有合作，甚至印度和日本资料，都在互相补充。"一带一路"提起来之后，整个合作发展得更快了。

"一带一路"不仅仅是商业行为、经济行为，它真正牵涉到半个地球，牵涉到很多民族和国家，它必须找一个文化的共识点。你可以有你的文化，我可以有我的文化，但是咱俩共同这一部分，联系着你和我。这样大伙儿都联系起来，寻求到文化的认同之后，什么事情都好做。否则，都有一种敌对心理，你

我到新疆去

防着我，我防着你，咱们别谈生意，咱们啥也做不成。找到一个共同点，就需要咱们搞历史的人、搞考古的人去研究要解决的问题。比如丝绸之路上土耳其这边，包括波斯、伊朗这一块，为什么古人能够把这块儿做得那么红火，而元代以后就突然衰弱下去，一直到今天？今天，我们也修了几条公路过去，可为什么还是不如古代人赶驴车、拖骆驼时把生意做得那么大？文化的封闭可能是一个原因，没有找到文化上的包容。文化是没有国界的，艺术也是没有国界的。在没有国界的东西上找到了共识，咱们就好解决问题了。

我从家里出来之前跟我的一个同学说，我没有考上大学，想去走丝绸之路。他说："传统艺术你要扎进去之后，太深奥了，你根本就没有力量再爬出来。"我说："既然爬不出来，就继续往下钻，反正地球是圆的，钻出去就是美国，钻透不就完了吗？"但是，说实话，我现在并没有钻透，钻进去是钻进去了一点儿，这个"透"是绝对做不到的，不过有一点，努力去做就行。不仅仅是把壁画作为一生的研究，跟壁画有关的所有东西你都要去研究，知识的外围是很宽很宽的，包罗万象，你会越做越广、越做越深。当然，你要时不时地回顾一下，儿时的梦想是什么，或者少年时的梦想是什么。就是你刚懂事的时候，你的印象是什么，要反思，你就知道该怎么往前走了。

到现在为止，我觉得我的路没有走错，这是起码的。我十九岁出来的时候，很多人反对。他们说，这条路你走不通如何如何，你应该找一份很好的工作，然后把家里的担子挑起来，等等。他们是很现实地在考虑问题，甚至说"你小子神经有问题"，有很多阻碍的话，都会对我形成一种压力。但是，我想既然我来到这个世界上，必然有我自己的作用，我该去做什么，我就一定要去做。我走的那一天，车票都买好了，身份证却找不到了。我们家有一个小皮匣子，是清朝留下来的，祖传的，平时身份证都放在那里。最后，我在父亲的骨灰证里头找到了我的身份证，这是印象特别特别深的。感觉就是说你父亲不想让你出去，但不出去也不行。后来，我就觉得还行，没有跑偏，也没有在外面学坏，这是最起码的。还有一些正事，有一点点成绩，虽然美术上少了一个画家，但是文物圈里多了一个修复师，这也挺好，所以现在我挺满足。

但是，这个远远不是我的最终目标。中国文化遗产研究院的那些老师说，徐东良天天特别高兴、兴奋，原因是他把工作计划已经做到三百年以后了，他活得非常充实。再给三百年，这些工作也不见得能做完，古人是用了上千年的时间把它们创造出来的，我们根本做不下来。好在吐鲁番学研究院有一批专家，有研究考古的，有研究文献的，包括研究死文字的。现在，大家对这些慢慢重视起来了，它们也丰富起来了。等把这些力量整合到一起的时候，我们能够做到更好的层次。比如古人的思想，通过翻译这些死文字，我们能知道他们在想什么；通过绘画，我们知道他们当时的审美是什么样的；通过考古，我们知道当时的民族服饰是什么样子，流行什么，不流行什么，避讳什么，慢慢都可以研究出来。这个时候，我们再认识壁画，就更全面了。

我到新疆去

他一天十二个小时泡在水稻试验田里，观察秧苗的长势，并认真记录在小本子上，希望培育出更具市场潜力的新品种。

陈长青：

新疆的阳光
给我们带来希望

籍贯：四川
职业：水稻育种专家

温宿其实是维吾尔语的音译，温是"十"的意思，宿是"水"，说明温宿这个地方水多，有十条河，有水才能种植水稻。天山上雪水流下来，第一站经过的就是温宿。另外天山上雪水通过渗透作用进入地下，温宿地下水就比较多。温宿种植水稻的历史也是比较悠久的，清朝的时候还给皇家上贡过大米。

我的家乡属于丘陵地带，旱地多，水田少，每个人头大概有一亩地。水田少，耕作起来也会比较辛苦，机械到不了地里，全部靠人工，最多用水牛。小时候我印象最深的就是芽苗移栽，特别辛苦。大人弯着腰操作，一天下来受不了，就叫我们小孩干，说我们个子矮，没有腰，我们干这个活非常合适。我们个子确实不高，但是我们走到地里，一脚下去陷进泥巴特别深，拔脚非常困难，但还要弯着腰一棵芽苗一棵芽苗地弄。而芽苗只发了一点点，不好抓，弄不好就会把芽苗碰断，芽断了，这棵芽苗就报废了。所以这样干下来非常辛苦。说没腰是骗我们的，把芽苗移栽完，我们的腰也直不起来了。

我父亲会点木工手艺，当时经常在外面给别人干活，家里的田主要靠我母亲和我的两个姐姐打理，所以我们家的水稻产量并不高。家里主要靠我父亲做木工活挣点现钱，土地承包到户以后家里种的粮食也够吃了。那会儿能吃上真正的大米饭了，而在土地承包到户之前，吃一顿白米饭还是很难的，因为那会儿还没种杂交稻，水稻产量非常低，除了上交国家的，剩下的就很少了。所以

我到新疆去

在我的印象里，我从小到大没有吃过一顿真正的白米饭，基本都是掺杂着红薯、苞米一起做的。唯独吃过的一顿，是在1981年我父亲去新疆以后，当时我不听话，被我母亲打了，我婶婶就把我带到我奶奶家，在我奶奶家我吃了一顿真正的白米饭，那是我印象中最深的记忆。

那也是促使我们全家来到温宿一个原因。1980年到1981年，我父亲在温宿打工的时候，发现这个地方也种植水稻，他在这里有米饭吃了，也觉得挺好吃。老家土地承包到户以后，吃饭也不用愁了，我父亲就回家了，而且土地承包到户后家里也需要一个男劳动力。

干了两年以后，我父亲觉得家里发展前景还是比较小，因为地太少了，一家七口人就围着七亩地，吃的虽不成问题，但经济来源还是没有，没有现钱。那时候新疆也已经承包到户了，而且面积也大，两个人就能有十五亩地。所以1984年，我父亲跟我们商量之后，全家就决定搬到新疆。走之前他就跟我们说刚开始可能要吃苦。当时我们不了解新疆，但是我父亲来过，他跟我们描绘说这个地方地比较平，不像我们那个地方是丘陵地带，而且新疆雨水少，出门特别方便。而我们老家，一下雨，爬山的时候就经常摔跤，我小时候摔跤摔得多，非常苦闷。所以，当时我父亲这样一说，我们也比较向往，非常赞同。我当时十四岁，非常期待去这个地方，因为那时候对家乡的感觉特别不好，不仅吃不上一顿白米饭，一下雨路也特别难走，于是就想出去看看外面的世界。小时候，我们那个地方还没通车，哪里也没去过，出来见见世面，对我们可能也比较好。那会儿没想到以后，就想着正好可以出去看看世界。

路上还是很辛苦的，因为我们小时候从来没坐过车，而且能带走的东西尽量要多带一点，这样到新疆就少买一点，经济上就宽裕一点。当时我们背的东西很多，包括我父亲的木工工具，都是铁器，特别重。我们需要坐班车到成都去坐火车，为避免晚上在路上花钱住宿过夜，我们就尽量赶早班车。当时天不亮我们就背上东西、打着灯笼往乡里赶，准备从那里坐班车去成都。由于是第一次坐车，我们特别不适应，我、我姐姐、我妹妹都晕车，全吐了。

火车还没有直达乌鲁木齐的，要在甘肃兰州转车，转车的时候行李要全部背下来，再走很长一截路，赶另一趟火车。当时为了节约钱，我们并没有直接坐到乌鲁木齐，而是到大河沿就下车了，然后坐班车去阿克苏。当时班车比较慢，从大河沿到阿克苏要三天时间，而且路也不好，都是石头路，柏油路很少，尤其过干沟，也就是火焰山的时候，路上灰尘特别大，过完干沟，我们身上、头发上全是土。我对这趟全家搬迁之路印象特别深：第一次坐车；第一次走得这么远，整个路程下来花了七天，坐了三天四夜火车和三天班车。以前我们从来没出过门，这一出门就坐了七天车。当时下了火车以后，我们始终觉得头还是晃的，好像还在火车上。我们坐班车到阿克苏我姐姐家以后，前面三天只要躺下睡觉，头脑里都是火车的声音。

其实刚到温宿的时候，有点心凉。当时的温宿县特别小，就一条路。当时我们想着，县城应该会比较大一些，至少会有一些楼房。到温宿县城一看，怎么那么破？特别小。当时只有两座楼房，也就是二层楼，还比较小，剩下的全是平房、土块房。我们心想，这么小的县城，如果到乡里，那不得更小了。所以当时心里还是觉得有点落差。

当时来的人多，到我姐姐家后，住的房间不够。那时候姐姐已经出嫁，我们家六个都来了，这就有八个人。我姐夫的一个妹妹在县城上学，也在他们家住。但我姐姐家就只有三间房子，这样住宿就比较困难了。当时家里还有个马厩，于是我和我父亲就在马棚下面搭张床，睡在马厩里，就那样度过了一段时间。我们到的时候是3月，4月时我们就着手盖房子了，当时砖很少，也太贵，就打土块盖房子。我记得房子修起来的时候已经到7月了。

因为看到有地了，生活也有着落了，心也都安定下来了。要生存，要建房子，大家一起同心，什么事情都一块儿干，把自己的生活条件改善一点，也没觉得太苦。刚来那会儿有点失望，但是等大家住到一起以后，觉得希望还是比较大。当时我父亲是抱有很大希望的，从老家走的时候，他托关系买了两千克杂交稻种，想在新疆试种。我父亲是真正带着梦想来的，想在这里把水稻种成功，让我们真正过上好的生活。

刚到新疆以后，我们唯独有一点不太习惯，就是语言不通。我们说四川话，这里人说的普通话我们听不太懂。我去上学，因为听不懂就有点想放弃，但我父母一再劝说、督促，非让我去上学，我就坚持去了。学校老师、同学对我也比较好，慢慢地我就能够听懂他们的话了，这就稳定下来了。

我父亲梦想在新疆多种一点地，多挣点钱，让生活比在老家好一些。但第一年我们过得特别辛苦，人多，粮食不够吃。种地要投资，而产出要到9月底，在收获之前我们就要去市场上买粮食。我父亲靠着木匠活，一天有五元钱收入，我们就靠这五元钱买粮食，而蔬菜是我母亲捡的一些菜叶子。第一年就这样度过去了。

我姐姐种了一年水稻以后，感觉比较成功，十五亩地不够我们种。所以第二年我父亲又找到邮电局的十亩菜地，划出三亩来种植水稻，留下七亩地种菜供应邮电局职工食用。这三亩水稻的产量还是比较高的，当时是按加工成大米来算产量，一亩地打了将近四百千克大米，这相当于我们在四川时稻谷的产量了。第二年种植的时候，他就已经把这块地的种植经验摸出来了，这一年每亩地打了五百千克大米，折合成稻谷，应该有七百千克到七百五十千克了。

我父亲带来的两个杂交稻品种，种了两亩地，都没成熟，一颗稻子都没有。我父亲特别懊悔，他想的是能够带来增产，结果颗粒无收，造成了一些亏损。我父亲不懂为什么杂交稻在南方行，到北方就不行。杂交稻不成熟这个事我印象非常深，所以我1985年到农校上学的时候就一直想弄明白这个问题，对这块也非常用心。我想既然已经学农了，希望把这个学好，到时候回来起码可以为我父亲提供一些指导吧。当时最小的目标是这样的，还谈不上为所有农民服务。

在农校我学的是农学，没有专门的水稻、小麦或棉花这样的专业，而是分农学专业、植保专业、栽培专业等，但农学就把植保、育种和栽培等都包括了。

当时从农村出来的孩子不多，我们学校有好多学生是城市里的孩子，他们学这个是带分配指标的，毕业出来分到单位以后，还属于二、三级干部，好多也是冲着干部指标去学的。但是农村出来的孩子能在哪儿工作我们不知道。我们也是定向招生，我是从温宿出去的，最终还是要回到温宿。所以学的时候，我在育种、植保、栽培上面都很努力。当时就想尽量多学点东西，因为分配到单位以后，能不能搞水稻也是未知数。在农校学习期间，我拿了四次三好学生奖。我们毕业之前有半年的实习期，我就要求去水稻相关单位。当时在阿克苏地区农技开发中心有一个育种老专家叫沈松林，他是江苏的大学毕业的，援疆的时候到了阿克苏，一直在做水稻栽培、育种。我就要求在他手下实习，确实受益匪浅。当时想法是很好，但其实我们学的毕竟还是理论知识，到实际生产中还是需要有些变化。

我从学校毕业以后被分配到种子站，当时是一个事业单位，基础条件也比较差。我通过接触几位育种老专家，也想做育种。当时我比较佩服的是曹希之专家，他当时育出来一个代号叫78-1的品种，对温宿的水稻种植有个大的提升。他是在1982年育成的，1984年开始推广。我姐姐他们也在种这个品种的水稻，因此我接触了这个品种，产量非常高。所以，那会儿我就想培育新品种。刚好我被分到种子站，又有试验田，我就向这些专家请教，从他们手上引一些材料，就开始自己试做，然后在选的过程中请老师给一些指导，就这样慢慢培养起来。当时我们单位还不太希望我去做育种，因为做育种要耽误很多事情，投入也比较多，我就利用一些业余时间，利用现有的资源去做。

我育出第一个品种是在1998年，算是品系，叫86-3。当时因为新疆维吾尔自治区水稻少，做育种的也少，品种审定停了，所以没有进行品种审定。直到2005年才重新开始进行品种审定，我的品系才审定了品种，就是籼稻19号。这个品种在生产上已经推广几年了。农民种了能够增产，能够创收，我们感觉很好，心里感到安慰，非常自豪。现在我们育出、通过审定的品种有七个，品系可能有几十上百个，产量方面基本上已经达到了七百五十千克到八百千克的水平。

我们周围的维吾尔族乡亲都种水稻，尤其在我们这个片区，水稻产量也高，品质也比较好，种水稻有经济效益。现在维吾尔族乡亲们也适应了水稻，饮食结构也发生了变化，以前都是吃面食，现在逐渐习惯了以米饭为主食。

我也希望农户在水稻种植过程中收入好。收入好了他们才有可能购买现在的品种，或者积极地去换种、试种新的品种。本来新疆水稻种植面积就比较小，我希望每个种水稻的农户都能够获得更好的经济效益，能够在水源有限的条件下扩大水稻种植面积，生产出更优质的水稻。对我们公司来说，水稻种植面积扩大也会带动种子销量增加，那我们投入到科研育种上的经费也就比较充足了。这样就可以形成一个良性循环。

我最开心的事情就是看到农民种水稻赚钱了，最大目标就是，我培育的水稻品种农民都在种植，得到他们的认可；还有我培育的品种能够投入生产，产出的大米能够投入市场，得到消费者的认可。

我父亲对我的成绩当然非常欣慰，从我毕业开始搞实验到实际生产过程中的施肥、栽培技术等，父亲对我都有指导，他的实践经验很丰富。后来我逐步认识我们当地的专家以后，从他们身上又学到很多。后面做水稻这块，我做得比较好、做推广的时候，我父亲对我的支持也很大。当时推广杂交稻，很多人都接受不了，但是我父亲非常支持我，他首先把他的地拿出来做生产推广，他仅有四十亩地，却拿出二十亩来给我做实验，还鼓励周边的农户种新品种。他觉得，他儿子种水稻也可以了，还育出一些新品种，感到很骄傲。

温宿是我的第二故乡，现在从我的感情上来说，这就是我的家乡。如果再回到我的第一故乡，我其实已经不太适应那里的气候条件了。新疆是个干旱少雨、光照非常充足的地方，一年四季三百六十五天可能有三百二十天都有阳光。我热爱阳光，阳光给我们带来了温暖，给我们带来热量，给我们带来食物，包括水稻、大米。阳光不光给我们带来食物，也给我们带来希望。

在我的意识中，水稻就是我们的生命之本，它就是我一生的追求，是我的事业。而温宿这个地方对我来说是笔财富，这里养育了很多人，这个地方成就了我。新疆让我达成了梦想。

他是全世界在防治荒漠化领域获得国际奖项最多的科学家，被联合国环境规划署专家组尊称为「刘红柳」。

刘铭庭：

为了改变新疆的
面貌而来

籍贯：山西万荣
职业：植物学家、防沙专家

为什么想到新疆去，而且大学毕业的时候还生怕分不到新疆？这跟我父亲有一点儿关系。我父亲是我们国家第一代司机，1929年就开汽车了，经常跑到新疆去拉货。1948年，兰州解放了，他正好要去新疆，结果被卡住了。当时，兰州所有的私家车和公家车都不放行，全部支援新疆。我父亲就把货卸下来，拉上解放军的炮兵和营长、教导员，一直拉到新疆。没有经过乌鲁木齐，从哈密直接到南疆的阿克苏。来回一年多，他都没有音信，一年多以后才回来。他说1952年到乌鲁木齐，大批干部要到南疆搞土改，没有车子，也要雇他的车子，他把乌鲁木齐的土改干部又拉到南疆。还说1937年盛世才统治新疆，盛世才开始是亲苏的，后来又反苏，什么都押着。1939年以后，不让收来的抗日军火在乌鲁木齐停，说"你给我送得远远的"，送到甘肃和新疆边境星星峡那个地方。那个时候国家车少，国家就租我父亲的车，和其他公家的车一起到星星峡拉军火，送到全国抗日前线。

1943年，滇缅公路修通了以后，我们几十万人到那儿跟日本人打仗，父亲也是运军火的，去过缅甸、印度。虽然他没有参加过什么党派，但是我觉得他是一个爱国的司机。中华人民共和国成立以后，他还做了不少好事情，而且他这些事只跟我说了，别人都不知道。

那个时候，我通过父亲对新疆有了一定的了解。1956年，我们到新疆实习，我才感觉新疆确实苦，蚊子多，风沙大，天气又热，难熬得很。但是，我们就

我到新疆去

要改变这个环境,所以我就决心来新疆,而且到临毕业才跟家里说。家人不同意,说:"你就由人家自然分配到哪儿就到哪儿,你非得到新疆去,新疆毕竟还是苦。"我说:"我已经定了,我非要去不可。我给高教部写了信,就等于誓言一样,我非去不可。"我害怕分不到新疆,早先一步,在毕业的三个月前,就给高教部写信了。毕业的时候,这个消息就来了,高教部很支持我去,说我这种精神挺好,表扬了我一下。然后,他们把我的信给了兰州大学党委,因为去的人很少,兰州大学就把我的信登在兰州大学 51 期校刊上。

在我快毕业的时候,报上也经常宣传:有志青年到祖国最需要的地方去,到边疆去。我当时就是一个信念:党怎么样说,我就怎么样走。我觉得党的这条路线是对的,现在事实更证明了。我不光是研究这个东西,把它教给农民,我也向农民学习了好多东西。农民不怕苦,吃苦耐劳的精神是值得我们学习的。

我到新疆实习的时候,老师带着我,在塔里木河的一个支流孔雀河下游采集沙层植物。我们老师当时就是中国红柳的分类专家,我决定选择研究红柳,是受了他的影响。另外就是国家有这个任务,要治沙。后来,我们在吐鲁番搞了一个植物园。1985 年离开那儿到南疆的时候,已经搞了一百二十种沙层植物了,都是从全国各个地方引来的。

我们搞了植物园,把那么多沙层植物都引种到了这个植物园,研究怎么固沙。好处就是修沙漠公路的时候,我们很快就能决定种柽柳和梭梭了,别的不种。现在一年四季,风沙再没有危害过交通。如果沙漠公路已经修成了,我们才开始研究沙生植物,研究出来以后,沙漠公路早就埋掉了。

塔克拉玛干沙漠三十多万平方公里,有流沙的地方都长着一种柽柳。有从四十米以下的地下发育起来的,风沙埋它,它顽强地往上长,第二年风沙再埋,它继续长。一直不知道长了多少年,它在四十多米高的沙丘上,长得很旺,它的根还在下面。1978 年以前,我曾发表沙层柽柳的新发现,知道它长在流沙上,最后 1978 年定名字的时候定成塔克拉玛干柽柳。它是我们国家流沙上特有的一个种类,算是我们国家流沙上的一个国宝。过去,我们国家只有三种红柳,通过研究，发现了二十种，其中有五种是我们中国人发现的。以前都是外国人优先到我们国家来测我们的标本，现在我们自己发现了以后，就写上了中国人的名字。

塔里木盆地有一个特点，就是一年四季 75% 到 80% 的降水都在夏季。这个时候水分最多，浇农田都用不完，那水多了怎么办？我们把它用到荒地、盐碱地和流沙里，用人工给引进去，把水面聚集到几百亩。那时正是各种红柳开花、结果的时候，空气里的红柳种子多得很，自然就落到水里面去了。等水降下去以后，红柳就发芽了。然后，我们就人工保护，不让羊进去，不让人为破坏。等一两年以后，红柳长到两米多高，再进去放牧。这样繁殖快得很。

20 世纪六七十年代，莎车的群众困难得很，他们就到沙漠里挖红柳根，日夜挖。20 世纪 80 年代，塔里木盆地的人口有七百万，一年烧的红柳柴火一立方一立方地堆起来，一直可以堆到西安，把好多荒漠植被都破坏掉了，那时候风沙大得很。国家、自治区的领导也很重视，在和田专门开会，研究如何解决这个问题。那时候，我在吐鲁番当站长，自治区的领导来视察，问我有没有办法在和田发展大量的植被。我们早已经把这个方法掌握了，而且通过发动群众，能够少花钱，多办事。红柳繁殖起来就会把沙漠覆盖住，风沙就减少了。这几十年，我们已经用这个方法在塔里木盆地繁殖了五百万亩天然红柳林，那是一个很大的屏障。现在，秋天到和田甚至南疆一带去，到处可以看见红柳开花。后来就是因为这个课题，我得了一个联合国的奖。另外，我们在策勒治沙站搞研究，也获得了联合国的一个奖。三年后，联合国又给我发了一个荒漠化治理最佳实践奖。这个不敢说是我个人的光荣，这也是我们国家治沙工作者的光荣。我们治沙终究还是做到了世界最前沿。

群众的事情就是头等大事，就像军事命令一样，你不能违背。我们国家就采取这个办法，群众、专家、政府，三者合一，政府大力支持，群众大力干，我们用科学给咱领导指明方向，怎么样种，大致在哪儿种。比如说大芸，中医称其为地精或金笋，是极其名贵的中药材，素有"沙漠人参"的美誉。历史上就被西域各国作为上贡朝廷的珍品，现在被我们用来治沙。同时，我们还在搞药食同源，让治沙的植物走进菜市场，走上老百姓的餐桌。现在，可以看到新疆所有的菜市场都卖大芸，炖肉的时候把它放上，有营养，也可以治病。

我从20世纪70年代开始，一直在搞红柳。在吐鲁番待了十五年，也是搞红柳。我走到哪里，就把红柳的试验项目带到哪里。到策勒以后，我就把吐鲁番那一摊子全部带了过来。1993年离开策勒治沙站时，那个苗子还有，我就拿了两万株好苗子到于田，栽了五十亩，也是老乡帮忙栽的。春天就栽上了，到秋天我请县里的领导到这里来看，长得很好，一米多高。我说行了，明年就可以接种了。1995年种上红柳，1996年春天就种大芸了。这要加快速度，老百姓急着想看大芸能不能种出来。1997年4月，我到那里去看，大芸已经长出来了。我就把它们挖出来，拿去给县委书记看。县上的领导班子可高兴了，说："把你请来以后，真的给我们种出来了。"老乡看的人很多，他们终于知道这个人真能种出大芸来了。

大芸种出来以后，大面积种植还需要基础设施建设等，都需要资金。喀什有一个企业的老板，他在报上看见我这个技术有了，就是建场缺少资金。他就从喀什亲自赶到这个地方，跟我说："我给你捐二十万，钱不多，不过总能解决一部分困难。"我说太好了，然后就打井、修路、修渠，买树苗子栽树。建这个农场也不容易，五百亩地，两三米高的沙丘，还要雇拖拉机来，一亩地推平要五百元钱。后来，自治区政府也通过以工代赈，给我拨款二十万元钱，用来修渠道等。这期间，来参观的人很多，外经贸的部长也来参观了，他们看了以后觉得这是好事，我们也不容易，便帮忙申请了资金，后来批下来四十二万元。

现在，大芸一亩地要生产五百千克，按十五元钱一千克算，就是七千五百元钱。粮食、核桃都没这样的效益，十年、一百年的核桃树也产不出那么多钱来。所以，这个收益高，他们的积极性就特别高。当时，他们县里把我请去了以后，农民好像要看我的热闹：你们请来这个专家种大芸，我们就看他能不能种出来。结果，我领上他们种，过了两年，种出来了，很多。他们就相信了那个办法。农民说："一千元钱我们都高兴，那个地不要钱，夏天的洪水也不要钱，就用我们一点儿人工把它种下去，而且把流沙也固定了，比庄稼还好，为什么不种呢？"一些家庭比较穷的，心想反正家里穷，政府说好我就搞。搞了以后，很快，三五年就发家致富了，汽车也买了，新房子也盖了。其他人一看，也要搞，一传十，十传百，就这样搞起来了。一亩地七八千元钱，是他们的劳动所得，不是什么投机取巧，而是实实在在种大芸得来的。

"一带一路"提出来以后，沿线国家，沙漠地区的人多得很，除了少数石油国家富裕一点儿，大部分沙丘群众都还穷得很，有一些国家已经跟我们联系，想要种这个，因为他们也想让他们的群众致富。

我觉得我这一生最大的成就是两件事情：一件事是大面积繁殖红柳，这让我获得了联合国的奖；另一件事就是种大芸，这是在前一个的基础上做的。原来红柳能固沙，但只有生态效益，没有经济效益，种大芸以后，既能固沙，又有很高的经济效益，同时还有社会效益。群众都致富以后，社会也稳定了。

我想坚持信念，我的信念就是到新疆去。1956年来新疆的时候苦得很，我就要改变这个环境，我分到科学院以后，就更有这个义务了，尤其分到治沙（部门）以后。1959年以后，好多人都不愿意搞治沙，因为枯燥得很，到沙漠里，天天也见不到几个人。其他工作也可以搞，但治沙是我们国家的一个空白，我要填补这个空白。原来我们治沙上确实落后，那个时候苏联最先进了，以色列也搞得比较好。经过这几十年的努力，不光是靠我一个人的力量，我们治沙现在在世界上也有立足之地了，走在了世界的前沿。联合国的奖，全世界的奖，我们也得了多次，这就是一个证明。我们领先了也罢，不领先也罢，反正我们给农民教一些实用的。沙子固不住，我能教给你办法把它固住；沙子里面（让人）富不起来，我有办法种药材，可以富起来。全国人民到2020年要脱贫，也没几年了，每年要一千多万人脱贫，我的这一番工作也是大工作的一小部分。

我的拐杖是用红柳做的。1960年，沙漠热得很，我在那儿考察的时候有一个红柳棍，我就拿它做了拐杖。不是因为走路腿脚不好，而是因为我研究红柳，我拿上这个觉得有一种自豪感。我育的那些红柳，像我的娃娃一样。可是，我老婆生娃娃的时候，我反而不在，我一离开我的实验站，就老想着我的红柳。我热爱红柳比自己的孩子都有一些过。老婆老怪我，她一个人看四个娃娃，她自己还要工作，可苦了。她虽然这样说，但还是心疼我。所以，这次到南疆来，她说："不行，我们两个结婚以后，你一直在外边，一年四季见不上人，这一次我要跟你去，我不放心你的身体。"

很多时候，我觉得对不住她，她跟我苦了很多年，但我要完成的事业到底是完成了，对国家做了贡献，她也有点儿欣慰。现在，我年纪大了，还是她照顾我多一些，我在各方面也想多照顾她一点儿。我最想跟她照张相，这么几十年，也没有好好跟她照过相，就是结婚的时候照了一张相。我想可能的话，跟她合个影。我们在这个地方把照的照片挂起来，经常看看。我们要互相鼓励，把我们的余生好好过下去。

现在回想起来，六十多年前的这个选择还是正确的，没有选错。在新疆待的几十年没有白待，为国家、为人民做了一点儿有益的事情。现在八十多岁了，能为更多的沙丘贫困群众服务，我感到由衷地高兴。我现在已经八十五岁了，治沙这项事业可能以后参与的就相对少一点儿了，但我要一直关心这个事情。我还不想死，还要看后边的好戏，我想等2020年全国扶贫攻坚战完成了，再看看咱们和田这个沙漠地区群众的收入。

故乡是生我的地方，新疆是养我的地方。这六十年来，真正养我的是新疆人民。我感受到的是，我虽然给新疆人民服务了六十年，但是新疆人民也养活了我六十年。所以，我要感谢新疆的大地，感谢新疆的人民。新疆是祖国的一部分，它过去落后，我就是为了改变它的面貌才来这儿的，现在比六十年前好多了。虽然它赶不上那些沿海城市，但是在我们心里，它就是"大跃进"，很好了。经过和我同样来新疆的千千万万人的支援，我们把它建设好了，我们就和它有感情了，我们家最终就落在新疆了。

灵

感

王小东老师的家里有好多他早些年画的速写钢笔画，都是他到新疆以后去各地采风的随手记录。有些画能看出来是他在同一个地点不同时间画的。他的画既细致又生动，从院落里躺椅的摆设，到灶台上的锅碗瓢盆，都按照当时的场景记录了下来。我时常被他的这些看似随意的画作打动。在没有照相机的日子里，王小东老师就是这样记录下他眼中最和谐的生活场景。他真的是一个很热爱新疆、热爱生活的人。当然，他的这种热爱也体现在他的建筑设计中，没有任何不必要的花哨装饰，线条简洁，色彩沉稳。他的很多建筑设计都有某种融合在环境之中的感觉，一点儿也不突兀，仿佛就是在新疆这片土地上生长出来的大树一般。与此同时，这些质朴的结构不仅实用，还非常耐看，不会因为岁月的流逝而失去光华。

退休之后，王小东并没有歇下来，他将更多的精力投入到具体的建筑设计与人才培养中。在新疆建筑设计研究院的王小东工作室，我们还看到很多年轻的设计师，他们都是王小东老师的弟子。这个近八十岁的老人仍然坚持天天上班，与年轻人一起讨论各个技术环节。王老师手绘建筑设计图的功力，让我们感到惊讶，迅速、准确，非常干净利落。挥笔的气韵仿佛一个内功深厚的武林高手。

这几年，王老师开始了他的新事业。每天清晨，在乌鲁木齐的南山公园里，你都会看见一个老人在专心致志地写生。春天树叶发芽，夏天的阵雨，秋天的落叶，冬天的白雪，在他的眼里，这个迷人的小公园怎么也画不完。

最初我们选择的人物是魏小石。一个 80 后的大男孩，背着录音机到处采集民间音乐。他非常投入地工作，甚至有某种紧迫感。因为在他看来，那些记录在他的私人档案中的声音和曲调，很有可能在下一秒就从这个世界上消失。而这些弥足珍贵的音乐片段都是他研究音乐人类学的重要素材。他婉言拒绝了我们的拍摄，因为他不愿意在录制民间音乐的场景中受到任何外界的干扰。"你们拍我，还不如去拍摄王劲梅老师。"小石最后扔给我一句。

采访王劲梅老师的过程中，我们也有幸接触到了新疆民间音乐的很多前辈。他们富有才华的同时又非常谦逊。我渐渐发现，在新疆，几乎人人都会乐器。一个刚刚还在厨房做饭的媳妇，一会儿就拿着都塔尔开始又弹又唱了。最难忘的是九十四岁的木沙江·肉孜老师，还为我们用都塔尔弹了一段《黑眼睛的姑娘》。年轻的时候，人家可是都塔尔王子。

拍摄王劲梅老师的过程很温暖。在她周围的人能时时刻刻感受到一种幸福感。这个七十七岁的老太太有着最迷人的笑容。音乐，几乎是她生活的全部。在这个充满各种优美旋律的环境中，你能深切地感受到音乐对她的滋养。

拍摄快要结束的那一天，王老师很随意地拿出一把木沙江·肉孜送给她的都塔尔弹起了伊犁民歌《黑眼睛的姑娘》。夕阳的微光斜洒在琴头的纹饰上，我们都忘了架上机器拍摄，大家都坐在那儿，静静地听。那一刻，在那个不足二十平方米的房间里，流淌的只有音乐。

见面最初的两个小时，我几乎就快放弃这个选题了，因为节目形式要求不能有解说词，所有的画外音都是本人的采访自述。而沙图教练几乎不说话。他比草原上的马还要安静。几乎是我在那儿自述，而他在那儿听。他对自己以往的经历总是轻描淡写地说："真没啥可说的。"

转机出现在马厩里。他开始跟每一匹马打招呼。马场里有接近两百匹马，他认识每一匹，是的，每一匹——它们各自的名字、品种、性格，以及怪癖。他知道谁是谁的儿子，谁和谁在一起就打架。话匣子就这样打开了。不是跟我说，他喜欢跟马说话。

训练一匹马通常需要五到八年的时间。这个过程中，驯马师常常需要付出常人难以想象的体力和耐心。而这一切都出于对马的喜爱。我能感受到，沙图教练对于马的感情是那种骨子里的。这个看似粗犷的蒙古汉子有着极其细腻的一面。马场里的马随意走几步，他就能看出谁的腿不舒服。每次训练之前，他都要仔细检查场地上是不是有硬物，害怕马儿们受伤。采访中他唯一一次温情流露的时候是提到他年轻时陪伴他十五年的一匹黑马。沙图教练对于这个老伙计充满了爱和感激。他说："我所有的动作、技术和技巧都是它教给我的。"

文／周卉

我觉得作为一名建筑师，不一定非要给自己竖了不起的纪念碑，而是需要真正做一些有助于老百姓的工程。

王小东：

让建筑
长出来

籍贯：甘肃兰州
职业：建筑师

我是 1957 年在西安冶金电子学院入的学，1963 年毕业。我们建筑学专业的学生喜欢搞一点儿艺术性、文化性的建筑，但是由于学校归冶金部管，所以毕业的时候同学们绝大部分都分配到了工业设计院，分配到新疆是做民用建筑的。所以，我第一志愿就报了新疆，因为喜欢这个专业。另外，我从小就觉得新疆这个地方很神秘，也很辽阔，很吸引人，所以我没怎么考虑就报了新疆。

来的路上很有意思。当时，我的行李很简单，主要是书，还有画水彩画的画夹。我 9 月初到的新疆，火车到了哈密还要换车，那时火车刚刚通到乌鲁木齐。我从兰州上车以后，我旁边有一个老汉，他在新疆兵团农场工作，他问我到新疆干什么去。我跟他开玩笑说，我考大学没考上，想到新疆找工作。那老头儿就一路劝我：你别去了，新疆冬天冷，夏天热，很苦的。

我对新疆的第一印象很深，天气很凉，树叶开始黄了，我感受到浓郁的民族风情。当时，乌鲁木齐的建筑不多，二道桥有个商场，人民广场有个八一商场，只有二层楼，最高的楼就是刀郎歌中的八楼（乌鲁木齐昆仑宾馆）。我现在所在的设计院当时也在光明路上，比较大的两个楼，一个红楼、一个黄楼。对面就是新疆生产建设兵团的司令部，是三层楼。我们这个院里没有水泥路，下雨、下雪满地都是泥巴。

那个时候，我作为建筑学专业的人，非常想去新疆，哪怕分配到一个县城。我起码可以从规划到设计（全程参与），然后把它建设出来，这好像就是自己

我到新疆去

的一个梦想。到新疆之后，我必须深入地了解它的风俗民情和各方面的特色。那时候没有摄像机，也没有照相机，只有我的画夹和我的画纸，所以我经常背着画夹在乌鲁木齐的周围写生、画画。

1970 年，我参加了一个建筑设计的全疆调查项目。用了一个多月的时间，我们坐着一辆吉普车，把新疆都跑遍了。那时，我才开始真正感受到新疆之大，新疆各种民族的丰富，尤其到南疆以后，我觉得那里的农民特别老实、淳朴，我对这一点的印象很深。我是一个陌生人，去老百姓家里看他们的建筑或者房子的时候，他们却都很高兴，拿水、拿水果，让我们到房子里面去看，没有任何怨言。一直到后来我们在调研高台民居的时候，四百多家都去了，每家都去访问了，他们都还是很热情。少数民族基层普通的劳动者都是很朴实的，和他们接触以后，你觉得自己也很纯净。另外，到吐鲁番，是一番景色，到了库车又是另一番景色。到了喀什，我简直都不知道怎么说了，大街小巷像迷宫一样，走在里面觉得很安全。

作为一名建筑师，我主张此时此地、斯人斯建筑——到了这个地方、这个环境，应该尊重这个地方的人文风俗和它的自然环境，而不是强行插入进来。我不能说是大建筑主义，就是不管环境怎么样，都要显示我自己，让别人一看这个了不得。建筑关键是要满足功能和环境的需要，这是我的一个基本的建筑观念，也就是要尊重人、尊重历史、尊重社会、尊重环境。同时，做一个好的建筑师，尤其在当前这种情况下，必须有正确的价值取向和比较高的鉴赏力。

我对喀什有一份特殊的感情，出于两个因素：第一个，喀什是我们国家公布的历史文化名城，保护历史文化名城是我们搞建筑和规划的一个职业道德，必须做；第二个，也是最主要的因素，它是位于地震带，在喀什、阿图什一带，近百年来发生的地震烈度是很强的。阿图什有一次地震的烈度都到了九度，喀什老城基本都平掉了。喀什的人口更集中，老城区的房子一个接一个，根本不能抵抗所处地区的地震烈度。

1999 年，国家拨款六个亿，主要是进行抗震改造。由于那个时候经常发生地震，从中央领导到自治区的领导都很关心，觉得喀什这样的房子，再地震就不好办了。所以在1999年已经引起重视了，到了2003年伊朗巴姆地震以后，包括国家、自治区领导的批示里都提到了。我一想到喀什有这么多的人，就睡不着觉了。

2008年，我作为专家组的组长，带领由建设部、国家发改委、自治区建设厅组织的专家组去了解了一下，检查一下1999年国家拨款的六个亿的使用情况。在那个调查的会上，我发现了一个问题：他们把钱主要用在拓宽道路等市政改造上了，主导思想就是把老房子拆掉，慢慢疏散人口，老城区周围盖了一些三四层的新楼房，让老百姓搬到里面去。还有他们所谓的抗震加固，是一句空话，因为对八点五度的设防要求来讲，又是砖又是土块的建筑根本达不到。在这种情况下，他们只好把六个亿用来盖了一号小区、二号小区，拓宽道路，拆除过街楼，做一些市政设施，但如何把历史名城的风貌保护起来，却没有办法。所以，虽然他们肯定用这六个亿做了一些好事，但是地震的威胁还是没有排除。老百姓不愿意搬到郊区规划好的楼房里面去，因为他们祖祖辈辈住在大街小巷里，他们有邻里关系、商业关系、社会关系，还有街道的空间。如果搬到一栋一栋的楼房里面去，烤馕的地方都没有了，他们不愿意。

我带着这个问题，回来以后一直在考虑。后来，我就找自治区专家顾问团申请了四万元钱，派了我的两个硕士生，还有我工作室的两个人，我说："你们到喀什，选一个街区，不要多，四五十家，把街区调查一下，看看每个人的居住情况，以及人口密度情况怎么样。"调查回来以后，有两个数据非常有意思，这四十多家，平均每户的建筑面积超过一百平方米，平均每户的占地面积也超过了一百平方米。

我一下子就想通了，我说每户占地面积和建筑面积都在一百平方米以上，为什么要让他们搬走呢？我不要把它们拆掉，而是恢复原貌，但是这种原貌是外表的原貌，结构全都换了。用现在的砖头结构，加了钢筋混凝土构造柱、楼板，经过我们设计的方案，能够达到抵抗八点五级强度的地震。原来是四十多家，我还是把这四十多家放在那里，但是把街道做了一些调整，就把这个方案拿去了。当时周围拆迁开始以后，就有人议论，说千年古城毁灭了，包括《纽约时报》采访了一个副市长，人们很担心喀什的历史风貌从此就没有了。联合国教科文组织派人来调查，我就把我们做的研究课题交给他们，给他们解释我们要怎样做。因为它不是文物，是居住建筑，民居每年每月都有变化。我们把它拆除以后，按它的风貌原样恢复，能够做到抗震，另外把现代的水、电、燃气给加上，这为什么不可以呢？到后来，联合国教科文组织派来的人觉得这样还可以，就认可了。

就这样，喀什的老城改造从2008年下半年正式启动了。当然，这里面还有一个促进的因素。我们工程院的老院士钱正英，是原来水利部的部长，当时她在新疆一直调研水资源的一个重大课题。她到喀什了解了这个情况，尤其是地震的威胁，就给当时的温家宝总理打了一个报告。总理就先批了二十亿元，总共计划七十亿元，用来完成这个项目。那一年，温家宝总理最后一次到新疆，下了飞机就去改造好的街道看，以后我们就陆陆续续按照这个方式做下去了。

但是，改造得不太彻底，比较毛糙，资金（使用）一直不太合理。不管怎样，改造过的房子在抗震方面我是放心的。因为当时进展非常缓慢，有种种因素，我就在《建筑微言》里写过一段话。我说，喀什老城抗震改造、风貌保护的工作属于停顿（状态）了，如果再发生地震是要问责的。好在大部分工作已经做完了，可惜的是高台民居。大家说不到喀什等于没到过新疆，不到高台等于没到过喀什。高台民居大概有五百户人家，刚好在一个山包上，位置非常好，再加上是一个坡度比较大的山包，所以远看，建筑就是一层一层的，非常好看。

2008年，我组织了我的三个博士生、两个硕士生，还有我们院新分配的大学生、工作室的十几个人，在那儿工作了两个月，对高台民居的每家每户进行了测绘、访谈、数字建模，每家每户都是三维的。

喀什老城改造实施的过程中，也遇到了很多困难。工作人员去了以后，住的地方连卫生间都没有，就像集体宿舍一样。吃饭也困难，就在街上的饭馆里吃饭，饮食不习惯。而且，8月那么热的天气，我们在喀什房屋的房顶上来来回回地测绘。幸好当地有人协助，但确实是非常辛苦的。另外，我们的想法尽管很好，但是当地的居民并不理解。当时，我在喀什给街区的居民介绍我们的想法，旁边有喀什地区的副专员。我介绍完以后，当地的居民都有一个担忧："你们说得很好，我没有钱怎么办？"有一个专员就问他们："你们敢说都没有钱吗？"他们就都说没钱。但到后来，慢慢地，一家一家开始改造了以后，因为国家给他们每平方米补助几百元钱，所以大家觉得有好处，就愿意做了。现在，这种方式已经推广到了和田。和田一条街现在做得很好，当地居民抢着要改造。

当时，在喀什的阿霍街有三百多户人家。因为我语言不通，所以我就随两个建筑师去，一个汉族的，一个维吾尔族的——叫帕孜（帕孜来提·木特里甫）。我们去每家每户跟他们商量：你们的宅基地多大，要怎么设计，你们自己要改可以改，但我们坚持厨房、卫生间这些设施要有。每家可以改三次，这个工作帕孜深有体会，他把图画完了，居民看一下，不行再改。最后说不能改了，他们才签字，一家一家这样做。签完字以后，我们才一家一家给他们设计，这个工作我觉得很有意思。我们做的时候主要是主体——墙、楼板、屋面等，装饰材料由他们自己发挥，原来拆下来的门窗有的还可以用，有的室内装饰都是他们自己做。这样更有利于保护风貌，因为我们做，搞不好又千篇一律。

帕孜他们做具体工作的时候，遇到了好多困难。那个汉族的建筑师待不下去了，给我发短信说他快崩溃了，说他实在待不下去了。我说"那你就回来吧"，就帕孜一个人坚持下去了。因为帕孜是维吾尔族人，语言交流比较方便，生活可能更习惯一点儿。

最后，我们把它们汇集成一本很厚的书——《喀什高台民居》，这本书今年（2017 年）获得了中华优秀出版物奖。我在书的扉页写了一句话：如果高台民居有一天消失，这本书完全可以让其恢复。当然，我也不会恢复了，我们错过了时机，现在只剩二百多户人家了。再者，我们做的这个风貌，按照我们的想法实现已经不可能了。而且，现在下雨什么的，一旦再有地震，那就更麻烦，高台民居的威胁还没有排除。当时，我给他们地区的专员提意见，我说我

我到新疆去

们先从高台民居动手。他们说："等一等，等一等，高台民居很重要，最后再说。"后来，房子一年垮掉一些，一年垮掉一些，现在只有二百多家了。所以很遗憾，非常遗憾。

据我了解，在我们全国范围内，这样大规模地实测、调研、数字化的成果是没有的。当然，最近国家提出对传统民居建立数字博物馆，手段不一样了，比如3D、VR，就比较容易了。那时候，我们都是拿卷尺，做出来后再在电脑上按照三维做成模型，这个工作我觉得很感人。不管怎么样，我们为保护民居珍贵的遗产留下了一份珍贵的资料吧。

我曾在一篇文章里说过，到哪个山唱哪个歌，我既然到了新疆，我喜欢新疆，那我就做新疆的建筑。做（新疆国际）大巴扎的设计时，有一个既定的条件，就是它位于乌鲁木齐民族风情一条街，整个街道要打造成浓厚的民族风情。但是，我用什么方法来达到这个目的呢？并不是靠很多的符号，贴很多的石膏花，加很多线条、很多色彩，而是用最基本的建筑语言，就是体量、机理、光影、材质和空间。你能用当地的建筑语言和建筑材料来做，我是用减法，除了观景塔——建筑符号最多就用了这么一个尖拱，全部是靠建筑物本身的体量和空间，和几号楼组合的空间，以及它的功能本身，那种热闹的生命力，绝对不是装饰、打扮。我用最简单的设计语言，反而突出了自己的特色。我经常跟他们讲，世界上最好的建筑都是简洁的。

时隔多年，我看见好多人在那儿做生意，好多游客来拍照片。大巴扎建成以后，让乌鲁木齐整个的城市风貌、城市特色方面形成了一个很突出的亮点，现在旅游的人大多都会去大巴扎，所以我很高兴。而且，大巴扎建成以后解决了五千多个就业岗位，这也是很好的，对于自治区旅游事业的发展起到很大的作用。

咱们国家现在提倡的工匠精神，我们太缺乏了，我一直在说关于细节和细部的问题。作为一名建筑师，我觉得，一个城市乃至一个国家，创新非常重要，所以我一再提个性和现代感要加强，因为时代不一样了。新疆这个地方是世界上几大文明唯一的交会点，这一点正是我们新疆的优势，所以在大巴扎里面，你可以隐隐约约地感觉到一些手法、一些构图也有古希腊和罗马的一些成分在里面，但是外行人不知道。

到现在为止，我接触这个行业，从读大学开始，整整六十年了。我是1957年9月1日到学校报到的，到新疆来是1963年，也有五十四年了。当时，有些朋友往口里走的时候，说我还坚持在新疆，很悲壮。我说："这谈不上什么悲壮，我是心甘情愿的。"我在日记里写过一篇文章，题目好像是不忘初心这个意思。我考大学选专业是第一志愿，到新疆来也是第一志愿。后来，我当院长当了很长时间，自治区的领导想让我当个高级一点儿的官。我说："我不去，我请你们理解。"这也是我自己决定的。我从院长的位置下来以后，有学校叫我去，也有设计院叫我去，我说我还是留在自己工作的设计院。所以，没有什么后悔的，这些道路都是自己选择的。

我现在的工作室里有很多年轻人，我对年轻人现在是感到恨铁不成钢。年轻一代的建筑师，就受的教育、想象力方面来说都可以，最根本的问题是不扎实、没有职业感。往往是人家要什么他们就画什么，当然，我可以坚持不做，但是他们要做。我们设计院不收费，没设计师（接设计师委托）发不出工资来，所以有些档次比较低的（作品）也出去了，千篇一律的东西，也没办法。像所谓欧陆式的建筑物，这些年任何业主找我做，我都拒绝，因为我对这个在中国的泛滥，真是不理解。为什么会这样？其他国家都不这样做了，唯独我们在做。

工作室的年轻人很高兴听我讲我的想法，有时候我的一两句话可能影响他们一辈子。我跟他们说，你们看到的这个建筑物是图纸、是线条，对我来说是实体，脑子里面是一个实物，这个概念就完全不一样了。我们的教育也有一点儿问题——应试教育，大家都知道背，有标准答案。作为一名建筑师，恰恰需要逆向思维，想象力要丰富。为什么中国现在出现千城一面的现象？当然，业主、官员有责任，建筑师也有责任。整体上，我们建筑学的教育要改，还有很长的路要走。不要说扎哈·哈迪德搞了一个曲里拐弯的东西，我们就跟着上，这样

我到新疆去

没有什么好处的。扎哈的作品是有钱人、政府、大老板玩得起的，在第三世界比较贫困的地方是不可能的。

新疆电视台有一次采访时问我："你作为工程院的院士，好像应该像有些口里的院士一样，做很大的、很著名的高大建筑，现在把时间和精力放在喀什这么多家的老城改造上面，你会不会后悔？"我说："我不后悔，因为它牵扯到十几万人的生命安全。我觉得这个工作如果做好了，比建几栋了不起的高楼大厦更有意义。何况，我在对我们国家倡导一个潮流、一个倾向，有自己的看法。"2012年，在中国建筑学会的年会上，我做了发言，叫《巴洛克与当代建筑》，毫不客气地批评了一些现象，比如追求怪模怪样、不计成本、不考虑环境，像搞魔术一样。当时，我对这一点很反感。如果让我去做奇奇怪怪的建筑，我还不如老老实实地把老百姓的事情做好。所以，后来我又做了乌鲁木齐城市色彩的研究，也用了好几年的时间。我觉得作为一名建筑师，不一定非要给自己竖一些了不起的纪念碑，而是需要真正做一些有助于老百姓的工程。

2005年，我获得国际建筑学的罗伯特·马修奖，也叫改善人类居住环境奖。我们国家只有两个人获得过这个奖，第一个是清华大学的吴良镛教授，第二个就是我。我一直坚持自己的宗旨，就是对人有利、尊重人、尊重环境、尊重历史，而且要有正确、积极的价值取向。

他是电影《卧虎藏龙》的马术指导，亲自教章子怡和张震学习马术，参与了几十部影视片的马术指导工作。

沙图：

马语者

籍贯：内蒙古
职业：马术教练

我出生在内蒙古东部的科尔沁大草原，家就在牧区。我三岁就去了呼和浩特，六七岁就开始骑马。那会儿小孩特别爱攀比，谁也不服谁，他骑马我也要骑，牧区小孩经常骑着马打酱油、买个烟啥的，这种习性一直延续到现在。我们对马特别热爱，不像城市孩子可能对马有种恐惧感。

我十三岁去了内蒙古专业队，那是中国最早的马术学校，我们是"文革"以后头一批队员。我骨子里就喜欢这个东西，因为这是蒙古民族的老祖宗留下来的一个传统。当时选择进队一是为了找个工作，图个安稳；再就是，我想当运动员，想出成绩，给内蒙古、给国家争光。

我们那会儿进队的时候，第一要求就是热爱党、热爱祖国，接下来就是热爱自己的职业。

我们那茬人也特别上劲，就不服输，从骨子里就有一不怕苦二不怕累的这种精神，不像现在的小孩，你说不得，说多了他就不理解。当时我们每天挨骂也感觉心里特别高兴，学东西就是一定要付出才能学到。

我现在是野马集团的马术教练，我教的孩子都很有潜力，马感特别好。他们来自哈萨克族、维吾尔族、柯尔克孜族、蒙古族、锡伯族，像一个家庭似的。他们出来也都不容易，让孩子多学点东西是我的本职工作，也是我的最大责任。我一定要把他们教会，要不我就白来了。我对这个队伍有一个严谨的规划，说大一点是梦想，我认为孩子们都能做到。咱不光在新疆把它做好，还一定要走上全国舞台，参加各种大赛，不光给新疆人争光，不光给内蒙古人争光，还得为全国人争脸。

我这么老远跑过来，第一是想把我所学的东西传授给兄弟民族的小伙伴们，这个传统的东西不能扔掉，要传承下去。第二就是我喜爱汗血马。汗血马本身就是历代名马，在汉朝张骞出使西域的时候，见到的所谓大宛马就是汗血马，学名阿哈尔捷金马。野马集团的陈董事长为了发展汗血马，从国外引进了一批。他的确有超前意识，因为汗血马在世界上注册登记的也就是三千匹左右，他现在已经是亚洲最大的汗血马马主了。再一个，汗血马跟丝绸之路能联系到一块，过去所走的老丝绸之路，正是跟汗血马有关系，所以他现在搞这个。我们做的就是帮他调教马，培养出人才。其实60年代咱们国家有这马，从苏联进口的，后来没了。现在国外都发展起来了，咱们耽误了将近二十五年，把这个马产业也扔了二十五年。

在专业队的时候，我骑的时间最长的是一匹黑马，骑了十五年。我退役以后，马二十七岁时他们把它卖了，卖到廊坊某个地方，我还去那边找，结果没找见。这匹马来的时候不到三岁，我一直调，调完以后是最成熟的一匹。调到跑道上有沟、有障碍，它不躲，宁可跳过去。调到这个程度，你打口哨它都懂什么意思。每次训练完，我把马牵到鞍具房，它就很老实地站在那儿，我给它刷完毛以后，一拍它的屁股，它就自己回马房了。我的动作、技巧全是那匹马给予我的，我们配合得特别好。有时候我特别想它，我们都有照片在体育局，这次回去我想把马的照片找出来，回忆一下当年，但是没找到。我这辈子骑了几十匹马，但给我印象最好的就是它，特别让人放心。

马为什么好？因为马会服从你。人也不是不可以打交道，但太费脑子了。这个世界就是这样的，我宁可跟马打交道也不愿意跟人打交道。跟马打交道特别放心，每天看看马的状态，看它蹦蹦跳跳，我特别高兴。我每天都得转马房，不看不行，有时候还自言自语，"你干啥呢"，就像跟人说话似的。别人说这小子是不是有神经病，但我真的就跟它们说话，自言自语就是跟它们说话。每天晚上都这样，我已经形成习惯了，不转我会睡不着。季节交替的时候马很容易生病，必须转一转才能观察到马有啥毛病。所以说，转马房、查马房也是一件大事。

以前我老来新疆打比赛，两三年来一次，所以我很适应这里。新疆的马业发展没有内蒙古那么快，马文化没有内蒙古基础强，但是在培育马方面还是挺好的。后来成立马队，在全国比赛里也是很有声望的。我认为马队越多越好，如果新疆能有五六十个马术俱乐部，咱们的马文化、马产业就能做大做强。但现在没有，很多爱马人士都在等待，所以发展空间是有的。

搞这个行业，第一代人的付出是铺路石，第二代人的付出也是铺路石，必须在两代人付出以后，第三代人才能发展。骑马有很多层次，你在发展，人家也在发展，你永远赶不上，除非你天赋比他高，或者你有好马，成熟的马会教骑手，成熟的骑手会教马。调出这样一匹马来，最少十年，所以这个周期很长。马术项目取得好成绩真不容易。

有的人想过安逸的生活，在家里待一待，而我们搞马术的，在能动的情况下一定要动，等走不动了再想去教学，你就后悔吧。我觉得有生之年能把我的平生之学传授出去，那就是这辈子最大的安慰。

卞毓椿

四十多年来她只做了一件事，就是「让琵琶在新疆重新生根开花」，而她的创作也源于维吾尔古典音乐十二木卡姆篇章及民族民间乐曲。

王劲梅：

把琵琶
带回起源的地方

籍贯：重庆
职业：琵琶演奏家

音乐对我来新疆起了主导作用，如果不是音乐吸引的话，我可能不会来的。1960 年，我的弟弟随着铁路文工团到新疆，他是第一个把琵琶带入新疆的人，后来就是我的妹妹，她在乌鲁木齐京剧团，也把琵琶带到了新疆。

那时候，他们已经有了在乌鲁木齐定居的想法，而我纯粹是过来看望他们的，但是在此期间，经过我弟弟妹妹的撮合，我认识了京剧团的花脸演员吴恩信。我觉得他这个人挺好的，回到重庆以后考虑了两年，1969 年的冬天我们在重庆结婚了。

结婚以后就考虑夫妻分居两地的问题，我考虑到既然我弟弟妹妹都到新疆了，那干脆我也去吧，就这样我离开了重庆，调到了新疆。当时歌舞团和艺术学院都不需要琵琶，所以我就调到了乌鲁木齐京剧团。

那时候的乌鲁木齐都是平房，很少有下水道，脏水都是往街上泼，往院子里面泼，就像当年四川农村的景象，跟重庆是没法比。当时比重庆好一点儿的是副食供应，社会相对也比较安定，而那一段时间重庆的武斗特别厉害。

决定来了以后，我跟弟弟妹妹的朋友请教，说："我是搞音乐的，你们谁能领我去拜访一些老艺术家？"他们就带着我去了歌舞团和艺术学院，以及其他地方。我在那一次算是真正接触了新疆的民族音乐和民族音乐家们。他们都是大师级的，我想听他们弹的曲子。我第一个接触的是非常有名的热瓦普演奏家达吾提·阿吾提。去了以后看到他住在很小的两间平房里，生活很简朴。当时他们正在做饭，就请我一起吃，我记得是汤饭，非常香，也正是这顿饭一下子就把我感动了。吃完饭以后，他就开始弹热瓦普，弹的是《我的热瓦普》。那个声音一响，我就觉得，天哪，这个声音怎么这么强悍，非常刚劲，整个房子都好像在振动一样，我十个琵琶都干不过他一个热瓦普。当时唯一的念头就是他们的乐器太强悍了，而且技术非常复杂，风格独特。

第二个接触的是玉山江，他是弹拨乐的演奏家。我印象最深的是《艾介姆》。他弹了以后，我真的很感动。虽然我不懂他们的民族语言，但就是莫名感动，甚至要哭了。

第三个拜访的是艺术学院的木沙江先生，他当时四十多岁，据说年轻的时候大家都称他为都塔尔王子。他家的平房外面有一个院子，中间搭了一个工作台。第一次见的时候，他在做乐器，我觉得他像个木匠一样，非常朴实。当时他弹了《黑眼睛的姑娘》《牡丹汗》《阿尔顿江》，还有木卡姆。我觉得他的音乐进入到了我的灵魂里，像喝了酒一样，有种醉感。

他们的演奏和在重庆听到的是不一样的。20世纪五六十年代的重庆听的都是汉族人写的维吾尔族风格的音乐，就像《我们新疆好地方》，但我听了以后，觉得他们的风格完全不一样。

不光这三位，我接触的所有维吾尔演奏家，演奏的时候都全神贯注，脸上没有什么表情。木沙江有时候弹着弹着就热泪盈眶。我也不好意思问他为什么会这样。可能当时我们也不太熟嘛，后来我明白他是投入了自己的感情。我去听他们弹琴，他们在面对我这个汉族女同志的时候一点儿也不意外，很淡然。我们去了以后讲明来意，他们就拿起墙上挂着的乐器，调好音后，马上就给我们弹，没有什么过多的语言。

自那以后，我就去看书、查资料，在一些支离破碎的资料中知道琵琶源于西域。1978年，从上海来了一个老先生，叫孙裕德，当时已经八十三岁了。他是来探望儿子的，听别人说从重庆来了一个女同志，会弹琵琶，弹的《我的热瓦普》很受欢迎，直接叫他的儿子搀扶着找到京剧团我的住处去了，他要听这个曲子。后来我才知道孙裕德老先生是上海民乐团的团长，也是弹琵琶的，是汪派琵琶的顶级人物。遇上这种送上门的学习机会，我就开始经常到他的住处向他学传统的东西。

当时那个历史条件下，一般都不敢教传统的东西，但是我很诚恳地向他表示，我就是想跟他学传统的东西。老先生还是很痛快地教了。在聊天之中他告诉我，琵琶就是从新疆的库车传到中原的，这是我第一次听到这个有名有姓的地点，而不是西域这个大概念，就永远地记住了他的话。这以后，我就有了一种想法，琵琶是从新疆来的，但在这里却没人关注，这么好的乐器，这里的音乐素材又好，为什么不把琵琶引回新疆，重新发展起来呢？

1979 年，我去成都开会，四川音乐学院的老师陈济略请我到他家，给我包了一顿饺子。我跟他说了我的想法，他当时正在吃饺子，一听我的话就放下筷子，戴着副眼镜，斜眼看着我，说："我看你样子挺秀气的，但是像个男孩子。"他这句话实际上对我产生了一种鼓励。

回来以后过了一年，有一天文化厅给我来了一个电话，请我去见副厅长。第二天我推开副厅长办公室的门，看到他很高兴。他站起来招呼我坐下，掏出一封信给我，说是西安文联的一个资深的音乐学的老前辈李石根先生给我的，说在陕北发现了一种琵琶，多是农村里自弹自唱的说书艺人用的，经过调研发现原来是龟兹琵琶，流落到民间成了说书艺人的伴奏乐器，但那个演奏法很简单。李石根希望新疆有人来把这种陕北琵琶引回去，在新疆重新生根开花。副厅长希望我能接下这个任务，把它列入新疆音协的工作日程。这个事情从那时就定下了。

但不是说我在新疆演奏几首曲子，在舞台上表演一下就算把琵琶引回新疆了，它牵扯着创作、教学、演奏等问题，是一个系列工程。从 1981 年的春天开始，我就着手这件事，当时我考虑要学习维吾尔音乐的话，就要找到它的源头，不能光是停留在一些流行的歌曲上，我第一个就想到了木卡姆，那是维吾尔族的传统民间音乐，最古老的民间音乐。通过牵线搭桥，我进了木卡姆研究室，像泡菜一样泡在里头，跟着他们一块演奏，一块学，一块听录音，一边拿着琵琶来模仿他们乐器的一些效果，把我认为木卡姆很好听、很有特色的东西用在音律和节奏上，然后逐渐地移编到琵琶上来。另外还有一些创作，是我和有名的作曲家合编合作的，像斯坎德尔等。

最早改编的一首曲子是《我的热瓦普》。当时我听达吾提老师弹了以后很喜欢，带我去的那位朋友说："我告诉你，我有一张唱片送给你，要吗？"我脸皮厚啊，白给的能不要吗？立马就说要。我把木纹唱片带回重庆，为了要听这张唱片还买了一个唱机。那个时候，我一个月的工资才四十二元钱，花了五十九元钱买唱机。我边听边记谱，把《我的热瓦普》写出来以后就在上面定琵琶指法。通过几个月的琢磨，我完成了一个琵琶版的《我的热瓦普》的演奏谱，到了新疆演奏以后非常受欢迎。

至于《艾介姆》，我1968年听玉山江先生第一次弹就印象深刻。20世纪80年代初，我正在学习木卡姆，有机会见到了玉山江先生，立刻想起了他弹的《艾介姆》。但是玉山江先生是很高级的专家，我直接让他教我吧，他可能没有那么多时间，而且民族音乐家的学习方法很多都是口传心授，弹一遍他们就能够马上跟上，我觉得我没有这个能力，还是先听录音吧。我托一个朋友在新疆广播电台找了玉山江的演奏录音。回去以后，我天天在屋里放，加深对它的印象，然后记谱。它的演奏速度很快，音非常密集，为了记谱子，我烧坏了一台录音机。花了十几天，我觉得能把它记下来了。

之后我就开始练，花了将近两个月时间。玉山江先生果然很忙，我就没有找他，找的是木沙江。我说："老师，我把《艾介姆》记下来了，我弹一下，你听听对不对。"他说好。我就弹了一遍给他听。他帮我把不对的地方指出来，纠正了好几个地方，后来我又重新弹了一遍。弹完以后，木沙江先生非常高兴。有一天，我带着琵琶到木沙江先生那儿去了。他说："来，咱们录个音。"他屋里有个钢丝录音机。后来我听他说，他把这个录音放给好几个民族同志听了，他们听了以后问这是啥乐器，像弹布尔又不像。他说是琵琶。这一下子，民族同志的圈子里，很多人都知道这个事情了。

后来有一次我到木卡姆组的时候，一个同志问我会不会说维吾尔语。我说不会。他说你不会维吾尔语怎么学木卡姆，我说我用琵琶学的。他说："你琵琶会弹啥？民族歌会不会弹？"我说："民族歌我不会弹，我会弹《艾介姆》。"这时一个和田来的同志说："来，我跟你一块弹。"弹的时候，大家围了一个大圈，木卡姆组的人全部站到我旁边。把《艾介姆》弹完了以后，大家啥也没说就走了，但是从他们的眼睛里我看到了赞赏和友善。第二天早上，大家陆陆续续来上班，过了一会儿，玉山江也来了。他的汉语不是太好，进来以后冲着我说："《艾介姆》，弹。"我马上和和田同志一起弹。弹完以后，我看到他笑眯眯的，脸红扑扑的，什么话都没说就走了。

第三天早上，他又来了，就开会听大家汇报工作。他用维吾尔语谈话，大概一个小时，我就听懂了三个词：艾介姆、汉族、琵琶。我问吐鲁番来的一个同志玉山江讲的什么，他说讲的是我。我说讲我啥事。他说："琵琶、木卡姆是我们维吾尔族的，汉族同志是来干什么的？她是来学习我们的音乐的。我刚才听了，你们唱的我都不太满意，但是我昨天听了这个汉族同志用琵琶弹的《艾介姆》，我非常感动。我三十年前好好地弹了《艾介姆》，这三十年我都没好好弹，我也没有机会听别人弹我很满意的演奏。昨天，我听了这个汉族女同志用琵琶演奏的《艾介姆》。能演奏到这样的水平，我太感动了。"

后来为了证明这段话，我又找了几个汉语说得好的同志，他们跟我说的都是这个意思。这以后我就直接跟玉山江沟通，带着琵琶去他家和他一块弹，他也给我指点。

我到了新疆以后，陆陆续续也来了一些汉族的家长带着孩子跟我学琵琶。教的时候，我在想，如果要让琵琶在新疆重新发展起来的话，还要把琵琶教给少数民族的孩子。那时候，我刚搬到友好路那边，对门搬来了一个维吾尔族的家庭。他们家有几个孩子，最小的也就四五岁，叫木尼拉·依明。那时候夏天我们都不关门的，我只要一弹琴，这孩子就跑到我家来，站在我跟前听。我说："你喜欢吗？"她点头。我说："但是你现在学这个还太小，等你再长大一点儿，我教你弹琵琶好不好？"她说好。大概过了两年，这个孩子的手长大了，个子也长高了。我说："木尼拉，我现在可以教你弹琵琶了。"她很高兴地回去跟她爸爸妈妈说，她爸爸妈妈非常支持她，给她买了琵琶，她就开始跟我学。我之前还没教过少数民族的孩子，完全没经验，就又到木沙江那儿去，跟他说了这个情况以后，他给我写了几个简单的、好听的、小孩会喜欢的乐曲，回来以后我配上琵琶指法，教给孩子。当时木尼拉和她伊犁来的一个姐姐，两个人一块跟我学琵琶，她们也很用心，练了两个月之后，正好社区搞文艺表演比赛，我就把她们送去参加比赛，一下子获了一等奖。

我到新疆后一共教了七个少数民族的孩子，都是维吾尔族的，有五个是主动要求学的，两个是被动的，是我求着他们学的，因为我觉得他们的音乐素养非常好，一定会把琵琶弹得很好。其中一个是在艺术班，叫帕尔哈提，十四五岁，弹热瓦普的学生。我说："帕尔哈提，我教你弹琵琶行不行？"他开始一直拒绝，躲着我。他说："我是弹热瓦普的，我弹琵琶干啥？"我说："你是弹热瓦普，但是你弹琵琶以后对你弹热瓦普大有好处，所以你跟我学好不好？"后来他还是被我说服了。当时为了能够把他争取过来学琵琶，我还几次到他家里见了他的父亲。他的父亲是一个很开明、思想觉悟很高、非常善良的老先生。我就把这个情况跟他父亲说，他父亲也同意。后来我拽着他让他学，他虽然有些羞答答的，但学的时候还是很用功。但不久以后，他家遭遇火灾，他去救火受伤了，手烧得很严重。后来他做了手术，现在返回舞台了。他把我教给他的《将军令》用到吉他上，改得非常成功，最近在全国获得了一等奖。

还有一个艺术学院的孩子也是弹热瓦普的，叫瓦哈普·阿卜杜萨拉姆，他的音乐素养也非常好。当时我跟学院提出希望找少数民族的一两个孩子教他们弹琵琶，他们就安排了瓦哈普。但是瓦哈普心里有压力，他觉得这是姑娘弹的乐器，他一个维吾尔族的大小伙子弹这个乐器，一抱起来就被别人笑。另外，他也害怕弹了琵琶以后会影响他弹热瓦普，会影响手形。但是学校非常支持他，我也是使劲儿拉着他让他学。他跟我学了一年半，弹会了《艾介姆》，最后毕业考试的时候获得了学校民乐系的最高分数，现在在木卡姆艺术团。

这些学生跟我学的时候，都会在我家吃饭，我先生做饭做得好，而且速度特别快，没有一个人说他做饭不好吃，平均一天有两个人在我们家吃饭，我教的学生到我家上课都是吃了饭才走。

1982 年，创作对我来说是很难的，手上掌握的民族音乐素材很少。我就希望能跟少数民族的作曲家合作来编创琵琶曲。朋友们给我介绍了斯坎德尔，他是很有名的儿童歌曲音乐家、作曲家。我把一些想法给他讲了，他很高兴，也非常乐意和我一起做这件事，过了一段时间他就给了我一个曲谱，我把引子部分和结尾部分稍微加了点儿别的调子，其他都按他的原创增加一些琵琶的特色手法。让学琵琶的学生练了一个多月，然后参加了文化厅举办的一个新作品比赛，获得了优秀奖。

我和斯坎德尔合作了三首曲子：《在水边》《欢聚》，还有《故乡情》。这三首都获得自治区的奖，在口里还有一些院校把这三首曲子作为教材。但这三首合作完以后，斯坎德尔的身体不行了，我听他爱人说，他通宵通宵地写曲子，所以在完成这三首以后我就没再找他合作了。

斯坎德尔是维吾尔族人，但他的汉语说得很好，我们沟通没有障碍，我弹的琵琶曲他也很喜欢听，所以我们的合作是很愉快的，但是很遗憾，斯坎德尔在 2006 年突然去世了，我心里特别失落。

我觉得我这一辈子非常幸运，在我的前半期完全从事琵琶生涯的这一阶段，我的老师有杨少彝先生——平湖派的顶级人物、林石城先生——浦东派的顶级人物、四川音乐学院的教授陈济略，还有我的启蒙老师熊化兴先生，再有一个很有名的彝族舞曲的作者王惠然先生，这些都是在全国琵琶界的顶级人物，他们在技术和音乐涵养以及创作思路、演奏方面，都给我奠定了良好的基础，这是我的第一个幸运。

第二个幸运是我到新疆以后去找的那些老师也都是新疆民族音乐界的顶级

人物。比方说玉山江、达吾提、木沙江……当然还有作曲家斯坎德尔。没有这些前辈以及这些名家的指点，我是不能取得今天这个成绩的。我的成绩可以说绝大部分是归功于他们对我的培养，我非常感谢他们，同时也感谢像斯坎德尔这样和我是同辈的人的扶持。

我到了新疆以后，周围的邻居、老师、学生，好多都是维吾尔族的，特别是做音乐的老师。其实乌鲁木齐有好多汉族人，但我结交的少数民族的朋友很多。工作上，我们的合作很愉快，我很尊重他们，尊重他们的意见，把他们的东西搬到我的琵琶上。这是我的主观方面，我这样尊重别人，必然会得到别人的尊重。他们过年，我到他们家拜年；我过年，他们也到我家来拜年。斯坎德尔、木沙江来过两回，还有木尼拉。那时候，我们住在友好路，我先生预备了两套锅碗盆勺，少数民族的同志来的时候用全新的一套，我们自己吃饭是另外一套。我们互相信任，互相尊重。我与他们因为音乐结缘，我喜欢他们的音乐，学习他们的音乐。我崇拜他们的音乐，特别是在听了他们的古典音乐后。比方说，我在大街上听到哪个商店里放一些古典音乐的时候就走不动路了，站在那儿听，觉得自己深深地投入到这个音乐中去了。甚至有时候听着，我莫名其妙地感觉眼泪快要流出来了，说不出来为什么，非要说的话就是我爱音乐吧。

有一次，我下乡在场坝里演出，观众都是附近的农民。演出最后是我弹的《我的热瓦普》，弹完以后，大家开始收乐器、服装、舞台上的简单装置，我注意到旁边有两个白胡子维吾尔族的老人，戴着黑色的条绒帽子，身穿条绒的衣服。我开始没有在意，后来在放琵琶的时候发现这两个人还在看我，我就也看着他们，他们对我笑，我也笑一笑，他们就走过来了。他们说维吾尔语，我很不好意思，因为不知道说的啥，找了一个小伙子给我翻译。他们说特别喜欢我的演奏，请我到他们家给我做抓饭吃。我给他们鞠了躬，说谢谢老人家，谢谢他们的邀请。那是 20 世纪 80 年代，经济还不太富裕，以农村的情况，吃抓饭属于顶级招待了。所以我非常感谢他们，向他们表示了谢意，后来他们还是依依不舍的，边走边回头看我。

还有一次，也是在这样的地方、这样的舞台，也是弹了《我的热瓦普》。我演奏期间就发现过道上站满了人，买不到坐票的人都买站票进来。当我刚刚"铛铛铛"弹了以后，就看见后面两个穿黑色条绒衣服的人，把人扒拉开，跑到舞台跟前，离我也就两米远。我一看是两个少数民族的同志，而且看着像是农民的打扮，他们的两只手扒在舞台的边沿上，笑着看我。我觉得他们肯定是很喜欢我的演奏，要不然不会从后面把人群扒开跑到跟前冲着我笑。在新疆演奏《我的热瓦普》，观众是喜欢的。

　　如果我还留在重庆的话，我计划朝凉山彝族和藏族这些少数民族的音乐的方向发展。后来意外的拐点让我走到了另外一条路，来到了新疆。有记者说觉得很奇怪，我是汉族人，学的是文人琵琶的曲调，为什么对少数民族的音乐有这么深的情感。因为我觉得少数民族的音乐非常丰富，有特色，对我特别有吸引力，感觉特别新鲜，所以我的目光投向了它们。

　　我现在将近八十岁，准备埋骨天山了，哪儿也不去，生生死死都在新疆了。我喜欢这片土地，喜欢这边的人，喜欢这边的风格，特别是这边的艺术——音乐、舞蹈，甚至壁画。所以我跟这片土地紧紧绑在了一起，怎么样也分不开。

我到新疆去

跨
越

每个创作者都在作品中投射下自己的影子，无论是有意还是无意。拍摄完《我到新疆去》的《跨越》，我仔细梳理了一下，这几年真是拍摄了不少浪迹天涯的人物。我对他们总能产生亲近、理解、叹息、钦敬等复杂的情感；我也总是知道在兴高采烈、优游自在的背后他们还有很多话想说。

电话里他说他叫萨达姆·侯赛因，我以为这是个玩笑。直到拍摄时，他露出医生名牌，我才明白这是他自带光环的真名。小萨出生在巴基斯坦的一个商人家庭。这个家庭对他寄予厚望，不是希望他挣得金钱，而是为家族取得荣耀与尊重。父母为他选择了一条医生的路，这条路本来可以通向德国，但小萨却借着"一带一路"的风来到了中国。他是怎么做到，在短短的四五年内说一口流利的中文，成为人见人爱、乌鲁木齐的路路通的？

当我知道照片上的这个大眼睛姑娘是潮州人，并且父亲是个企业家时，我就知道会有个很精彩的故事。她是怎么从中国的东南穿越到西北，定居在乌鲁木齐的？她是怎么劝说父母同意，嫁给一个新疆人的？她是怎么下决心嫁给一个高危行业的登山教练的？在数不尽的寒夜中，她是以什么样的心情期待丈夫平安归来的？

邢睿如果没"误入歧途"地走进自然界，今天可能是一个传说中的"土豪"。他原本是股市操盘手，后来被公司外派到新疆，在新疆爱上了登山，又因为登山，迷恋上了自然界的生物。

从昆虫、鸟类，到雪豹，从微观王国一路追寻到食物链的顶级生物。今天，他是世界自然基金会（WWF）聘请的雪豹专家，是荒野新疆公益组织的创始人，是很多自然类纪录片的现场专家。我们是怎么认识的？在我拍摄自然类纪录片期间，他是我的领路人。我曾跟随他的脚步，在满目荒凉中辨认兽道、刨痕。我很好奇，他是怎么做到在似有若无的小路上找到若无似有的野兽痕迹？他是怎么从一个外行变成专家？怎么得到业内的认可？受到多少老师指导？看了多少书？走了多少路？受到过多少怀疑与非议？

每个人的出走都有一个强大的动因，其后要跨越无数座高山。选择背后没有捷径，有些人中途放弃，有些人抵达彼岸。创作也是这样，在经历了许多个昼夜的选择，跨越过很多个"不可能""做不到"之后，就是今天的我所能抵达的彼岸。

文＼原媛

他是巴基斯坦商人的儿子，被父亲「坑着」到新疆来学医，如今正努力成为医生里打羽毛球最好的一个。

小萨：

去新疆
是最好的安排

籍贯：巴基斯坦
职业：学生

知道坑爹吧？那你有没有听说过坑儿子？不要以为没有，我就是被我爸爸坑过的那一位。虽然后来我还是比较感谢他，因为要是没有他的苦苦相逼，我估计也不会来新疆。

我爸爸坑我的方式就是让我选了不喜欢的专业，不喜欢不说，还特别难。我当初特别想学工程学，但是我爸爸说："你不学医的话就不要上学了，跟我一起做生意去。"他说的做生意其实是开个餐厅什么的，那我是不愿意的。那就学医吧，也没办法。可惜我没有考上我们那边的医科大学，因为分数线不是一般地高，比如说总分是 1100 分，你必须考 950 分以上。这还不算完，报考医学的学生有几千个，可是他们只要二十多个。

我爸爸之前给我申请了南非的公费本科，可我们等了四五个月都没有结果。我怕会浪费一年时间，而恰好当时我听朋友说中国的新疆医科大学准备跟我们国家合作，毕业以后回巴基斯坦上班不用考医学资格证什么的，学费也挺便宜。我爸爸当时不在巴基斯坦，两个哥哥也不在，所以我就跟我妈妈商量，我妈妈自然不会反对，于是我就在新疆医科大学报了名。

当时我很奇怪爸爸为什么这么想让我学医，后来我想了一下，可能是因为我们家没有上过大学的人，我的二哥上到大二的时候就辍学了，他觉得学习特别难，他喜欢玩，就想自由一点。我父母看到朋友的孩子是医生，别人都特别尊重，我爸爸就挺羡慕的，也想让别人尊重自己的孩子。而且在我们国家，医生这个职业比较高端，大家都觉得这是一个好职业。所以我爸爸坚持让我当医生。我当医生后，我哥哥们的孩子也会当，他们也会向我学习，这么一想，我就觉得我爸爸不再那么坑，因为他也是为了我，为了这个家族。

说来也惭愧，来中国之前，我对这个国家不太了解。中国文化比较复杂，了解下来需要花费很多年。我印象比较深的是，这边真的是男女平等。我们那边特别大男子主义，女人不工作，专门照顾家里，男人去赚钱。但这里不一样，女人都特别自由，都有稳定工作，有能力养自己。我觉得这点非常好。现在我回家时，都会帮妈妈做一些家务活，她很开心。

2010年12月8日，我算是体会到了什么叫寒冷。寒冷是我初到乌鲁木齐的感觉，一想到我要在这里待很久，我的内心是拒绝的，这里真是太冷了。还有一个印象就是，新疆人个子好高，但都比较靠谱，跟他们交流起来也很舒服，很适合做朋友。我不喝酒、不抽烟，跟他们一起出去吃饭什么的，他们也很尊重我，不逼我，他们是有这个概念的。而且这里吃饭什么的都比较方便，到处都是清真餐厅，想吃什么都有，口里就很少有，就算有也大多是兰州牛肉面。

让我感到困难的应该是语言。我刚来的时候，一点基础都没有。后来我找了一个北京的朋友，他特别想学英语，我就跟他说："每天下午我教你十五个英语单词，你也教我十五个汉字。"每天我就跟他对话半个小时到一个小时，日积月累，我们的语言水平都大有提高，简单的生活用语都能运用自如了。学语言还是应该大胆一点儿吧，有时候我说得不对，我会改正以后继续说，因为我觉得越不想说就越学不会，必须说出来。有时候，好多中国人笑我们普通话说得不标准，可是说得多了，渐渐就会提高，凡事都应该慢慢来，不能那么操之过急。

我人生的转折点出现在大二，那时候我刚开始打羽毛球。

我的学长们一周打三到四次羽毛球，就在学校的体育馆，我每次都去看他们打球。那时候，他们觉得我就是来看热闹的。半个月以后，他们看我来了很多次，就跟我说："你也来打一下，试一下。"然后我就打了一下。虽然我没有什么打羽毛球的基础，但他们觉得我打得还可以，就说"你加入我们的群吧"。

其实我当时打球的动作都不怎么规范。我就这样打了一个月，有四个叔叔注意到我了，他们说："你打得挺好，你来跟我们打一局。"我跟他们打完后，他们说："你在这儿打球是不是要给钱？"我说："给呢，每次都给。"他们就说："以后你来打就免费吧，你是学生。"我说："真的吗？谢谢谢谢。"后来我就跟他们一周打三次。

一年以后，我们有体育考试，我选的是羽毛球。我的老师说："如果你把我打赢了，我就带你去一个特别好的俱乐部。"我说"没问题"。最后老师故意输给我，他应该是想给我一个机会。老师带我去了那个俱乐部，我在那里打了一下才发现人家速度特别快，我都没法跟上。我回来想了一下怎么训练才能进步，又找来视频自学，一点点琢磨。

2013 年 10 月前后，乌鲁木齐市组织了一个比赛，我混双拿了第一名，男双拿了第二名。后来那个俱乐部就跟我的老师联系，让我加入他们的俱乐部，开始进行正规训练。过了一段时间，他们又请了国家队退役的教练。我跟他们练了几个月，进步非常大。我原来基本功不好，练完球后，手臂疼、腰疼、膝盖疼，原因都是动作不规范。跟他们练习以后，我就感觉基本功慢慢提高了，有了点儿经验，心态也好了。现在我每年都拿全疆比赛的前三名。2015 年我代表新疆去西安打比赛。2016 年有一场比较大的比赛，在克拉玛依打的，总决赛在哈尔滨举行，我觉得哈尔滨太远了就没去，而且我已经拿了男双冠军、男单冠军和混双冠军，已经挺开心的啦。

羽毛球给我带来的乐趣很多，也让我认识了好多中国人，他们特别热心，特别爱交朋友。因为我的家人都已经移民到德国了，所以 2015 年我去那边待了几天，也去了几个欧洲国家。我感觉欧洲人比较骄傲，不怎么爱交朋友，如果我去那边，样样都要从零开始。而我对乌鲁木齐的生活很满意，我的心还是在乌鲁木齐，还在新疆。这个时候我已然爱上了这座城市，已经把它当作第二个故乡了。

因为羽毛球，我还找到了现在实习的医院，这可能也是因为我比较擅长抓住机会吧。那天我在公园教小孩子打羽毛球，有个人就过来跟我聊天。在接下

我到新疆去

来的闲聊中，我得知他是心脑血管医院的主任，于是就向他自荐。他说这个不能随便就决定，得看我的分数和毕业成绩。我把简历拿给他看后，他说："没问题，你来上班吧。"我现在在这边上班半年多了，感觉这里各方面都挺好的。

刚来的时候，我本科学的东西基本上不怎么能用，因为心脏外科不是开玩笑的，基本上要从零开始好好学。我到现在还在跟着老师学东西，这些知识不可能一两年就学会，需要很长时间。我现在是二助，如果有简单的手术就当一助，每天都在一点点地进步着。我来医院以后也学到了很多东西，这些是医学研究生都不一定能学到的。而且院长对我挺好的，每次都鼓励我，给我机会，我们主任也对我挺好的。

没有手术的时候，我就教老师们英语，手术、换药时怎么用英语交流等。因为我们医院总部是武汉亚洲心脏病医院，是全国前三名的心脏外科专科医院，所以经常需要跟国外医生交流，国外医生也经常过来做交流。上次来了一个日本心外科医生，现在就在我们医院总部上班。他来了除了能和我们院长及其他一两个医生交流外，跟其他医生交流就比较困难了。我能做的就是每周给他们安排一次英语课，提高他们的英语交流能力。

平时除了教医院的人英语外，我还会教小孩子打羽毛球。说起来我的羽毛球班还有个特色，就是边上羽毛球课边学英语，一箭双雕，小孩子喜欢学，家长也挺开心的。小孩子记性好，很容易学会单词。看着他们学得那么轻松，我也很开心，尤其在他们说出一口流利的英语的时候，别提多有成就感了。现在我们医院护士长的儿子都在跟我学打羽毛球呢。

我还记得第一次参加手术的情景，手心直冒汗，可紧张了，虽然当时只是二助，但可以说是不寻常的经历了。现在我上手术台不紧张了，能应付自如了。我目前的目标就是三年以内当上第一助理，虽然很难，但我愿意去挑战一下。

我特别喜欢现在的职业。原来是家人强迫我当医生，但现在我爱上了医学，觉得人的身体很神秘，想去研究了。我觉得我父母当时逼我是对的，我来新疆学医也是对的，这一切都是最好的安排。

她来自广东富裕家庭，为了爱情穿着睡衣离家出走，与新疆的登山教练罗彪相逢相爱，他们的故事就像电影一般曲折传奇。

韦泽纯 & 罗彪：

如何登上
爱情这座高峰

籍贯：广东（韦泽纯）
职业：经商

籍贯：新疆（罗彪）
职业：登山家

第一次见到罗彪的场景，我仍然记忆犹新。我那时候在上大学，准备去西藏拍照，等半夜火车到达格尔木的时候上来三个人，全身臭烘烘的那种。他们上来之后就有点儿慌乱，找不到行李架。我就打开手机的闪光灯给他们照了照，没有看他们的脸，但是听到其中一个说，他们三个是来自西藏、新疆、内蒙古的。我一听就有点儿慌了，心想，完了，这火车上都是什么人呀。不知道为什么，我当时抗拒着这三个地方。抱着这样的恐惧，我跑到火车过道边的椅子上坐了整整一个晚上，都不敢进去。现在想想挺搞笑的，毕竟我在这"什么人呀"当中捡了一个老公。

罗彪跟我"认识"的新疆人完全不一样，反倒是有点儿像非洲人，皮肤黑黑的，在漆黑的火车上就更难辨认他的五官。后来才知道，他们是从玉珠峰登山下来的，这也解释了为什么这几个人会如此狼狈。第二天，我想试着跟他们交流一下，于是在早餐时间把我背包里的巧克力豆豆杯拿出来，并且有声有色地形容这东西有多么多么好吃，完全没想到那是他们吃得再也不想吃的东西。这也充分说明了我对新疆人完全没什么概念，就觉得他们应该是白皮肤、高鼻梁、大眼睛，因为电视上都是这样的，所以潜意识里面他们就该这样，跟我们完全不是同一类人。

我到新疆去

在交流的时候，我问他是干什么的。他轻描淡写地对我说是登山的，这个"轻描淡写"让我以为他所说的登山就是带着零食去踏青。后来，我们一起下了火车，互相留了微信，那时候的感觉就是我们俩像相交线，在某一处相交，往后各自安好。

然而，生活就是不断有"意想不到"的东西。

那天在八廓街上，我和几个一起拍照的朋友在那儿站着，听到有人在叫我的名字。在黑压压的人群中，我只看到了罗彪，眼里只有他，其他人都被我直接屏蔽了。

然后他就过来问我："下午去干吗？"

"去编藏辫子。"

"那我跟你们一起去。"

于是，我浩浩荡荡地带着三个藏族人和一个新疆人去编辫子，他们说要帮我砍价，最后真的就只花了我十元钱，别人编就一百多元，我就完全把他们当我兄弟一样了。

2012 年 12 月，快圣诞节的时候，刚好他们那时候有个中法交流的攀登活动，在四川的四姑娘山举行，罗彪就给我打电话说"不如你来四川"。我当时就觉得可以过去远远地看，然后拍几张就行了，结果我错了。那是我人生当中第一次登上一座雪山——大姑娘山，这对我来说可能是攀，但是对他来说那是走，这个"大姑娘"花了我将近十三个小时。

那时候，我算是真的意识到了他是什么职业，虽然很危险，但是没有想过去阻止，因为罗彪是发自内心地喜欢这个。在一起的时候，多多少少还是崇拜他，这样反而更好。我崇拜他像个英雄，他宠我如公主。跟他接触多了以后，我发现他身边没有一个人说他不好的，当初有些怀疑，但是了解他的为人后才发现这是他应得的评价。

罗彪和我非常不同，我是 90 后，我们 90 后大多数都是很张扬的，喜欢表现自己，第一时间看见喜欢的人或者事物都会表现出自己的优势吸引对方，但罗彪不一样，从头到尾给我的感觉就是不张扬，跟我完全相反，简简单单，很低调。在我眼里他很稳重，甚至很多人都叫他罗老师，哪怕对方都比罗彪大一轮，但是他总是很客气地说叫他小罗就好了。除了这些，还有就是他很直接，有什么就说什么，有一次他直接说我平胸，我真的哭笑不得。不过这也算是他的人格特点，勉强原谅他好了。

我是广东潮汕人。大家提到潮汕人第一反应肯定是非常传统，不允许女孩子外嫁，甚至省内的都不允许，潮汕人就应该跟潮汕人结婚。我们家的家族观念也特别强，所以这样的想法不比别人少半分。我父亲是个企业家，我们家的条件算是比较好的，但是家教很严。在这样的一个家庭里，他们对我的婚姻是有预期的，甚至是有安排的，但是我成了这个家族中的叛逃者。

当我爸爸知道罗彪是登山员以后，一个老头子，只会玩股票，网站都搞不清楚的老头子，硬生生地上网查，了解了登山是干什么的。他搜攀登珠峰，结果出来的全是救援的、比较负能量的视频，他就更加肯定这是一个高危险的职业，然后把我拉过去谈了一晚上，说："登山不是什么好事，他要是干别的我都能把他带起来，但登山不一样，不是说我能用钱就可以把他带起来，这是生命问题，你这么年轻，你有考虑过这个吗？"

我父亲非常激烈地反对，直接把我软禁起来。他说："你可以跟罗彪在一起，但你要放弃家里所有的东西，就穿着一身睡衣走。"他没有想到我往心里去了，然后也按照这句话去做了。我把父亲给我的所有东西，无论是银行卡还是各种首饰，都整整齐齐地摆放在床上，大半夜穿着一身睡衣出走了。那天我穿着睡衣出现在飞机的头等舱，空姐以为我是一个神经病，每隔一会儿就问我："小姐，您哪里不舒服吗？有需要帮助可以跟我讲一下。"

我飞去四川与罗彪会合，他安排好人来接我。后来我们就结婚了，但其实那才是我们最艰难的时候，连房子都没有。他只有两万元钱。我不是害怕以后我要过穷日子，我甚至觉得只有两万元没关系，我看中的是他这个人。他身上有一种东西叫积极，他对我的好，我也看在眼里，他会把最好的东西永远都让给我，就连吃水果，他也是挑最好的给我。罗彪在身上只有两万元的前提下向几个朋友借了钱。大家都是刚步入社会的青年，家里也并不是那么宽裕，可是他们都相信罗彪的人品，所以都想办法一万两万元地凑了给罗彪。最后罗彪凑够二十多万元的首付把房子买下来了。他那天把房子一买就写上了我的名字。罗彪想给我一个家，他想让我在异乡有个避风港，这也算是他对我的交代。那时候我还年轻，并不觉得这是多大的事情，等我成为妈妈以后才或多或少地感受到这是一种责任感。

新疆虽然很好，但是我这个南方人适应起来其实蛮艰难的。其他的都不成问题，唯一让我头疼的是吃饭，但是当时我一直坚信"我能行"，既然没办法在外面买到我想吃的，那就自己动手做呗。慢慢地，我学会了做虾饺、凤爪、肠粉，所有我想吃的东西，我自己也可以做出来了，练就了一手好厨艺。

后面罗彪想要实现自己建岩馆的梦想，我也把自己攒的钱都拿去支持他了。建岩馆的头一年确实很辛苦，但是这份辛苦对罗彪来说是甜蜜的，因为这是他喜欢的。那时候，我们的儿子也已经出生了，一岁多，刚会走路，但还不是很稳，他就用绳子做了安全带，把儿子吊在上面。我可以感觉到罗彪很开心，我看着他们父子俩也一样高兴。也许我对幸福的概念就这么简单吧，心爱的人全都健健康康地在身边。

罗彪也改变了我很多，准确地说，他让我的内心成长了不少。无论是对家庭或者任何事，哪怕是做生意，都是拿感恩的态度，他的这种做事方式也慢慢影响了我。而作为他的妻子，我承担的也比较多，除了在经济方面我会独立，我还会想办法支持他的事业，还要把家庭顾好。而这个家庭里不只有我和罗彪，还有罗彪的父母、我们的孩子、罗彪的兄弟，这大概就是你嫁的是一个家庭的诠释。

罗彪不在我身边的时候，也是我最委屈的时候，就像一个想吃糖好久但是没有得到的小孩一样。这个感觉岂止委屈，也有莫名的孤独感。不过这也不全是坏事，因为这也有利于思考，这种思考在我以后的事业上确实帮了不少忙。

有了委屈，自然也有幸福，前面也说了，我对幸福的认知很简单，简单到我做一顿饭，他回来吃个精光，晚上趁他睡得特别死时踹他几脚，然后躲在被窝里使劲儿偷笑。

后来的日子里，我和家里面的关系也稍微缓和了一些，爸爸对我们算是满意的，但是不会说出来。他其实在我们资金周转不过来的时候帮过我们，我们会快速把钱还给他，可这一点爸爸有点儿接受不了，因为在他的心里他永远是给孩子钱的角色，而孩子不需要还这一笔。爸爸有一个习惯，每个孩子回来的时候，他都会问你有没有钱什么的。有一次，他也问我缺不缺钱，我就调侃他："爸你没钱花了吗？我多的没有就两万元，还请笑纳。"我爸一下子无语，不过看他似乎还挺开心的。

好多人觉得像我这种丈夫长期不在身边的，应该在家带孩子当个全职太太，可是我是从骨子里反对当全职太太的。因为我妈妈是全职太太，她围绕着我的父亲，围绕着我们，后来我们结婚了，我妈妈就有点儿无所事事了，我不想成为这样的人。我不应该只是罗太太或者罗彪的媳妇儿，又或者仅仅是韦泽纯，我觉得我应该还有另外的身份。无论是什么，应该还有别的。

儿子不到一岁的时候，我开始做干果生意。因为去珠海的时候，朋友说："新疆的干果非常好，你为什么不弄个店呢？"我一想对啊，这个可以，所以火速操办了起来。

刚开始的时候，确实也很累，头七个月每天只睡四个小时。开始的时候，我只操心怎么把它们卖出去，但是很快，我的思想发生了变化，如果我的东西好话怎么可能卖不出去呢？所以当我从消费者的角度看问题后，我就觉得这个事情好办多了。现在我想拥有一个完全属于自己的品牌，但是这个东西不一定是干果，有可能是泽纯果园，然后希望到哪儿都有我的果园。希望新疆能让我得到自我实现，也得到认可。

罗彪讲述

我是 1983 年出生的。算上兼职的话，从事登山这个职业应该是从 2005 年开始的。我跟我妻子宝儿（韦泽纯）是在 2012 年 10 月左右认识的。第一次见她，我觉得印象特别深的是，我们是凌晨两点多从格尔木上火车，所有车厢的灯都关了，我们拿了很多大包，她把手机闪光灯打开帮我们照着，然后我们放行李，当时就觉得这个姑娘还挺暖的。

后来我知道她好像是要去西藏拍点儿片子什么的，目的地是珠峰大本营，她却什么也没有带，我就给她借了一个睡袋。结果刚好那两天大本营那边下大雪，整个封山了，她就没有去成，在拉萨待了几天，一来二去就较熟了。熟的原因是，我们去念青唐古拉登山前要在拉萨采购一些东西，她也没事，就跟着我们一起采购，然后吃饭，慢慢地就有点儿印象了。

刚接触时，我觉得她比较乖，因为我记得特别清楚，我们在西藏的时候，还特意去我一个同学家里，她做了一桌子菜，我觉得她很贤惠，准备进山的时候她还送我，那时候就对她有好感了。

等到在西藏登完山之后，我就去了成都，有一个叫中法交流的国际登山活动，就问她来不来，她刚好有时间，就又跟着我去了四姑娘山。她算是第一次正式登山，之后我们也就在一起了。

那个时候对她的家庭也不是很了解，也没有谈及家庭的问题，因为当时她还在读书，我觉得这些事都很遥远。但第二年的春节前后，她就跟家里面说了这个事，她父母想着既然要谈就得见一下，我就决定去深圳。

第一次见她父母，她爸派了司机接我，在深圳一个饭店里吃饭。那个时候，我觉得也还好，反正只是见个面吃个饭，大家聊聊天，也没有感觉到不满意什么的。第二天，她父母专门去我住的那个酒店里，谈了大概两个小时，就是死活不同意我们在一起。觉得她嫁到新疆不合适，然后工作各方面都在新疆也不合适。说实话，我挺难受的，在深圳待了一天，第二天就回乌鲁木齐了。后来我想，不管怎么样，我也会继续坚持的。然后她被她的爸爸软禁了，我们就商量让她自己出来，找了深圳的一个朋友，头一天去她家踩点，包括车各方面的都给她弄好。第二天凌晨两点多就派车到她家楼下把她接走了，直接送到广州机场，去了成都。

到了成都之后，我从双桥沟那边也安排了一辆车，把她从机场接上，然后带她去春熙路买衣服。我记得特别清楚，她一见到我抱着我就开始哭。

我喜欢一个人之后可能就豁出去了，反正也相爱，就不管了，虽然接触时间不长，大概半年，但是就认定是可以在一起生活一辈子，可以结婚的这种，那么就拼一次。

这个决定也是两边的。我也没觉得有啥顾虑，因为我是这种性格，反正如果大家决定干这个事情，那么跟父母翻脸就翻脸，我们自己过好就好了。

我怕她离开了家以后没有那种依靠，毕竟只有一个人嘛，然后我们吃饭的时候就说要不结婚吧，她说好。当年的 3 月 1 日，我们就领结婚证了。然后 4月，她父亲带着秘书来新疆了。我们还去机场接她父亲。他们住酒店最顶楼，能看到乌鲁木齐的两边都是山，就说乌鲁木齐这两边都是山，有什么可以发展的，让我们回深圳，说我们已经结婚了不可能叫我们离婚。他的秘书先跟我们谈，谈了好久，然后她爸跟我们聊，聊了半天，最后结果就是，把那些该补的程序都补完，然后才有后面的提亲、结婚这些。

可能公司各方面越来越忙，一开始我仅仅是夏天有几个登山活动，现在有很多活动，陪她的时间确实越来越少了。今年在家也就待了十来天，其他时间都在野外。如果按正常的培训班行程，我第二天又得去青海，在青海基本上要忙到 30 日，然后转到尼泊尔，可能有时候连见面的时间都没有。

现在我更多时间和精力是投入到公司的运作中，既然走上了这条路，就得坚持，我想做一家世界级的探险公司。今年，刚刚在尼泊尔成立了一家分公司，然后又并购了成都的一个户外公司，所以这些可能越做越大，反正已经停不下来了。

我到新疆去

我觉得我对家庭还是挺重视的，但是确实没有更多时间去陪他们。有条件的情况下，宝儿会跟我去大本营。因为很多时候，她必须得依着我的时间去我工作的地方，只有这样待在一起的时间还能多一点儿。但是在工作和家庭的时间上，我的选择肯定就不自觉地在工作上面，忽略了家庭。

我觉得我的妻子为我付出了很多，甚至离开了自己的家乡跟我来到新疆。所以我也会在她想做的事情上支持她，她也是一个很好的妻子，在我不在的时候把家里的一切安排得井井有条，所以我也在这方面很感谢她。以后的日子还很长，我会想方设法让她更加幸福，还有我的儿子，他们是我的全部，我也为他们努力。

他原本是一名股票操盘手，现在是「荒野新疆」的创始人，致力于新疆濒危野生动物的调查和保护。

邢睿：

新疆改变了
我的生命轨迹

籍贯：西安
职业："荒野新疆"创始人

第一次来新疆是勤工俭学，短短十天，领略了书本上描述的新疆的风采。第二次来是公司外派，因为第一次对新疆的印象很好，有机会被外派去分公司时，我就选了新疆，一待就是三年多。第三次是在 2000 年，我再一次回到新疆。这一次，我觉得自己会留在这里，定居下来，在这里生活，在这里工作，我会成为新疆人。

小时候因为随军，我的童年主要是在甘肃酒泉的部队大院度过的。到了十二岁，回到了父母的原籍西安，一直到上大学，基本上都生活在一种文化古都的氛围中。从那之后，我开始和新疆有了断断续续的关系。我当时的工作跟人打交道比较多，每天都要应酬，吃饭、喝酒，到处跑。那时候年轻，也不知道怎么去建立关系，都是学别人吃饭、喝酒，最后也没有建立起真正比较好的关系。所以各方面来说，我都觉得（这份工作）不太适合自己的性格。

2000 年之后发生了一些变化，我那时候已经被外派到新疆了，跟当时在新疆的一些户外登山爱好者成了朋友。我们经常在周末或者节假日跑到野山里面去，因为新疆的自然条件真的非常好。不要说南疆和北疆更远的地方，即使在乌鲁木齐周围，也感觉有很多非常原生态的地方。那个时候就感觉好像突然间很贴近自然，就像找到了一些自己内心本真的东西。小时候，甘肃酒泉的大戈壁滩给我留下很多可以去顽皮的东西。在新疆接触户外以后，就突然间好像接近了童年，开始有新的角度，重新去看待自然界。

2003 年，在乌鲁木齐市郊，我们几个户外爱好者一起去登天山山脉最高的一座山峰——博格达峰，海拔 5445 米。这是我第一次去登一座真正意义上的雪山。在登山的过程中，要朝着顶峰攀登，到达顶峰之后还要安全地下撤。这种比较深刻的体验里，我感觉到更多的是对生活、对生命的一种思考。那之后，我就把原来的工作辞掉，真正成了一个漂泊在新疆的人。

辞掉原来的工作，就感觉斩断了跟家乡的关系，那自己待在新疆就要找一个事儿干。既然喜欢登山，我就开始做登山向导、组织探险活动之类的工作。有一次，朋友给我介绍了两个德国朋友，他们到我们新疆来，说是想看新疆的昆虫。当时，我不太理解，我说大老远从德国飞跃重洋，跑到我们这儿来，看这儿的昆虫有什么意义？花费还那么多。他们连续两年，每年都来一个半月，每次他们都会告诉我，大概需要去什么样的山、什么样的海拔、什么样的环境。我就开始检索类似的地方，去了解这个地方能不能去，能就带他们去看。我发现他们关注的不是自然美景，也不是要爬多高、走多远，而是很有目的性地每天去看一个地方，到了之后就会很认真地看这个地方的植物、昆虫，尤其是蝴蝶——他们是蝴蝶爱好者。我以为像他们搞这种工作的，应该是大学教授、科学家什么的。其中一个年纪比较大的，六十多岁，他说他们就是爱好者。他从六岁开始就喜欢蝴蝶，搞清楚了他家乡所有蝴蝶的品种，然后又去搞清楚了欧洲的种类，现在想搞清楚全世界的种类，这几年就在中国观察，而他的本职工作其实是在邮政局。

跟他们的接触给了我两个启发：第一，原来大自然中不仅仅是我看到的这些东西，当我们聚焦到很微观的东西上，比如一草一木，哪怕一个虫子，都如此不同；第二，改变了我过去所接受的那种教育观念。我们以前认为大自然的这些事情跟我们是没有关系的，可能你成为一个爱好者都会被认为很奇怪，更不要说去研究它了。我们从来没有受到过类似这样的教育，比如说你可以自己去做一件事情，把一个洪荒宇宙中的哪怕一个非常微小的因子用一生去搞清楚。

就我自己受过的教育中，包括所谓的生物课，基本上都是很基础、泛泛的，而且回想起来都比较枯燥，没有留下什么印象。但跟这两个自然爱好者在一起，我就觉得每天都在上生物课。他们会通过某一个物种，比方说蝴蝶，了解跟它相关的植物、环境，为什么只有在这个海拔、这个地方有这种蝴蝶这样的问题，你就会觉得很有意思。我才知道，原来新疆大概有三百种蝴蝶，中国大概有两千种，全世界就更多了，有八千多种。好多蝴蝶我从来没有见过，就老想着怎样才能见到它们，然后就去看资料，这些蝴蝶应该在什么样的环境中生活。如果我有机会在这个时间、这个区域，我就会去留意，说不定在我的认知基础上，此环境下的蝴蝶一下子被我找见了，这会让自己很开心吧。

我觉得可能对普通人来说，这个东西得好玩，而不是一上来你就觉得很枯燥、很无趣，那样肯定没有坚持下去的动力。好玩了，你才会有兴趣。我以前可能就是为了爬到山顶去，但我今天的目标是爬到山顶去找一种蝴蝶，这样就增加了我爬山的动力和积极性。然后，在实践当中不断地学习。过去，我们就觉得这种专业离我们很远。小时候，有一个很笼统的词叫科学家，这些好像都是科学家干的事。长大了以后才清楚什么是科学家。可能你作为一个人，在自然领域中哪怕一个小小的领域里给人类的认知在科学层面上做一些贡献，这就叫科学工作。登山给我打开了这样一扇门，进去以后觉得很多东西五彩斑斓。

有了兴趣之后，我就想要去学习更多，开始找资料。当时，能够买到的科普类的东西很少。一个在中科院的朋友说他认识一个老师，在新疆阿尔泰山有一个综合的科考项目，我当时正好特别向往这样的机会——就是跟一组专家去进行很专业的综合科考。我偷偷地要了老师的邮箱，写了一封特别诚恳和激昂的自荐信。我说我是个自然爱好者，想通过这个机会学习，而且我能帮很多忙，我能登山，有野外经验，还能开车、做饭。我把我能干的和可能会干的事情都给列了出来，就发过去了。但这封信石沉大海了，后来随着越来越深入的了解，我才知道正规的科学考察是怎么回事。那并不完全是我想象中的那种探险，还是需要有基础的，这就更加激发了我想要给自己补课的决心。后来，我逐渐开始得到一些老师的认可，便开始参与很多过去梦寐以求的科考活动了。

我一度对鸟类特别感兴趣，几年时间就把在新疆有记录的 90% 的鸟都看了一遍，甚至还写了一本《新疆特色鸟观鸟旅行攻略》，告诉其他爱好者新疆这边鸟类都有哪些，它们的分布区域和季节变化等。2013 年，我和口里的几个自然爱好者朋友去青海的三江源看那里的特色鸟类，看完之后就到了一个无人区。当时听说有一个北京大学的项目组在那里做雪豹调查，有个朋友认识他们，就给我们做了指点，我们便想去看一看能不能碰上雪豹。三江源这么神秘的地方，能看到雪豹的话也是有运气了。我们只有三天时间，在那儿看到了狼的窝，以及很多很多的岩羊、白唇鹿、兔狲，还有很多鸟。就在第三天，我们碰到了一只母雪豹，它带着它的三个孩子，离我们非常近。那种感觉就是一个你以前想得很远的事情，突然间离你非常近。我当时就觉得，我们天山应该也是有雪豹的。我对乌鲁木齐周围的山很熟悉，再加上看完三江源的那个环境以后，虽然觉得和我们的不太像，但基础的生态环境的因子都是满足的，接下来的问题就是如何去调查。观察雪豹和观鸟、观蝴蝶的方法都不一样，很难，我就向中国猫科动物保护联盟的一个朋友求救，他们的方法叫作红外相机调查法。我就跟他们学习如何使用红外相机，了解他们过去观测华北豹的情况，学习完之后就觉得很有意思。2014 年，我们自己购买了几台相机，在乌鲁木齐周围调查动物。当时，雪豹只是我们的一个目标，我们也希望能把很多靠人无法观察的隐秘动物用红外相机调查清楚。没想到第一次放相机，我们就拍到了雪豹。我觉得这跟我们之前做其他动物的调查是非常有关系的，就是必须掌握一套调查方法，然后科学地去进行。

　　我们现在调查雪豹已经是第四个年头了。我们每一年都有一个目标，第一年想的是能把雪豹拍好，第二年开始培养队伍，众筹购置新的设备等。我们也根据别人成熟的方法，再结合天山的特点和情况，拿出了我们自己的一些方法和策略，形成一套规范。到第二年冬天，我们在一个很小的山谷里发现了二十二只雪豹。因为雪豹不是群居的，所以这个对我们来说就是一个"为什么"。再结合调查，我们也找到了关于天山雪豹生存环境的科学结论。实际上也是找到了一个规律，雪豹和它的环境、食物，以及和它相关的动物，这些之间是什么关系。科学就是要解释这些问题，告诉我们以前不知道的情况。现在，我们觉得找到雪豹已经很容易了，拍到雪豹也很容易。我们能够通过红外相机的拍摄捕捉到雪豹个体的影像，然后进行分析，鉴别出个体，搞清楚它们的家庭关系、个体关系、种群关系、和环境的关系，以及有哪些威胁因素。这个就谈到了保护的问题，这也是对雪豹观测的特殊意义。

雪豹是代表了我们西部高山生态系统的一个标志性物种，监测雪豹，实际上就是监测整个生态系统。雪豹的状况很好，就基本可以确定整个生态系统是在往好的方向发展的。如果它们的种群生活状态在恶化，结果就是相反的。

物以类聚，人以群分，爱好者的特性就是希望找到一些共同爱好。我们是一群有共同爱好，喜欢户外、登山，喜欢自然的人。我们就这样慢慢地走到了一起，形成了一个社群。2010 年左右，我们发起成立了一个非营利性组织，叫作"荒野新疆"，想把我们了解的新疆的这些物种拍成照片放在网站上，让大家用于科普传播，希望有更多的人跟我们一样，关注大自然。这时候，我们就已经萌发了保护动物的想法。

早期的保护没有那么高大上，就是出于自己的一种怜爱吧。喜欢某种东西，就肯定希望它好：喜欢鸟，就肯定不能容忍别人去抓鸟；关注这个草原，就肯定不希望这个草原被毁掉。那么喜欢雪豹，就会知道高山对于雪豹来说有多么重要。你肯定不希望城市把它毁掉，这是从认知过程中提炼出来的。后来想做一些事情的时候，我就发现个人最多是律己，但当你能够形成一个比较大的群体，大家一起来做这些事情的时候，多少是有一点儿力量的，至少可以做到的是科普。

我们中国的自然科学领域在尖端的很不错，但跟国外最大的一个差距，就是我们过去没有自然教育的基础。绝大部分老百姓对自然界中的这些生物是不关心的，或者是有错误认知的，甚至像早些年，大家觉得什么东西都是可以用来吃的、用来抓的，或者用来卖钱的。这种思维认知错误是需要在我们国家经济发达以后快速改变的，尤其是在教育下一代方面，需要快速改变，这个最终可能是我们真正解决环保大问题的一个基础。以前，环保上有什么问题，我们最多就是骂骂政府。政府也不是万能的，不是所有问题都可以解决的，我们自己一定要关心这些事情。

就像以前我们没有受过自然教育一样，我们以前也没有受过什么公益教育。什么是公益，甚至从来都没有关心过，但实际上这个社会是有很多做公益的能力和需要的。我们是一个民间的环保组织，侧重于自然这块儿，我觉得它是很有价值的。我们的大众是很需要做自然科普的，应该有越来越多的自然爱好者，在有组织的情况下，多做一些公益的事情，通过做一些活动和宣传影响更多人。假设一个城市绝大部分人都有这个精力的话，这个城市的环保理念基础就会很好。从研究层面来说，我觉得环保真的需要更多的人参与，比如说到了很高水平的人，比如科学家，他可能做的更多的是能够提取理论或者得出结论这样的工作，而很多民间爱好者，实际上是可以提供大量的基础数据的。这两年，我们做过一些统计，所有鸟类被采集的信息，有超过70%的基础数据是来自业余的鸟类爱好者。这样的活动会大大推动这个领域的科学研究。

目前，关于雪豹这个物种的信息收集还是非常粗浅的，甚至连全世界大概有多少只雪豹都不确定。那分到一些局部地区，就更说不清楚了。新疆有多少只雪豹都说不清楚，天山有多少只雪豹也说不清楚。连最基础的科学问题都解答不了，就更不要说关于它的物种的更深的一些东西。比如，雪豹在野外是如何繁殖的，种群如何建立，是如何变化的，这些完全没有方法去研究。以前，所有的信息都是基于动物园的研究，但动物园和野外还是有差异的，所以我们希望在乌鲁木齐能够有这么一个非常特殊的样本的地方，可以深入地做一些对雪豹的研究和调查，最终的目标还是要做保护。希望通过我们对这个区域的雪豹的了解，找到它的威胁因素，评估出一些保护的策略，然后提供给研究单位或者保护单位、管理部门等，然后配合他们一起推动一些有益于雪豹栖息地保护的举措。

我们现在在阿尔泰山的两河源保护区，跟世界自然基金会和保护区共同合作做阿尔泰山的雪豹调查。阿尔泰山的雪豹保护基础比较差，以前从来没有明确记录过，影像也没有记录过雪豹，我们此次也是才开始做红外相机对雪豹的监测。也是非常有幸，在（2017年）5月首次在这里拍到一只雪豹，证明这里是有雪豹的。接下来就是，我们要了解大概有多少只雪豹，种群密度到底有多大，多不多，还有就是它们有没有什么有别于天山的雪豹一些特点等。未来的问题很多，可能需要很长的时间慢慢去了解。

对于雪豹来说，整个新疆的调查几乎是空白的，所以从更大尺度的雪豹景观上来讲，我们现在能做的就是多采集雪豹的信息点，然后深入地进行局部的一些工作。就好比两河源未来长期的工作，要继续坚持下去，肯定会从有没有雪豹的问题，到雪豹究竟有多少、它们的状况如何等这些问题上来。

最初，我们觉得雪豹离自己很远，到现在感觉又很近。特别是在我们新疆，每次到山里来，我都感觉像到了雪豹的家一样。虽然我不一定能看到它们，但是我可以感受到这里就是它们的家。

新疆的自然条件特别好，用"荒野"这两个字来形容新疆，我们觉得特别贴切。对于我自己来说，我逐渐觉得自己就是一个想生活在这种荒野当中的人。当然，这并不是说要去做一个野人，而是去追寻在荒野中的那种自由的状态和心情。即使待在城市里，你也希望能够用这样的一种状态来生活，来面对身边的人和事。新疆也是一个非常有包容性的地方，这里没有某种会让你接受不了的文化，更没有哪个地方的人群会不接受你，等等。新疆就是用她的荒野、她的包容，改变了我的生命轨迹。

喜欢一件事，就希望它会好，所以我很希望我们所从事的大自然和野生动物的保护工作能得到越来越多的人的认知和理解。如果大众不理解自然，就更不会去理解从事这个工作的人。大部分人甚至并不认为这是一个工作，因为传统认知上没有这样一个职业，或者没有这么一群人。我觉得应该去干这样一种公益性的工作。我希望能够通过我们的力量，去影响到更多的人，使他们能够跳出传统认知或者传统的束缚来进入大自然。这不一定是简单的工作，其实这就是一种生活。

每年一到年底，我都会想想今年有什么有趣的事，这些事情给我带来了什么变化或者提高，有没有从一件我从来没接触过的事情上得到成长。这些感受让我觉得这一年没有虚度，因为光阴是很短暂的，尤其是你在大自然中看到很多自然的变化，树叶从发芽到枯黄，一年四季的轮回，你会想到你自己。人的这一生其实非常短暂，你在人世间其实就是一瞬间的事情，想很多可能会让自己增加负担吧。过好每一天，让自己始终保持一种新鲜的、求知的、不断地朝好的方向变化，这个状态能持续得越久越好。这也让我回想起小时候老师总说的一句话，叫"活到老，学到老"。其实，我们以前并不真正理解这句话的意思，并不是说简单地去学习一个技能，而是对未知世界保持认知的态度就是一种学习。虽然它不一定能成为你的一个工作技能，也不一定会马上给你的生活带来直接的变化，但是我觉得对于生命来说是非常重要的。

机

遇

08.22　北京——乌鲁木齐

08.24　乌鲁木齐——伊宁

08.26　伊宁——喀什

08.27　喀什——乌鲁木齐

08.28　乌鲁木齐——北京

09.11　北京——乌鲁木齐

09.16　乌鲁木齐——济南

09.28　北京——东营

10.05　济南——喀什

10.09　喀什——伊宁

10.14　霍尔果斯——扎尔肯特

10.17　阿拉木图——北京

11.15　北京——珠海

11.18　珠海——上海

11.23　上海——喀什

11.27　喀什——乌鲁木齐

12.01　吐鲁番——北京

12.28　北京——香港

01.02　深圳——乌鲁木齐

01.03　乌鲁木齐——昌吉

01.04　乌鲁木齐——吐鲁番

01.05　乌鲁木齐——阿克苏

01.06　阿克苏——乌鲁木齐

01.11　乌鲁木齐——上海

……

五个月，去新疆六趟，走了七个城市，我实实在在体验了一回"我到新疆去"。

8月中旬的一天，我在高速上开着车，接到一个电话。对方用相当标准的普通话说："魏导你好，我是《我从新疆来》的制片人库尔班江，我们现在已经启动了第二季《我到新疆去》的拍摄，请问你有档期参与我们这一季的制作吗？"我曾经在网络上看过《我从新疆来》的纪录片，也知道库尔班江出版过一本同名的书，随后把车停靠在服务区。我们大概通了半小时的电话，大致沟通了一下这一季纪录片的进度。我当即表示可以尽快处理完手头的工作，投入到这部纪录片的制作中，随后约好回到北京后尽快会面。

回到北京，我确定加入《我到新疆去》纪录片拍摄之后，便开始调研工作。作为最晚加入项目的分集导演，我接到的任务也是最后一集——关于"机遇"的主题。首先需要确定关于"机遇"的拍摄对象，因为没有去过新疆，只能向新疆的朋友求援，尽可能多地介绍一些现在在新疆学习、工作、生活的外乡人或者外国人。我的一位山友李建宏，在乌鲁木齐南山开了一个滑雪场，听到我要找外国人，给了我一个信息，说是"中国单板第一人"王磊的太太是奥地利人，下个月会来他的雪场谈一点儿工作上的事情。就这样，我和王磊简单通了一次电话，他告诉了我他的一些滑雪经历，而且他从7月开始就在丝绸之路滑雪场就职，负责雪场四季综合训练场地 Big Air（空中技巧）的建设监理，等到雪季到来时就会在丝绸之路滑雪场担任驻场滑雪总监。我当下意识到王磊作为单板运动员，在雪季一直奔波于国内外各大雪场，而现在能够常驻新疆，一定有值得挖掘的故事。挂了电话后，我开始多方搜集王磊的个人资料和网络视频。后来我又和磊哥当面沟通，他告诉我决定驻足于此的原因：丝绸之路滑雪场所在的南山，冬季的时候气温不会像有些地方特别低，冻得全身蜷缩；新疆的雪期相比其他地方又格外长，开始早，结束晚；而且这里的雪质基本都是粉雪，特别适合滑雪运动。随着我国申办 2022 年冬奥会的成功，国家体育总局提出了"三亿人上冰雪"的全民健身倡议，我国冰雪运动迎来了前所未有的发展机遇。而丝绸之路滑雪场 2016 年作为全国第十三届冬季运动会的比赛场地，也是新疆规模最大、设施最全的滑雪场之一。单板 Big Air 已经正式成为 2018 年冬奥会项目，而在国内其他地方还没有这样一个可以进行训练和比赛的大型场地。这给王磊的单板滑雪事业带来了新的机遇，天时、地利、人和，让王磊来到了新疆。

新疆作为祖国西部边陲重地，处于"一带一路"战略构想的重点地区，我想一定也会给处于关键节点位置的人们带来莫大的机遇，所以就想寻找一位与此相关的人物。为此我联系到了霍尔果斯宣传部。外宣办周红主任接到电话后异常兴奋地说："魏导，我跟你说，中哈霍尔果斯边境合作中心里，这种故事的原型太多了！"之后周主任给我发来了至少十几篇关于中哈合作中心的人物报道，其中玛丽娜的故事吸引了我。

她是一名哈萨克斯坦的翻译，家住在哈萨克斯坦扎尔肯特市，日常的工作就是每天来合作中心中国霍尔果斯境内，带哈萨克斯坦的客人在合作中心商洽贸易，她负责陪同翻译。我脑海中当时就浮现出一个哈萨克斯坦女士每天坐班车从哈萨克斯坦共和国跨过国门，来到中国新疆维吾尔自治区霍尔果斯市上班，下班之后伴着夕阳和远处的雪山，再回到哈萨克斯坦境内，回到家里照顾她的三个孩子……这不正是天然的"我到新疆去"的故事吗？而且也正是"一带一路"战略构想，让中哈两国合作更加紧密。中哈合作中心的设立，让她有了工作，能够赚取比在自己国家工作更多的薪水，来改善她和家人的生活条件，对一位三个孩子的母亲来讲，没有什么比这更重要的了吧！就这样，我决定拍摄玛丽娜每天的"我到新疆去"。

确定了王磊和玛丽娜之后，我还想在南疆寻找一位拍摄对象，因为南疆的自然资源非常丰富，然而经济相比新疆其他区域却还是欠发达，再加上此地自古便是多民族聚居之地，尤其大多数的维吾尔族同胞生活于此，所以我想在这片广袤的土地上，一定有着不同机遇的存在。就这样，我通过山东东营援疆指挥部曹永湖总指挥的推荐，联系上了从山东来到疏勒进行医疗援疆的王浩医生——现在在疏勒县人民医院担任院长。一番电话沟通之后，我深切地感受到，作为医生，他有着医者仁心的理想主义抱负，援疆的机遇给了他更广阔的空间，可是心底又多了一种对爱人和孩子的亏欠。曾经答应女儿回去陪她中考的承诺食言，儿子还没满月的时候，他就来到了疏勒，到现在一直没有回去过……他并不是一位非常善于表达的人，然而正是由于他的深沉、隐忍、纠结、选择……让我有一种去打开他内心的冲动。因为其实我们每个人在机遇来临的时刻，都面临着选择，而这种选择可能就意味着失去某些东西，而王浩最终选择了援疆。

就在上述三个人物拍摄即将结束的时候，制片人打来电话，说上海援疆指挥部推荐了一位来自上海六院的特别有个性的年轻医学博士，作为最新一批的上海市援疆人才之一，现在在喀什地区第二人民医院担任骨科主任。其实我对喀什第二人民医院早有耳闻，因为上海援疆医疗队开展组团式援疆之后，把喀什二院从一个规模并不太大的医院，打造成了当地的一家三甲医院。于是在疏勒结束王浩院长的拍摄之后，我去喀什二院和彭晓春医生见了一面。这是一位非典型的上海男生，斯文白净的长相之后藏着他狂野的梦，从他的爱好就可见一斑：越野跑、马拉松、徒步、健身……而且选择专业的时候也选了相对粗犷一些的骨科。所以当我问到他为什么选择来援疆的时候，他的回答也很直接："来新疆看看一直是我的一个梦想，戈壁、荒漠、雪山、草原……我对这些旷野之物天然丧失抵抗力，只是没有想到会以援疆的方式来到新疆。"在他离开上海的日子里，大女儿上了小学，小女儿上了幼儿园，全部都是太太一手操办。而他却一直奔跑在路上，带领喀什二院骨科的同事们参加全国骨科年会，将喀什的重症病人转到上海，去巴蜀参加胡杨越野挑战赛，来到新疆的九个月的时间里做了七十多台手术……彭晓春来到新疆的故事，我决定记录下来。

正在珠海拍摄彭医生带领二院骨科同事参加骨科年会之际，制片人又来了一个电话。人民政协报社联系了一位 20 世纪 90 年代就去新疆发展事业的港商——溢达集团的董事长，而且还是一位全国政协委员，名叫杨敏德。摄制组考虑片中没有此类人物，决定放在《机遇》一集进行调研拍摄。就这样，在喀什拍摄完彭医生的故事之后，我去了吐鲁番，到了杨敏德 1995 年在新疆首先投资设厂的地方。工厂大多维持原貌，只是增添了几栋楼房和更新了几批设备。2016 年是溢达集团来到新疆的 20 周年。让我感到诧异的是，吐鲁番溢达纺织有限公司里还有一批入职二十多年的老员工，这家公司的员工忠诚度让人钦佩不已，然而当我在香港和杨敏德聊天的时候就明白了。她说过的一句话让我非常感动："如果有人问我这一生最成功的决定是什么，那就是拍板了溢达集团要来新疆设厂，寻找最好的长绒棉。我们来到新疆收棉花，从来不给棉农打白条。"吐鲁番溢达开业之后，昌吉溢达、阿克苏溢达相继成立，溢达集团完成了在纺织行业上游产业链在新疆的布局。2018 年元旦期间，我们在杨敏德的办公室里拍摄到了窗台上花瓶里插着的一株长绒棉，我想这是她对新疆的感恩之心，也是对从这片土地里生长出来的棉花的敬畏之心。

鉴于《我到新疆去》纪录片的形式及体量需求，我们单集同一主题分别讲述三个人物到新疆去的故事，而《机遇》一集已经完成了五个人物故事的拍摄。所以我还在新疆的时候，制片人又打电话过来找我商议，是否可以再增加一个美国旅行者的人物故事，完成两集的内容，其实我对他的这个提议暗生欢喜。尽管在这近半年的时间里我几乎每个月都去新疆，但是总感觉时间远远不够，那里可以讲述的故事、可以拍摄的人物太多太多。确定下来这个方案之后，我在乌鲁木齐约见了来自达拉斯的约瑟华。那是个星期天的下午，我们约在一家韩国人开的咖啡厅见面。1月的乌鲁木齐已经冰天雪地，可我看到约瑟华和他太太还有两个孩子在一起的场景，感受到了浓浓的暖意，让我想到了家的定义，能和爱的人在一起，那便是家。他们现在已经在乌鲁木齐安家，而且非常享受当下的时光。约瑟华的工作便是跑遍新疆各地，拍摄关于旅游的视频，上传到网络上面，给从国外来到新疆的朋友们提供旅行资讯，把新疆最美的风景传递给他们。和约瑟华的会面只有短短一个小时，我们聊了一些关于工作的事情，还有接下来的安排。2018年春节过后，我们还要跟随约瑟华的脚步，再去新疆一次，记录这位美国旅行者来到新疆的故事。

关于机遇，在开始的时候，我更多关注的是这些来到新疆的人，来寻找新疆对于自己的那一份机遇。王磊在乌鲁木齐丝绸之路滑雪场找到了他发展单板事业更大的空间，玛丽娜在霍尔果斯中哈合作中心的工作给了她更高的收入，王浩从山东来到疏勒更好地施展他的医术，彭晓春领略到了祖国边陲的壮美与苍凉，杨敏德在阿克苏收到了质量上乘的纺织原料，约瑟华在新疆拍摄到了独到的风景……这种种都是新疆给他们的机遇，然而来到新疆的他们，同样也回馈给了这片土地一份机遇。丝绸之路滑雪场因为"中国单板第一人"的驻场游客陡增，中哈合作中心因为玛丽娜这些翻译人员运行得更为顺畅，疏勒和喀什的医疗系统以及当地医护人员因为王浩和彭晓春的到来能够更快提升自身的水平，新疆的纺织行业也因为溢达集团强有力的竞争而蓬勃发展，新疆的美食美景也借着约瑟华的视频推广到了世界各地……

这些机遇的存在既是因为新疆独有的宽广和包容，甚至也是因为新疆所处的边远与贫瘠，当然更离不开选择到新疆去的这些人，他们选择到新疆去的原因可能有很多，但是去过之后的结果我想都是一样的，那就是不后悔。包括我也一样，《我到新疆去》纪录片的摄制工作行近尾声，而我第一次去新疆时的感觉好像还在昨天。值得庆幸的是，我还会到新疆去，希望再去之时，看到漫山遍野盛开的鲜花，仿佛在向我诉说，你又回来了……

感谢制片人的第一个电话和第二、三、四个电话。

文 ／ 魏安杰

他是上海援疆医疗队成员，一名80后骨外科医生，他和同事们在短时间内把喀什二院从一个非常普通的医院打造成了三甲医院。

彭晓春：

一次援疆行，
一世援疆情

籍贯：上海
职业：医生

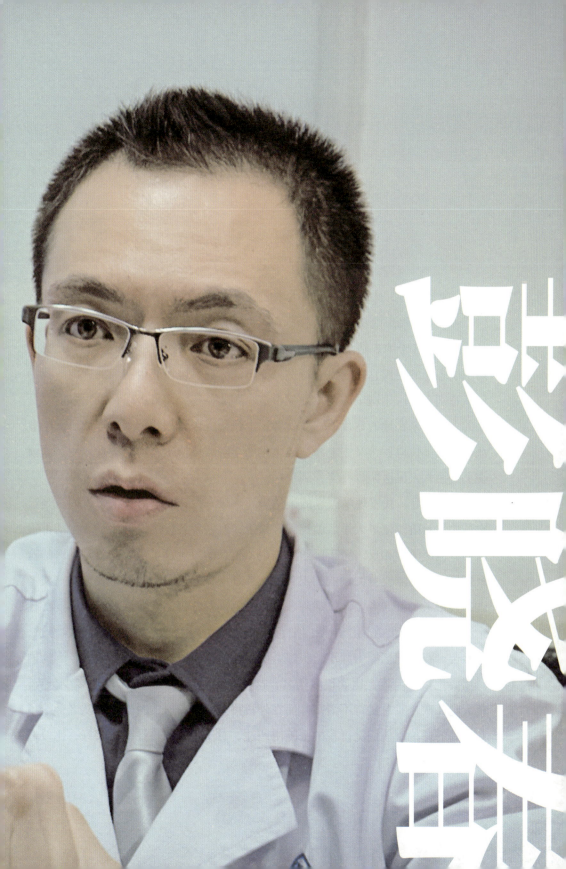

我叫彭晓春，来自上海交通大学附属第六人民医院骨科，现在在喀什地区第二人民医院担任骨科主任，是上海第九批援疆医疗队的队员。

我出生在上海，是土生土长的上海人，小学、初中、高中都是在上海念的。高中填志愿的时候，我还没有特别想要学的专业，也没有很明确的方向。我的母亲特别喜欢医生这个职业，她觉得这个职业稳定，而且可以帮助很多需要帮助的人。后来在她的建议下，我就考了上海第二医科大学的本硕连读班，毕业获得硕士学位以后，又去上海交通大学医学院攻读博士，博士毕业以后，我就在上海第六人民医院骨科工作到现在。

学医以后，我发现学医真的很枯燥。一般来说，高中对于很多人而言是最辛苦的学习阶段，进大学后就比较轻松了，有各种各样的课外活动，生活都很开心，但医学则相反。对于医学生来说，整个学习生涯里最苦的就是学医的这个过程，因为需要背大量的知识，就纯粹是记在脑子里。我记得我们有一次考试，其中考了五门专业课，病理、生化、解剖等，每门专业课的课本厚度都在十厘米以上，需要在两个星期内把它们都记到脑子里，然后才能通过这次考试，非常苦。我的记忆能力并不是很好，所以在内科实习时就感觉很痛苦，因为内科需要记很多内容，比如很多药名，这个药用多少毫克，那个药用多少毫克，每天吃几次，我总是背不清楚。而在外科很多科室实习的时候，带队老师给了我很高的评价，他们觉得我的手脑协调性、对于手术的悟性都比较好，比较适合做外科。总之，因为各方面的因素，后来我就学了外科。我记得在实习的时候，骨科主任特别喜欢我，他说我这种身材比较高大、爆发力比较好的男孩子就应该学骨科，因为骨科手术很多时候需要比较好的体力、爆发力和耐力。因此，后来我就学了骨科。

其实我在本硕连读毕业的时候就不想再继续学习了，想尽快工作。2006年我研究生毕业的时候，硕士都已经很难留在上海的三甲医院了，得去二级医院或者社区医院工作。我当时对于骨科很感兴趣了，很想做一个优秀的骨科医生，于是逼自己再去考了博士，读了三年科研性的博士。三年的博士生涯主要就是在实验室做实验、搞科研，获得了一些成果，最终以比较优异的成绩留在了上海六院骨科，那是 2009 年。

一开始因为是应届毕业生，在博士毕业前也没有工作过，我就在大外科轮转了一年。2010 年 7 月，我正式进骨科工作，两年以后升为主治医生，其间在创伤修复、儿科、骨科等很多部门都进行了学习轮转。大概从 2014 年开始，我大部分时间就待在关节外科，因为我的导师是上海六院骨科关节外科张先龙教授，包括我博士做的课题、学的所有东西都是与关节外科相关的。所以从 2014 年开始，我主要工作的方向就放在了关节外科，包括这次援疆，我也是以关节外科医生的身份过来的，来创建喀什二院骨科的关节外科。

2016 年 12 月，我接到援疆的通知。上海六院对援疆一直是非常支持的，当时需要一个骨科医生，让全骨科的医生来报名。六院骨科在编的医生有一百四五十位，当时有十个左右的医生报名。大家就把自己的简历、平时的一些工作成果，包括对援疆的一些设想，写了一份材料交给党委办公室。党委书记后来选中了我。

报名援疆也是很多因素促成的。第一，我母亲家族的一支是从西北地区迁过来的，所以我并不是纯粹的汉族人，有一点少数民族的血统，但具体什么族，我不清楚，因为普通人家没有族谱。第二，通过一些影视作品，我从小就对新疆的地貌、美丽的风景、美味的饮食、南疆的风土人情以及一些人物充满向往。

而在援疆之前，我从来没到过新疆，甚至连转机都没来过这里。第三，六院骨科有个主任师兄，是上一批的援疆专家，我们聊天的时候他经常会说到这里，他说这里的百姓都很淳朴，但是这里很偏远，相当一部分人很贫困。而在医疗上，有很多不规范的操作，让很多病人的病痛没有及时得到缓解，很需要更专业、更先进的医疗服务，需要我们帮助。同时作为六院骨科的团支部书记，我也应该为骨科年轻人做好表率。

这次援疆来得比较突然，12月底接到通知，来年2月中旬我们就出发了。如果不是因为这次援疆，现在我应该是在美国波士顿的哈佛医学院做访问学者。本来已经联系好了，5月我就要去，租房、租车、办信用卡、买保险等都安顿好了。后来因为援疆任务，就暂时推掉了那边。我想还是援疆更重要，以后出国做访问学者还会有机会。

决定报名援疆之前，我和我太太商量，因为这不是我个人的行为，而是一个家庭的大的行为。我太太也是医生，我们都很理解彼此的工作，也很支持各自的事业。她知道我想做优秀的骨科医生。我跟她说我去援疆的决定时，她的第一反应就是我走了之后小孩谁来带。我有两个小孩，别人是两个家长带一个小孩，我离开上海后，我家就变成我太太一个人管两个小孩，这种压力是一般家庭的四倍。但是后来她考虑了一会儿，大概一两个小时，跟我说还是支持我去援疆，觉得援疆的事业本身很有意义。接下来我们就开始商量，如果我被选中，两个小孩由谁来带、怎么带，把很多细节都安排好。在我走之前一个多月，我也做了很多准备工作。但再怎么准备，落实到实际生活，还是会焦头烂额，遇到很多问题，比如孩子生病，两个孩子各自到了托升幼、幼升小的阶段。我和太太每天都会通电话，她也会有情绪，最终这些困难都在她的努力下很顺利地解决了，我很感激她。

在离开上海之前，我一直在思考来援疆以后应该做什么，援疆结束时留下点什么，如何把握这一年半的时间把使命的意义发挥到极致。援疆的意义，不仅是给这里的病人看病，带来更先进的理念和技术，更重要的是提升这里年轻

我到新疆去

医生的水平，实现从"输血"到"造血"的飞跃。上海援疆医疗队不远万里从上海到喀什，本身就是一种"输血"，是把更先进、更规范的医疗技术带到当地。

到喀什二院以后，我被任命为喀什二院骨科的科主任，负责骨科医教研工作，同时任命我为科教部的副主任，管理医院的教学。对此，我要感谢组织和医院对我的肯定和信任。同时还要感谢上海六院大后方的领导，喀什二院的唐献江院长，还有医疗队的领队崔勇院长，骨科的牟洪主任，他们在生活和工作方面都给了我很多支持和鼓舞，愿意让我放开手脚去做。因此，我也更有动力去做一些我认为应该去做、很有价值的事情。

在上海时，因为对当地的情况一无所知，所以只能做一种构思。来了当地以后，经过一个月的调研，基本了解了科里的情况，包括每一位医生的行医习惯、特点，科里的条件和不足之处，等等。据此我写了一份计划书，将近一万字，详细地把医教研各方面的计划写在上面。我把计划书给我们医疗队长崔勇院长看了以后他很支持，说"那你就放手去做吧"。

我的整个工作计划是有时间节点的，一环扣着一环。首先是营造一个好的工作环境，明确他们的工作纪律，带动他们的工作激情，然后开始教实在的东西，传帮带。主要的工作包括培养工作激情，整顿工作纪律，培养学习热情，制定临床规范，以及加强科研和教学等。然后我开设了专家门诊，以上海援疆骨科专家的名义进行宣传，通过二院的公众号、喀什电视台，以及其他媒体的宣传，吸引了大量病人，第一个月就完成了十台软骨关节手术。还建立了快速康复病房，就是把上海六院骨科大手术快速康复理念移植到这里，也取得了很好的成绩，整个骨科大手术病人术后康复速度大幅度提升。

7月我在喀什二院办了一个中华医学会骨科关节学徒的学术大会，这在南疆应该是级别最高的一个会议了。我们把国内顶尖的一些骨科专家都请到家门口来，给当地医生传经送宝，进一步刺激他们的学习热情。参加会议的不仅有二院的医生，还有从县里来的一些骨科医生，大家的学习热情非常高涨。

接下来我就鼓励年轻医生跑出去，跑上全国的舞台，去和全国最优秀的骨科年轻医生同台竞技。我们不是一直说，偏远地区的年轻医生需要走出去大开眼界吗？但我对他们的要求是跑出去，因为走太慢了，而我的时间很有限，只有一年半，我希望他们以最快速度奔跑前进，以最快速度成长。2017年的全国骨科年会于11月在珠海举办，我就鼓励医院的医生们参加。当时他们的学习热情真的非常高涨，主动去根据临床工作中的一些病例和体会，写成文章，然后自己去投稿。这种热情也出乎我的意料，我本来想可能就一两个人会去投吧，因为相对来说，南疆的学术氛围还是比较稀薄的，全国骨科年会对于这里的年轻医生来说还是比较遥远的，但在我的鼓励下，他们都勇敢地去投稿了，最后成果很好。我们喀什二院骨科有三名当地的医护职工获得了大会发言的机会，这在南疆医学界应该是一个突破。

在大会前一两个月，我们就开始集训，帮助他们把PPT做好，每周在全科室的人面前演讲，大家提意见，我也给一些专业的指点，然后再修改，再演讲，如此反复，一直练到非常熟练。可以说，他们最后一次在科内进行的汇报已经达到了炉火纯青的程度。最后在全国骨科年会的讲台上，面对几千名观众，他们三位毫不怯场，表现非常抢眼。后来我问他们紧不紧张，他们都说很紧张，但语气中是自信和自豪。他们以前觉得全国骨科年会非常遥远，但是今天他们可以站在全国的舞台上发言，和其他发达地区的医生一起交流，这让他们树立了极大的自信心，也进一步激发了他们学习的热情。他们意识到只要努力就会有回报，别人能做到的，他们一样可以做得很好。对于我来说，我看到我带教的医护职工在全国年会上发言，很高兴，很感动。去参加会议的我的上海六院的同事都说："你这个队伍讲得太好了，一点都看不出是从偏远地区来的，不管是表达、PPT的制作、内容的整合，还是台风、对现场的控制力，都非常好。"所以，我真的很欣慰，我也很高兴付出的努力有了回报。我觉得他们的成绩是对我最大的肯定。

援疆的"输血"工作，除了在医护职工本身的培养和工作流程上的整顿之外，还有日常的会诊和手术。到这里来的前三个月，我接收了几个疑难危重病例，其中一位是巴楚县的男病患，十年前因为重大外伤引起的骨折，加上被误诊，导致他整个股骨都被吸收掉了。他受伤的时候四十岁不到，之后一直靠轮椅代步，等于完全丧失了劳动和生活能力。十年间他也到南疆很多医院去看，医生都跟他说，这个情况手术效果不确切，还是保守治疗比较好。我来了以后，就把这个病人接下来，和大后方——我的导师张先龙教授，还有以前带我手术的一些老师进行沟通，探讨手术方案。我准备了一个月时间，把所有可能发生的风险都事先想到，并且做好预案。手术很顺利，手术后一周他就能下地走路了，他非常非常高兴。前段时间我还去巴楚县看了他一下，恢复得非常好。

另外有一个女病患，小儿麻痹，一条腿发育不全，已经五十年了，后来另外那条腿又摔断了，来我们医院就医。我就给她做了手术，手术做完以后，她的行走能力比受伤前还要好。

说到联合转诊，就是前段时间在全国骨科年会的时候，正好有个病人，六年前在当地做了软骨髋关节手术，后来出现比较明显的假体松动。很不幸的是，在假体松动过程中，大部分骨头都被磨掉了，出现了比较严重的骨缺损，这个翻修手术比较复杂，而且术后的并发症有很多。我当时第一反应是想在喀什二院亲自给他做，后来联系了一下，当地没有手术需要的特殊的翻修假体，而且这里的手术室条件，包括工程师的配合，可能都达不到要求。后来我就和我的导师，以及几位老师一起商量，专门通过喀什二院的远程会诊中心，和上海六院骨科进行了一个面对面的远程会诊，大概一个小时，病人整个的病情发展、诊断，包括治疗方案的制定、假体的设计和手术的具体细节，全部确认好。后来我就跟病人谈，也得到了家属的配合。病人非常高兴，他从来没想过自己有机会到上海去治病。我给病人买了机票，病人女儿带着他飞到了上海。这个翻修手术费用还是比较高的，病人家也存在经济困难，后来上海六院就在一些费用上进行了减免。病人出院以后，我又帮他联系了上海的康复医院，休养了两周左右，又回到六院进行第一次复查。经过一段时间的愈合，伤口和里面的关节都比较牢固了，也排除了术后一些比较早期的并发症，他就回来了。

医者的天职是治病救人，我的职责就是通过手术和康复治疗的方法，让那些关节出现严重问题的病人的关节功能最大限度地恢复正常。当病人躺着或坐着轮椅来，通过治疗让他们开开心心地走出病房，可以像我一样纵情奔跑，等他们来找我复查，朝我走来时，我也看不出来哪边开过刀，走路是完全平衡的，行走能力完全恢复正常，生活质量因此有大幅度的提高。这些对我来说是最有成就感的事。

援疆的机遇我觉得是多方面的，对于当地百姓、当地的年轻医生、我本人，都是一个很好的机遇。对于百姓来说，我们援疆医疗队二十个兄弟共同努力，在当地打造了一支带不走的医疗队，让他们可以在家门口享受到最先进、最专业的医疗服务。对当地的年轻医生来说，我们精准地传帮带，可以让他们的医疗水平在短时间之内飞速提高，他们现在的学习速度甚至远远超过我们当年在上海学医时的速度。这也是因为我们时间有限，需要全方位提速，在短时间里不仅提升他们的水平，还要培养他们的学习激情和良好的学习习惯，这对他们今后的职业生涯将大有裨益。现在医院科室不仅正规化了，服务质量也飞速提高了，当地百姓也因此真正受益。对我来说，喀什二院的骨科是一个规模很大的科室，额定床位九十一张，我在上海做医生的时候，主要工作就是管理病房、做手术、做一些科研，而科室管理以及教学训练这方面，很少有机会去接触。援疆给了我很好的机会和平台，更给了我最大的信任和支持，去验证我的想法和我的管理理念。援疆前九个月的管理，对我来说也是一种尝试，现在整个科室的状态和医疗水平都得到了很好的提高，这对我本身的能力也是很好的锻炼机会。

我们这个援疆队伍还在二院建了健身房，是我和医疗队的文体委员——华东医院的高艺主任一起组建的。他是健美爱好者，自己就有一身很健壮的肌肉。我曾经是个一百九十多斤的胖子，后来在热爱跑步的同学的影响下，也开始跑步了。我还经常去和跑团里的朋友跑步，因此也认识了很多运动圈里水平非常高的选手。我现在也是运动爱好者，我追求的是极致的体能和更高的竞技水平。当然，不管是健身还是健美，虽然说概念有所不同，但目的都是好的，都是希望人有更好的体形和体能。我记得第一天认识高艺主任是去政审的时候，当时我们就聊到跑步、马拉松、健美，还当即决定到新疆以后要组建一个可以持续训练、保持精神状态的健身房。来了以后，援疆干部六楼有一些简单设备，但排查了一下发现大部分设备都不能用了。前一批援疆的专家可能比较喜欢安静的活动，比如打牌、打麻将、下棋之类，我们这批相对年轻一些，就召集了几个爱好者，把原来的那些桌子拆掉，腾出空间。然后大家集资买了一些设备，到现在已经买了三万多元钱的设备。因为喀什对于物流运输来说很远，而且健身器械比较重，一个杠铃片都有二三十千克，买回来运费很高，经常是杠铃片八百元，运费一千元。弄好之后，就号召大家来健身。高主任主要是健美，带大家练一些器械，我主要带他们做一些训练，比如有氧跳操，来提高他们的心肺和有氧运动能力。大家每天都会运动，健身房里很热闹，而且那些队员都体会到了运动给他们带来的切身好处。除了每天在健身房，我们平时还会去医院旁边的体育场里跑圈儿，天气不好有雾霾的时候就去室内跑，一直坚持下来。

我主要的梦想一直没有变，就是做一个优秀的骨科医生，来帮助更多的病人，以及帮助更多需要我带教的有志年轻医生。等援疆工作结束，我回到原单位工作以后，我的目标还是恪守医者的本分，不断提高自己的医疗水平，另外孝敬长辈、陪伴家人、教育女儿，做一个好医生、好儿子、好丈夫、好父亲。这一年半我无法孝敬我的父母、我的岳父岳母，我也无法去照顾家里，陪伴太太，照顾女儿，所有家庭责任都落在她一个人身上，这一点是我觉得最亏欠她，也是最亏欠家人的。我由衷感谢他们对我工作的支持，所以我想回去以后在这方面好好地补偿我的亏欠。

结束援疆工作之后，我想我每年应该还会至少回来一次，给当地的病人做手术，给当地医生带教，或者以办学习班的方式开展教育方面的工作。另外在2018年春节以后，我还想做一件事情，就是成立上海六院骨科和喀什地区的教学培训快速通道，不单单是喀什二院，而是整个喀什地区。因为前面我安排了徒弟三个人到上海六院骨科去进行封闭式训练，他们的水平提升得非常快，就是那种一日千里的感觉。他们也就去了两个月，回来以后就发现，这三个年轻医生脱胎换骨了，不管是技术水平，还是精神品质，甚至体能都好了很多。但是，这种模式还是不那么正规，可能是我委托我的朋友、关系好的同事，还有我的老师在带他们教他们，并不算正规的学生。骨科的进修活动一般都非常火爆，正规申请的话需要三到四年的等待时间。我希望建立一个沪喀联合培训中心，让整个南疆地区想学习的有志青年、骨科医生能以最高效的途径到上海，到我的大后方去培训，更高效地提高整个南疆地区的骨科医疗水平，这是我明年想做的一件事。

来到新疆这段时间，我去过北疆的克拉玛依开了两次学术会议，也去过喀纳斯和伊宁，是带我太太和孩子去进行一次疗养的旅行。喀什地区的十个县基本上都跑遍了，塔县我也去了几次。第一次是因为塔县大地震，作为骨科医生，我第一时间奔赴灾区进行抗震救灾。当时的感觉就是那个地方太美了，有机会我建议大家都去看一看，实在是太美了。但是美丽的同时又很贫瘠，当地人的生活比较贫苦。这种贫困和美丽的交织，给人一种很大的心灵震撼。

总的来说，新疆给我的感觉和小时候通过影视作品看到的一样，非常非常美丽。不是有一句话嘛，叫"不到喀什等于没来过新疆"，当地的风情、美食、美景，还有一大群可爱的人，非常吸引我，我非常非常喜欢新疆，非常非常喜欢喀什。我相信援疆结束以后，我还是会找机会过来，和老朋友聚一聚，提供一些力所能及的帮助，我很爱这个地方。

新疆，特别是南疆，非常美丽神秘，而且有很多很多需要帮助的人，需要有志的医学青年来给他们提供帮助。所以，我建议年轻人放开手脚，打破常规的思维，到新疆来，或者说到边疆来，施展自己的才华，锻炼自己的能力，修炼自己的身心，也来帮助更多需要帮助的人，相信你收获的一定会比你付出的要多得多。

他被称为『中国单板第一人』，应丝绸之路滑雪场的邀请来到新疆，开始了生涯的新篇章。

王磊：

新疆是中国未来的滑雪天堂

籍贯：吉林
职业：单板滑雪

我出生在吉林松花江边，雪对我来说很自然，一到冬天就有，但真正接触滑雪是 1988 年八一队去吉林招生，把已经练了四年体操的我招走之后的事情了。那年 11 月，我们转场去了八一队的基地——海林县的双峰林场（就是现在的"雪乡"）。当时下了好大的雪——半米多厚，看见雪我就特别开心，那也是我滑雪生涯真正的开始。

所有运动都有一定的危险性。1992 年，因为一次意外，我从跳台滑雪的助滑道上失去方向，撞到了旁边的护栏，导致左手的血管、神经、动脉都受到了损伤。当时，我严重到失血过多、肾衰竭，教练哭得不行，立即多方联系，动用了直升机，把我送到沈阳军区总医院抢救。后来，我又做了好几次手术。手术后两年，我才开始恢复训练。但因为伤得太厉害，神经断了以后，肌肉就没有了反应。后来，教练就建议我还是练跳台。当时正好准备比赛，我们有个跳台的团体项目，正好缺一个人，我就补上了。因为慢了别人两年，我的训练方式都和别人不一样了。我知道自己技术上跟他们的差距，短时间内很难追上，但我还是在各个方面都多做一些。我不停地告诉自己，只有做更多，才能缩短差距。

那场比赛，原本我们认为冲击金牌是没问题的，但比赛时，我有一定失误的地方，状态没有训练时那么好，金牌没有拿到。后续还有一些比赛，但我越来越觉得，自己恢复训练之后，不管再怎么努力，都没办法提升自己的状态和

我到新疆去

技能了。这个距离永远都是存在着的。当时在一个看不到未来的状态，我就决定退役了。不仅是离开跳台，而是不想再做任何运动或者和运动有关的事情了，连教练也不想做，非常伤心。

从部队退役转业之后，我留在了从十岁长到十九岁的城市大连，想去尝试着融入社会，但很难。两个多月后，我就被我妈叫了回去。她给我安排了学习和工作，岗前培训两年，在热电厂上了两个月班，而这些对我来说没有任何吸引力。

在八一队时，受伤恢复阶段，我会跑到雪场去看看教练、看看队友。那个时候，滑雪场还没有对外开放，一个在法国速成学会单板滑雪的香港人辗转找到了我们这个雪场。我看他找人问来问去的，手里还拿着单板，就过去问他从哪儿来，需要什么帮助。下午，我就带他上山了。我借他的板子滑了一下，那是我第一次体验单板，我觉得我是从那个时候在心里下定了要学习单板的决心。虽然那次以后再也没机会看见有人玩了，但这个想法已经种在心里了。

转业之后，在我离开八一队到我上学的这段时间，有一次去雪场看朋友，刚好那里有一个对外开放的滑雪场，设施很齐全，有租赁的单板，我就突然有了个想法。我问我朋友，我能不能来这里工作。朋友说："没问题，以你的技术可以教人。"我就很轻松地去那儿开始工作了。我当时天天都抱着板子滑，自学单板。学起来很难，因为没人教，也没人可以借鉴、没有书、没有录像、没有网络，起步特别慢，最后都是慢慢摔给摔出来的。有三四年的时间，我都只是在滑行，不知道花式是怎么样的，因为没有学习的条件。三四年后，我觉得自己要成为一个教练的话，得有一定的水平。如果想成为一个选手，那技术能力要提升更多。我那时候就给自己定了一个目标，要求自己一定要达到很高的水平，才能有资格去推动这项运动。

从 1997 年到 2007 年，我从零基础到成为教练，再从教练慢慢转变为一个业余选手，慢慢可以得到赞助，然后又慢慢可以拿到一点儿工资，再到大概在 2009 年，被大家认可为"中国单板第一人"。

我在八一队训练的时候就知道新疆，那时候新疆阿勒泰滑雪队每年都在我们那儿训练，每次他们来都带很多新疆的奶疙瘩、皮夹克什么的。我第一次来新疆是 2007 年，受邀请参加在喀纳斯禾木的登山滑雪活动——一个政府推广冬季旅游的活动。喀纳斯的野雪资源非常好，山很高，降雪量也大，是最适合滑雪的地方。后来，我还了解到那里也是人类滑雪的起源地。新疆对我来说是陌生的——没来过嘛，来新疆看过以后觉得特别喜欢。

　　第一次来新疆那年，我先到乌鲁木齐，然后转到阿勒泰。之前也看过一些视频，看时就觉得那个山脉、树和雪道，整个自然风光都特别漂亮，来了以后看到的确是这样的。城市内外的气候状况完全不一样，那个时候人不是很多，但单板运动的氛围非常好。从那以后，我每年都会来新疆，至少两次。

　　通过我这三十年的滑雪经验，我觉得新疆是国内未来的滑雪天堂，这是毋庸置疑的，但是要靠很多的人力和时间去打造。我现在在丝绸之路国际滑雪场做滑雪总监。当初来这儿是为了活动，为了跟当地的雪友联谊、教学，后来被雪场的老板李建宏影响了很多。他当初非常想体验单板，我就教他，他学得很快。这期间，我也了解了他的很多想法，这让我觉得非常希望自己能够支持、帮助他。就这样慢慢地，我想把我的一生都放到这项事业上，去帮他实现他的想法和目标，然后就开始计划着把生活重心转移到新疆来。原本我和太太已经带孩子移民了，因为我想做这个事儿，她也跟着我来了，现在也是这里的工作人员。两个孩子也准备都接回来，在新疆上学，体验这边的生活。希望未来可以推动单板在新疆有更好的发展，多教一些人，同时也推动更多、更好的活动和赛事在新疆，在我们雪场举办。

我到新疆去

1995 年，杨敏德第一次到新疆后决定在当地投资设厂，「到新疆去」是溢达集团打通产业链的关键一环。

杨敏德：

去新疆
是我最骄傲的决定

籍贯：香港
职业：企业家

我叫杨敏德，生在香港。我总跟人家说我是"江浙混血"，因为我父亲是苏州人，母亲是湖州人，现在这种说法很潮的。

小时候，我在家里只会说上海话。去幼儿园的第一天，回来妈妈问我上学怎么样，我说不知道，因为幼儿园里都讲广东话，我听不懂。当然，我后来广东话很快就学会了，年纪小嘛。

小时候，接触最多的除了我父母，就是外祖父。我外祖父是庚子赔款送出去留学的，是清华小童班第一届的学生，回国后一直做丝绸生意，他有很多想法和理念。每个星期天去外祖父家的时候，他都让我看他的书。他有很多书，还会给我讲很多话，其实都是一些给大人说的话，但是他都跟我说了，可能因为我是家里唯一的小孩。

每次外祖父和我父亲很正经地谈大人的事情的时候，我也会坐在旁边，他们也不赶我走。相比跟外祖母和母亲在一起，总是要求我这个不许那个不行，我更喜欢跟外祖父和父亲在一起，就坐在他们俩旁边，听他们说话。很奇怪，那些话都留在了我的脑海里，后来我真的开始做事的时候，那些话对我都有极大的影响。

从小我母亲就鼓励我学习，带我去学钢琴，虽然我很不喜欢。她又找老师教我学画画、写字，还有就是喝酒。我从小就学喝酒，是家人有意去教我的，为了将来能保护自己，不会乱喝酒，这对我后来的事业也挺有帮助的。教我画画和写字的老师也会让我喝一杯酒，说壮壮胆，胆子大一点儿写出来的字就会很大胆。我很喜欢这位老师，她叫顾青瑶，是一个非常有创意的老师。那个时候我就觉得，学习有的时候不光是靠学生自己，也要看老师有没有办法来教学生。她的这种方式对我有很大的影响。

我从小碰到的权威性的女性比较多，这也是一种缘分吧。所以对我来说，一点儿都没有感觉到女性不能够给自己做主，或者不能做领导。当然，我父母的思想也非常开放，他们对我和妹妹这两个女儿，从来没有说你们是女孩子，不该读书，不该到处去闯，从来没有。

在香港念完中学，我去了麻省理工学院念物理。以前都被人家说我从小理工科很好，但去了麻省理工之后，我发现有那么多人比我要聪明多了，我就很犹豫自己到底要不要念下去。有一天，我在图书馆读书，一位也从中国来的学长走过来，看见我就问我念什么。我说物理，他说："傻瓜啊，物理系已经没钱了。"他的意思就是说这方面科研的钱不多，就建议我转系。过了一个星期，我又见到了这位学长，他问我转了什么系，我说数学系。他说："太蠢了，数学系从来都没有钱。"他说的都是很实在的，但我就是很喜欢理工科的东西。到第四年的时候，我父亲打电话给我，说："你考虑考虑，想一想，自己是不是一个有天赋的数学家。要不是呢，得要考虑怎么去找一份工作了。"我想来想去，觉得自己并不是有天分的数学家，所以就开始找工作了。

之前我都是在餐厅、图书馆打工，不算是正式的工作，毕业回到香港就尝试找一份正式的工作。在这个过程中，我就发现大家都觉得你是女孩子，你就听听电话，做一些秘书之类的工作就好了。直到有一天，一个美国人跟我说："你去考一个 MBA 回来，大家对你的看法就不一样了。"我想，那好吧。正好哈佛大学需要有两年的工作经验，但当时很可惜，工作的时候我也就二十岁出头，还是念数学的，从小喜欢写写字、喝喝酒，这其实近乎是败家的一类文人，突然去了一个非常讲究的、很实在的工作环境，真的就是嘻嘻哈哈地过了两年。我想如果再晚几年去哈佛，可能会带着很多要解决的问题去，那样会更有收益。

当时，哈佛商学院录取了我，但是很奇怪，当时自己觉得好像没有学到什么东西。若干年后，我才重新自我发现了那些学过的概念。所以，人很多时候在学习的环境中并不会觉得自己吸收了，但是后来真到用的时候，学到的知识会从潜意识里跑出来，好像学功夫一样。只要你当时真的下了苦功，就会吸收进去，该用的时候自然会用到。

1976 年，我从哈佛 MBA 毕业之后，想到的第一件事不是回家，而是想在外面，想的是能在外面多待会儿就开心了。于是，我就留在了纽约的一个投行。他们那个时候开始觉得到亚洲发展是一个机会，想要到亚洲来，就聘用我做一个培训生，将来准备派到亚洲去。这是我一个非常好的机会，而且我加入了一个非常棒的团队，但很可惜只工作了很短的时间，因为我父亲得了癌症，我就回香港了。我心里多少会有些郁闷，毕竟是非常好的一个机会，而且很多朋友在那样一个好的发展空间里，结果我回来了。刚巧回来的时候，赶上了改革开放，而这实际上是我失落后即将要展开的一段灿烂的时光，是又一个机遇的开始。

我父亲以前在一家纺织公司打工，他当时也跟一些朋友们谈，觉得改革开放是非常好的国家政策，感觉他们这一代就在等这个时机。他说我们不要学苏联，苏联是重工业带动发展，这很危险，而我们也可能会出现不购买外汇的情况，我们应该从轻工业和旅游业开始发展，因为要看我们的外汇平衡，从轻工业就很好开始。譬如服装出口，我们一元钱的投资可以赚十四元的外汇，而且缝纫机是很便宜的，其他都是劳动力。如果能够做这一类的加工贸易，我们就可以用很少的投资赚很多外汇。当时，父亲的一个朋友就是开旅行社的，他就鼓励父亲去做。父亲就成立了两家公司，一家做旅游，另一家就是我现在的这家企业——溢达集团。

溢达是从做制衣开始的，刚开始的时候真的是小企业，而且我们身处香港。但是，出口成衣需要配额，除非有钱去买配额，而且当时没有合资法，外资到国内来都没有法规，所以我们就在改革开放的时候，在不同的地方做补偿贸易。补偿贸易就是我们把机器运到一个地方，然后那家工厂出口的时候，我们

我到新疆去

就从出口总额里面扣一笔机器的钱。这个补偿贸易也是当时的一种创新，所以说改革开放开始那段时间，创新不比今天少。今天，大家看到的是一些科技方面的创新，但是改革开放开始那些年，因为好多事情都没做过，大家都有精神头，就是我一定要找一个方法出来，做成这件事。补偿贸易就是溢达先开始做的，我们当时就跟中国银行一起想了这种办法，和无锡光明服装厂签了天字第一号——第一个补偿贸易协议。

我们先是找了很多不同的地方做加工贸易，看哪一家工厂做得好，就买它的东西，要是有贸易出口额就出口。后来，我们有了更多想法。那个时候，也就是四十年前，最好的布在欧洲，很贵，然后就是日本，我们自己国家的布都是很便宜的，走比较低档的路线。但我父亲有不同的想法，这也是受我外祖父的影响。他觉得，我们既然有这么好的基础，还有这么好的人才（改革开放的同时，我们也恢复了对教育的投入），就不要光想低层次、低价的市场，我们应该想怎样去替代日本的布，去占它的市场。而且，当时日本人也开始对纺织没有兴趣了。我们的资产不多，但是胆子大，我就在高明（属广东佛山）建了一个布厂，做当时日本只有一两家能够做到的那个档次的布。刚巧到了1989年，国内局势有些动荡，日本人都跑掉了，不来了，还是我父亲有胆量，他说我们自己搞吧。本来有一群上海的技术专员，我们想靠他们，结果他们的思想追不上，我父亲就把他们轰走了，剩下一群学纺织但刚毕业还没做过布的大学生，高明的生产线上几乎都是这样很年轻、没有经验的人。这就给了这批年轻人一个机会，结果他们做出来了，而现在这个布厂是我们精英聚集的地方。

这是一个非常好的经验，现在整个行业都很艰难，因为整个世界都在变，每一个行业都要变。从这个例子来看，就是有的时候，必须胆子要大，要相信年轻人。我们这种传统行业，还有我们的社会，很多时候是不敢给年轻人一些机会的。我从那个时候就感觉到，这个险绝对值得去冒。最危险的是什么？是一直不变。以前行得通的那一套，现在已经不合时宜了，那你最危险的就是把以前的那一套还留着。我冒一次险，就还有一个机会会赢。但是，为什么大家很多时候不肯呢？大家一定要说这个人以前有什么经验，但来了一个年轻人，

机
遇

237

我们要怎么去评估他？很多领导不肯冒这种险，特别是上市公司的领导。我们一直不做上市公司，其中的一个原因就是上市公司很多时候CEO担心短期的业绩，不敢冒风险。这种风险很多时候是短期对业绩可能有负面的影响，但是长期就对公司是很好的，譬如我们到新疆去。

我那个时候说笑，要是我是上市公司的总裁，可能已经被人家罢了，因为那个时候谁听过跑到新疆去，去放那么多资源到一个很远的地方？这也是因为我们不是上市公司，我们自己能够冒这种险。

溢达主要是做成衣，那么我们就追求我们的布要好。做好的布，就要有好的纱。要有好的纱，就要去找好的棉花。在去新疆之前，我们使用的原料是低支纱的，这个在很多纱厂都能够买到。之所以会跑到新疆去，是因为我父亲在想下一个布我们要做哪个品种的时候，想到了八十支。那个时候，我们没有这么好的纱。我们也考虑过去秘鲁买，也试过，但是它的交期不稳定，品质也不是那么稳定。埃及的棉花很好，但是价格很贵，买不起。这时候，还是因为日本人，日本人去新疆比我们要早。他们之前都是在新疆买棉花、买纱，所以我们也跑到新疆去，就突然发现新疆有长绒棉，我们国家只有这个地方有这么好的棉花，南方根本没有。我们一定要好好保护这种棉花，不能糟蹋，这就需要配套的一系列设备和管理。但我们去了之后就发现当时新疆的纱厂根本就没有配套的东西去用这么好的棉花，机器、管理等都跟不上，很多纱锭都很旧，经营状况也很不稳定。因为做过财务，所以我了解之后就感觉本地的工厂靠不住。从新疆的纱厂回来后，我们就开始准备去新疆了。这也是我在溢达第一个自己推动的决策，也真心是从到新疆的第一天开始，就感觉有一种特别的情结在。

我主张我们在新疆要自己建一个纱厂，我父亲也是这么觉得的，这对我们当时是一种很大的经济负担。这里就有这样一个故事，当时我去见李嘉诚先生，向他请教我到新疆去的这个决策。他当时就跟我说："要是我年轻十岁，我也去！"他还说，"你家里边要照顾，到新疆去是一个非常大而且又冒险的事情，那你不如把家里的一栋楼一半卖掉，一半收租，家里边就肯定没问题了。"在

我到新疆去

他的鼓励下，我就去了新疆。

开始的时候，新疆的领导希望我们买下当地的一个纱厂，但因为我做财务出身，看得出来厂子的运营状况很不好，我觉得我吃不消，压力会很大，我就不想买。碰巧那个时候朱镕基总理说要"压锭"（减少纱锭的数目，限制纱厂的生产规模，通过减员提高生产效益），细纱机不能进口，除非有配额，我们当时是没有申请的。很意外的是，那天晚上都十一点了，吐鲁番的地委书记在我们酒店的大门那儿等着我们。他真的是消息灵通，他说："你们是溢达的，我在这儿等你们，我们吐鲁番有五万纱锭的配额。"

我们就说去看一下。其实这是非常蠢的一件事，完全没有想清楚很多其他条件，拿了五万纱锭的批文就干了。吐鲁番是出了名的全国最热的地方，你还要到那儿去开纱厂，地理都没搞清楚。特别是新疆的棉花糖分高，所以纱厂都要开空调。我们后来都管空调叫"铁扇公主"，虽然新疆的电费当时还算便宜，但始终是一笔支出。本来吐鲁番有长绒棉，后来因为气候变了，气温高了一度，再后来水又没有了，因为当时挖油，导致水全部在地下抽不出来了。还有我们的工厂是在沙漠里，到现在很多香港人到新疆去旅游，回来之后就对我说："我看见你的工厂了。"我说："你怎么会看见？"人家说："我们在沙漠边的公路开车，突然冒出一家公司，就是溢达。"在沙漠里开一家工厂，还是纱厂，真是不可思议，但是他们（工厂的人）真的做得很好。

我们从最开始就都知道自己的条件不是很好，所以必须努力去做，从开始在心里就有一种我们必须管理好的念头。当时，我们引进了一批大学生，现在则引进了越来越多高科技的管理方式，比如说数据管理等。吐鲁番地区大部分是维吾尔族，现在我们工厂里 70% 是维吾尔族员工，30% 是汉族员工。刚开始时，很多人都不看好我们这个工厂，但实际上民族从来不是问题，大家非常和谐，都很安定，而且还非常上进。去年（2016 年）我们去的时候，还有两位四十岁的同事拿到了大专文凭。这是不容易的，人家已经有家庭，还要读书，我觉得非常感动，就是因为他们希望能够追上新理念。

工厂里的很多员工真的是从最开始就一直在做，所以这个稳定性是非常重要的。但是，稳定往往会让人失去危机感，而我们的工人们就觉得，因为很多环境条件不好，所以他们一直都保存着危机感。这个市场很大，但是我们在乌鲁木齐或昌吉又会走不同的路，吐鲁番人就希望自己找一个市场出来。

后来，我们在新疆跟政府一起把之前那个经营不善的纱厂也恢复了，叫新疆绿洲长绒棉（纺织有限公司）。不但恢复，还把"绿洲"做出了一个品牌。也可能是因为这个，很多其他的纺织企业中很大一批人都跟着我们到了新疆。对我们来说，这是一个很大的负担，因为后来的企业都来挖我们的人，对我们非常不利。但是，这却带动了整个地方棉花产业的发展，有好的纱锭进来，那好的棉花就能够发挥它的优势。我刚去的时候，棉花出口有补贴。你想那多惨，这么好的棉花，自己不能用，出口还有补贴。我当时非常伤心。我还找吴仪副总理说过这个政策。我说这对我们自己是否真的有利呢？我们有这么好的棉花，我现在在新疆投了一家高档次的纱厂，但是我要是在印尼同样开了，我还更有竞争能力。吴仪副总理就说我说得很对，但这可以改变。我们就继续努力去做，后来情况真的改变了。我也从中学到了很多，在发展中很多时候都可以去实践《孙子兵法》，"兵无常势"嘛。很多事情在改革开放四十年里都一直在变，大家都是在摸着石头过河。我们中国人始终会觉得，好了，今天真的解决不了，那想办法熬到明天，总会有一个办法熬出来，所以现在一步一步地走，终归有那么一步就让你过去了。

在新疆的发展过程中，我学到了很多，比如遇到问题想办法，要摊出来讲，也遇到很多真的非常好的领导，是很关注新疆的。但是，他们未必知道很多策略并不适用于新疆，因为我们国家太大了。比如说有一个政策在沿海地区适用，但到了新疆，就会产生负面的影响。他们当时制定这个策略的时候认为是非常合理的，只是没有人想到，在新疆可能会有反效果。所以，我们在新疆发展过程中，发现了有很多事情需要自己去找方法，去想在新疆需要些什么样的政策来帮助我们。还有新疆是整个国家很多原材料的来源地，那么我们保护新疆不光是为了新疆，更是为了整个国家产业的提升。我们的很多产品没有新疆的长

我到新疆去

绒棉是根本做不出来的，我们想提升服装纺织品的质量，就要花心血去保护棉花的种子，要想尽办法提升农民的生活水平。要有好的纺织品，就一定要保护好新疆的长绒棉，这也是我们后面决定直接去纱厂的上游，去直接跟棉农打交道，亲自去收购棉花的主要原因。

我们国家收棉花的制度偏向于产量，还有打白条的规则，这就牺牲了质量，因为棉农看收购价钱怎么定的，他就怎么种，不太会去重视质量。如果收购价不鼓励优质棉花，棉农就会把优质的棉花拿去做杂交，去提升亩产。当时看见这个情况，我们就感觉需要直接补贴棉农，就是要给他们生产优质棉的奖励，也不给他们打白条，这也改变了整个行业。棉农是非常聪明的，你给他们什么信息，他们很快就会回馈给你。于是，我们就鼓励棉农达到我们的要求——棉花里没有杂物。棉农以前是把棉花放在家里的，后来我们就带他们去我们纱厂里看整个生产流程，看有人把鸡毛、鸭毛都拣出来。我们还教棉农怎么保证棉花里没有杂物，以及收棉花的时候，给棉农做一些全棉的制服，把头发包起来，不然头发也会掉进棉花里。我们就这样一步一步地教这些棉农，直到现在我们还在做这件事情。第一批来参观我们自动化纱锭的贵宾就是我们的棉农，我们希望让棉农们看见我们用这样的高科技手段去提升他们种的棉花的质量。我们在新疆还有一家店，卖我们品牌的衣服，也会请棉农去看。他们看到这些衣服，看到价钱，就更加开心，也有一种自豪感，觉得自己的努力是能看到这样好的成果的。如果没有那种自豪感，他们就不会这么辛苦地去种一个更加好的品种出来。这样做的结果就是，我们现在棉花是好到可以纺出七百支这样很细很细的纱线。

我父亲很早的时候就告诉我："你一定要记住，我们是靠棉花吃饭的。要是没有人种棉花，你的原料就没有了，你也没饭吃。"我们提高自动化不是为了减少用工，而是为了提高质量。现在，很多科研用什么纳米技术等，但要是棉花不够好，很多科技手段也用不上。当然，也有某种科技是把棉花变得更好的，但是始终脱离不开工业的人力跟很多原料，你不保护上游的原料供应者，下游就没有前途。

当你要"一条龙"地从棉花开始，难度也很高。有时候，营业部的人就走进来问我："老板，我这个客人想买化纤的，为什么我们不能做化纤的东西呢？同样的客人，我能做双倍、三倍的生意。"如果我们今天全部卖化纤，那上游怎么办呢？倒过来，我在上游有这样的投资，就保证我的布还有我的某些有特殊优势的产品，你在其他地方买不到。这个对做营业的人要求就很高。以前，我们这种传统行业只是接单子，现在对他们的要求是你要明白，为什么这个棉花这么珍贵，不是每个地方都有的，你这个衣服是很珍贵的。

说到这儿，还有个有趣的细节，就是我们在新疆做长绒棉，实际上是为男士服务的。大家都觉得女人是爱美的，爱买漂亮的衣服。这个衣服只要穿着漂亮，再难受她们也会穿。但男性消费者是既要漂亮，又不肯放弃舒服，所以男性消费者比女性还要难伺候。男人很多时候需要白衬衫，比如去找工作、去上班的时候，要打扮得很整齐，但是又要很舒服，这个衬衫从早出门坐地铁，到晚上下班出去应酬，都还能保持很光鲜的感觉。这个很难做到，但这就是我们想做的，其他的颜色都比较容易，白衬衫却很难。这里面我们就运用到了纳米技术，使衬衫既透气，又能够保持光鲜体面的样子，穿一天都可以。所以，就要求棉花有很高的质量，棉花的纤维要长，才能够保证衣服的布做得很薄，还能保持免皱的功能。所以说，我们到新疆去主要是为男士服务的。

现在，外国很多分析员说，中国作为一个出口大国、工业国家，已经完蛋了，没有竞争力了。我是反对这个说法的。很多人只是跑了很多很穷的地方，只看到我们四十年前的那种竞争方法，但实际上在我们国家，这个游戏规则早已经改变了。

改革开放是因为我们不希望再穷下去，改革开放之后，我们一直都在教育方面投入了很多，这些都是因为我们想提升自己的生活水平。如果现在我们还以以前的那一套来竞争，那不是等于我们改革开放完全失败了吗？现在对整个行业的要求都高了，我们要解决的问题比以前要难很多，所以现在就必须转型。以前很简单的，加工，你接单，客人说什么，你就做什么，现在要有自己独立

我到新疆去

的分析能力，要了解整个"一条龙"的优势。这些条件下也能接单子，就是去找合适的、能够吸收我们这些优势的客人。这就需要我们的工作人员有独立的思维能力，这也是受教育的好处嘛。我们的这些大学生就很有分析能力，对于一个没接到的单子，他们会分析客人不是因为他们不好，也不是因为我们的产品太贵，或者品质不好，而是跟他有不同的路线，所以应该去找另外一个客人。如果找不到，那就去想办法培养客源。

我父亲曾经说过："你的产品好，前面做营业的人就会很容易。你的产品一塌糊涂，你就真的需要天才，才能帮你把产品卖出去。"所以，这完全是一个新的游戏。当然，这样长的一个供应链，也显示出来我国工业的优势，只是需要一些人、一段时间去适应。

可以说改革开放的头四十年，我们国家已经发展到了现在这样一个转型的阶段，也是我们国家面临的一个转折点。而在十九大上，党中央强调的也和现在这个阶段的情况非常吻合。我们现在就是一定要重视质量，包括我们的原材料。生态环境对原材料是非常重要的，我们以前觉得自己对水已经是很用心了，但现在发现还有更多的努力可以去做。我希望我们这一代能够推动这个转型。

四十年前，我们整天就是靠出口，这是因为我们自己还没有消费的能力。我父亲很早就想到内地市场对我们来说是最好的一个商机，所以一开始就做了一个比较年轻的、全棉的运动装系列，种类也比较多。选名字的时候，我们想了很多。因为当时发现香港人跑到内地去做内销市场，选的都是欧洲风格的名字，所以我就觉得我们为什么一定要躲在人家的文化后面，我们为什么要这么没有自信心呢？还有我最不喜欢的，也是我自己曾经尝试过的一次，我去店里看我们自己的衣服，销售员跟我说这衣服是进口的，我心里就觉得我们都看不起自己的产品。所以给我们自己的品牌选名字的时候，我们几个人关在一个房间里，就是要想一个名字，我说："今天要是想不出名字，大家就不要回去了。"其中有一个人就突然问我关于另一个朋友的事，那个朋友姓白，英文的拼法叫"派"。我一听就说这个最好，北方人常会说"你穿这件衣服很气派"，我读MBA的时候学到的那个希腊文里的"派"是盈利的意思。我就说这是个非常好的名字。我们香港人就是整天英文、中文都混在一起，不如自己创一个字，我们那个品牌就用了"派"做名字，代表我们一群香港人做的一个服装系列。后来第一套宣传的时候，我们请王志文出演宣传片，主题就叫"自我一派"。

现在，"派"这个品牌已经是我们最好的一个产品显示窗口了，我们把七百支的衬衫就放在"派"系列里。还有很多丝棉混纺的，都非常漂亮，价格也非常高，虽然不会有很大的市场，但是我们希望通过内部的动力来推动我们去做一些挑战自己的产品，也希望去挑战一下外国的产品。只要是世界上最好的东西，我们都希望能去挑战、尝试一下。我们就要把自己推到更高的质量层次上去，这也是我们非常自豪的一件事。所以我就觉得，我们始终都必须对自己有信心。

我们现在也让一批年轻人自己发挥能力。最近，我们又做了一个新的系列，就是专门给大学刚毕业的年轻人的，宣传片的主题就是：我要专一做好一件事；还有生活要简单，每天拿了这件白衬衫，我就去上班，不用担心，不用去想搭配什么，很简单。现在，二三十岁的年轻人可能分心的事情太多，需要专注，所以用这个概念，叫作简化生活，过得更有意思。从这些年轻人身上，从我们企业现在这些二三十岁的人身上，我学到了很多新东西。最近，他们总说 3D 打印，这给了我很大的启发。虽然我不会用，但他们会教我怎么去做。我觉得我们很幸运，有了这么多受了很好教育的年轻人，而我需要考虑的最重要的问题，就是怎么给他们一个好的平台去发挥。

我希望溢达能够有一个系统性的管理模式，使企业自己能够有一种转变的生机。这也是我父亲很早的时候跟我说过的，他说中国的企业很多时候是做小企业很成功，因为我们很灵活，但真的大企业，如果不是国有、有特殊资源的话，那么这个企业的管理就很少有能做得非常好的。我父亲还说，你要做一个企业，应该以丰田为目标。所以，我们的管理人都不是家族内部的，除了我妹妹之外，都是一些职业经理人。

溢达从最初一个很小的公司，到今天成为一家有五万多人的企业，可以说是改革开放孕育的一个奇迹，而去新疆更是我这一辈子做的最骄傲的决定。我

我到新疆去

希望我退休的时候，能够在溢达培养一种类似丰田的企业文化。我们现在在学习丰田如何改变自己来适应新的环境，这是非常重要的一种生存技能。

有人问我："你为什么来新疆？你什么时候要离开？"我说："现在这儿是我的家，我为什么要离开？"

约瑟华：

用探索
把新疆变成家

籍贯：美国得克萨斯州
职业：旅游咨询

我跟我妻子二十一二岁结婚，是在我大学毕业以后。2006 年，我们来到新疆的克拉玛依，那也是我们第一次来中国。那时候刚结婚，我们想去看世界，因为我们还年轻。

当时，新疆的火车不是特别方便，从乌鲁木齐到克拉玛依需要坐五个小时的公共汽车，路两边都没有什么东西，不是沙漠，可是也没有山。五个小时以后，一个城市出现了，那就是克拉玛依。接下来，我们去哪儿呢？我们就像到了月球一样，很陌生。

我们第一次在国外生活，对新疆的传统食物也不太习惯，都不知道应该吃什么。另外，我们当时结婚不到一年，还不太习惯在一起生活。单身的时候，我想去哪儿就去哪儿，想吃什么就吃什么，可是现在结婚了，我应该想一想妻子想做什么、想吃什么，我们需要知道怎样在一起生活，而且是在一个陌生的国家。克拉玛依当时有二十万人，可是外国人可能只有十个，所以我们没有很多机会结识别的外国人、用英语说话，或者吃汉堡，这对我们来说有点儿难。

好在克拉玛依有好多很友好的人帮我们。来新疆之前，朋友告诉我们："前两个月可能会有困难，你们坚持到三个月就好了。"头两个月确实有点儿难，可是我们觉得时间少的话就不能了解这里的传统，不能了解新疆的特色，或者它的美丽之处。所以，我们想至少在那儿待一年。

我到新疆去

我们去看了吐鲁番和喀什。我们特别喜欢，觉得新疆很美丽，各个民族也很有意思。我们有汉族朋友、哈萨克族朋友，也有维吾尔族朋友，他们都很友好。一年后，我们回美国待了一个月，但我们已经签了新的合同，准备在新疆再待一年。两年以后，我们觉得特别喜欢克拉玛依，还想再待一年，所以我们在克拉玛依一共待了三年半。

　　我们在克拉玛依是当外教，我妻子在大学当老师，我也不是对当外教不感兴趣，而是更喜欢做生意，所以我们回到美国后，我就开始做生意了。后来，我们的老大出生了，我们也买了房子，就觉得OK，可能我们的新疆时间结束了。

　　可是三年后，就是2013年，我们有机会回到新疆做生意，我觉得我特别爱新疆，特别想念我的朋友们，想念新疆的食物，所以我们想在新疆试一下，再待一两年。现在店铺开了四年，我们还在这儿，我的儿子、妻子都习惯了。儿子现在在这边上当地的幼儿园，在我们小区。他有好多中国朋友，也有外国朋友，他对中国的传统——新疆的传统很习惯了。

　　我刚来新疆时就开始写博客，我的父母，还有好朋友们都会去看。我记得我们刚到新疆时，看到好多人喜欢把辣子（辣椒）放在外面晒，在我们小区里到处有辣子，我就拍了张照片放到博客上。我父母和朋友们看到后都觉得很奇怪，因为在美国我们不这样做。我记得第一次去参加维吾尔族人的婚礼，觉得那个舞蹈特别有意思，服饰的颜色也很鲜艳，跟我们美国的婚礼区别很大。我的美国朋友不太明白我们聚在那儿做什么，为了让他们了解，我就用我的博客介绍新疆。

　　我喜欢用我的博客让他们了解新疆，因为看报纸，关于新疆的信息不是特别好，都是不好的新闻。我想世界上每一个地方都有好的，也有不好的。我想用我的博客给他们介绍好的部分、我喜欢的部分、对我来说很美丽的部分。

　　开始的时候，每天只有一两个人看我的博客，两年以后是每天几百人，我觉得有点儿压力了。有人看我写的东西，所以我写的、拍的都得是真实的。我觉得自己不太了解新疆，尽管我来这里都两年了，但还是不行，十年都不一定能充分了解其中的文化。

后来，我们把博客升级为一个旅游的网站。我在克拉玛依拿了摩托车的驾照，然后我们买了一辆摩托车。我带着我的妻子去了塔城、阿勒泰等好多地方。我碰到好多外国游客，他们都说特别喜欢新疆，可是没有信息，不知道应该去哪儿、应该吃什么，而我可以帮助他们。每天都有外国游客发邮件问我："我应该去哪儿？"所以，我觉得应该建立一个网站，我可以写一下去哪儿、有什么吃的，类似这样的东西。可是，他们还给我发邮件，所以我觉得必须写一个旅游指南。

我们有一张地图，没有去过哪儿，哪个城市已经去过了，都标出来。这个周末我们想骑摩托车去哪儿，都会计划好。决定了就会去，有必要的话还会在外面过夜，还是很开心的。只有这样亲自走过了，我才能把路线记录在网站上。

塔城的森林特别美丽，在克拉玛依附近有魔鬼城，很奇怪，因为有好多沙漠，风很大，阿勒泰的山和湖也很美丽。我还特别喜欢吐鲁番，大部分外国人喜欢喀什，可是我喜欢吐鲁番，因为它是一个很小的城市，在附近有很美丽的乡村。我喜欢在那些村里散步，因为我可以碰到很友好的维吾尔族人。比如两个月前我去吐鲁番附近的一个村，一个第一次认识的人，请我们到他家，他妻子做饭给我们吃，大家一起聊天，我们待了两个小时左右。在乌鲁木齐不是这样的，因为这是一个大城市，可是在那个小村很容易碰到很友好的、愿意请你去他们家的人。

我刚到新疆时，我连中文的"你好"和"再见"都不会说，我的朋友都是会说英语的中国人。他们想教我们怎么说中文，但因为我是外教，所有的学生都想跟我说英语。所以，第一年到第四年很难学中文，我自己在家里学怎么写、怎么读，可是我没有很多机会用口语。

如果想了解一个国家的传统，就必须学习他们的语言。我特别想学中文，可是有点儿难。所以第二次来到新疆后，我参加了大学课程，用两年时间学习怎么说中文。我知道我想做生意，就必须会说中文，现在还差得远。

现在，我的家人都在新疆生活，回到美国会有点儿奇怪。我们大部分的学生，我最喜欢的饭馆、最喜欢的超市，都在新疆。我们有汽车，会出去看看，乌鲁木齐有个南山，我们会去那儿吃饭。有人问我："你为什么来新疆？你什么时候要离开？"我说："现在这儿是我的家，我为什么要离开？"

现在，新疆是我们的家，可能五年以后或者十年以后我们会回美国，但我不确定，谁知道明年要做什么、应该去哪儿呢？没有人知道。可是，现在我想待在这儿。

我们原来不认识维吾尔族人，没有哈萨克族朋友。得克萨斯州的达拉斯是我的家乡，达拉斯大学有好多中国学生，可是我不认识。那个时候，我父母家离那个大学只有一两公里，可是我有我的生活，他们有他们的生活。所以来到新疆后，我才第一次有机会跟中国人认识。刚来新疆时，我们不会说汉语，也不会说维吾尔语，所以没有多少机会交到当地的朋友，除非他们会说英语。

后来，我们学习了一点点中文，可以跟当地人买馕了，我们就天天去那儿买馕。现在，卖馕的老乡是我们的朋友，因为我们能跟他交流了。去我们最喜欢的饭馆，以前我们吃完饭就离开，现在可以跟他们聊天。我可以明白他们来自哪儿，好多乌鲁木齐人都不是本地人，可能来自库车、和田、阿勒泰、伊犁，或者口里。现在，我们有好多机会跟各种各样的民族、各种各样不同家乡的人认识。我和妻子喜欢请新认识的朋友来我们家吃饭，因为我们知道在乌鲁木齐，可能没有多少机会吃纯正的美国饭，我妻子做的饭特别好吃。我请朋友来家里，我们可以互相了解。

我记得在新疆的第一个星期，我们不知道吃什么，有一家肯德基，可是我不知道在哪儿，我们也不想去。可是去中国饭馆，我们一看菜单，又不会读汉字，有照片我们也不知道是什么、什么材料做的。去超市，也不太明白什么是什么。我记得在新疆的第二个星期，我找到了花生酱，特别开心，因为我可以做花生酱三明治了，我可以在这儿活下去了。

刚来新疆时，我们经常在家里做饭，我妻子做我们熟悉的食物，可是我们慢慢改变了，我们想试一下外面的饭馆。朋友们也会介绍他们最喜欢的食物，宫保鸡丁我们喜欢，几乎所有的外国人都喜欢宫保鸡丁、糖醋里脊、鱼香肉丝这样的菜。还有大盘鸡、拌面、抓饭，OK，这些我们也很喜欢。慢慢地，我们习惯了新疆的食物，所以现在你问我儿子最喜欢的饭是什么，他不会说是汉堡或者比萨，他会说是抓饭。他是在新疆长大的，现在上了一个中国的幼儿园，他特别喜欢，也慢慢地会说汉语，他会听懂，可能一两年以后他的汉语会比我的好。可是，我们还没决定他将来是要上中国的小学，还是留在家里让妻子教他。

我特别喜欢在这儿做生意，所以我的计划是继续在新疆做我的生意，就是做新疆旅游咨询。如果可以待在这儿，我的孩子们如果喜欢继续住在这儿，OK，我们就待在这儿。

我到新疆去

援疆对我来说是一种义务、一种责任，在这种义务和责任上，就没有讲条件的理由，我就是去履行这个义务。

王浩：

努力做到无怨无悔

籍贯：山东东营
职业：外科医生

我现在是东营市第九批援疆医疗队队长，同时在喀什地区疏勒县人民医院担任院长一职，到新疆工作已经九个月了。

我是土生土长的东营人，从小生活在黄河岸边，上高中之前还没离开过山东，所以对远方的世界充满着憧憬和向往。从小看着《阿凡提》长大，通过《阿凡提》的故事我知道了中国还有一个民族叫维吾尔族，有个地方叫新疆。

上高中的时候，我一开始的想法是考个农业大学。但后来看到爷爷奶奶身体有病，在外边上班的爸妈来回奔波着，我就想家里有个医生还是好一些。因为在我们村里，除了赤脚医生外，还没有一个真正的医生。我原来想的就是，如果学有所成，我可以给更多的人做点事，帮助大家。等到报志愿的时候，我的本科志愿、专科志愿和委培志愿都报的医学专业，那时候就一门心思想学医了。我在 1994 年考到滨州学院，一共上了五年，毕业以后就来到东营市人民医院，一直在胃肠外科。

2008 年硕士毕业和 2014 年博士毕业的时候，我都有机会被单位派到国外学习，当时就回家跟家里人商量，跟爸妈、媳妇儿、姑娘（大女儿）商量。当时姑娘就不高兴，开始哭，她一句话就彻底打消了我想出去的念头，她说："爸爸你不是说过吗，毕业以后就不再离开我们，最起码在我上大学之前，你不会再离开我，也不会再离开妈妈，你不会再出去学习了，你也不会再到任何地方去，你要在家好好陪着我考上大学？"当时也有大概半年的短期援疆机会，我也想去，也是因为女儿在家哭得非常厉害，就放弃了。

这次援疆机会来的时候，正好是我放弃继续读博士后的第二天，我感觉不能再放弃了，再放弃的话，我可能会留下终生遗憾。这件事，媳妇儿的关好过，老妈的关好过，老爸的关好过，就是女儿这一关不知道怎么过。

我去人事科报名的时候，也跟领导说了家里的情况，那时候我妈住院了，我媳妇儿怀孕九个月，老大马上考高中了。领导就问："你是怎么着，去吗？"一念之间有很多想法，我就跟人事科说我再跟家里人商量商量，他说给我十五分钟。我先给媳妇儿打了个电话，她说："你想出去我也不拦你，而且也确实是个比较好的机会。"第二个给我们家老太太打电话，我妈妈说："你媳妇儿已经怀孕九个多月了，孩子生的时候如果你不在，可能是你一生的遗憾。"最后问我爸，我爸第一反应是问："你媳妇儿是啥意思？"我说她同意我去了。我爸说："她同意你去，你就报名吧。"然后给人事科打了电话。当时女儿在学校里，十五分钟是来不及去问孩子的。决定完之后我就带着媳妇儿回了家。女儿回家后，我跟她一说，她就趴在她妈妈怀里开始哭，哭过以后跟我们说："爸爸你去吧，虽然我舍不得你，但是我觉得你还是应该去看看，你应该到外面去闯一闯，因为你不是为了你自己，是为了我们这个家，而且将来我还有一个弟弟或者妹妹，为了我们家生活得更好，爸爸，我觉得你应该去。"到现在我女儿也经常对我说："你放心，我一定会努力，就算你不在家，我也会尽我最大的努力去学习。"

当时医院里大多数人听说我要去援疆觉得很诧异，因为他们觉得我在那种条件下，确实不适合去，很多人都说，包括我们主任都说你再考虑考虑，一定要考虑清楚，而且也有人跟我说"对你来说，援疆弊大于利"。到最后开党委会宣布之前，我都还是有选择余地的。但是最后我还是觉得既然决定了，那就往前走吧，这可能是一种家国情怀的责任感使然吧。

东营市人民医院援助喀什疏勒县人民医院从 2011 年就开始了，到我们已经是第九批。前期援疆的同志回来经常跟我说，新疆那边确实医疗资源非常不发达，对我们学医的来说，只要人类有痛苦的地方，那就是我们应该要去努力的地方。在山东、在东营，没有我，大家还有很多大夫帮助，但是到了新疆，去一个人，就是一份力量，往小了说，是为了新疆人民的健康，为边疆各族群众做点贡献，做一点事情，往大一点说就是为了社会稳定。

去新疆之前，我都是通过电视或朋友的转述来了解新疆是什么样的地方。对大多数人来说，去新疆最大的顾虑不是远，而是安全问题。所有人一听到新疆，尤其是南疆，都会想："那个地方安全吗？到底怎么样？"第二个印象是沙尘暴，从网上的照片都可以看到，那真是满天黄沙，一般3月到5月，是沙尘天气最严重的时候，面对面都不一定能看清楚人，就和我们的霾差不多。第三个就是地震频发，不光喀什，包括库车，几乎每个月都听说一两次发生地震的消息。2017年，塔什库尔干地震，倒了一些房子。其实那天我都没感觉到地震，但是第二天早上一打开手机，全是山东那边的家人、朋友在问："你还好吗？""安全吗？""没事吧？"我当时很感动，后来给后面来的援疆医生做经验介绍，说到这件事都有点哽咽。真的，我们援疆不光代表着我们自己，更牵动着家乡人民的心，牵动着家里人的心，牵动着医院同事、朋友、领导们的心。虽然说我被派出去了，但是他们的心实际上是跟我在一起的。

到新疆至今已经九个月了，我真心感觉新疆并不像想象中的那么可怕，那些问题仅仅是少数情况。新疆其实挺安全的，社会也比较稳定，尤其在近几年，新疆一直在抓稳定，人们出门很安全。而且我在这里感受到的更多的是当地民众的淳朴民风。街头上，西瓜、哈密瓜切成一块一块地卖，一元钱或者两元钱一块，吃完把瓜皮往垃圾筐里一扔就走人。这种情景我小时候在山东还能见到，现在已经见不到了。

我们到达新疆以后发现，很多老百姓住得比较偏远，交通也不是那么发达，针对这种情况，队里大家一块儿商量，采取了进社区、进基层、下乡的义诊活动。这个在当地是很受欢迎的，一上午能看两三百个病人，包括吃饭的时候，都有很多人还在那儿排队等着，我们都会把所有人看完了再走。义诊的时候我们就发现，偏远地区的老百姓确实很欠缺健康普及教育，很需要做关于健康知识的宣讲，还有健康状况的询查。

每次下乡义诊都要组织内、外、妇、儿、中医科等相关的科室，针对当地的常见病、多发病，也会适当地补充相关的本地大夫，包括骨科和眼科，新疆白内障的发病率比较高，我们援疆团队中没有眼科医生，但我们会定期组织本地眼科大夫下乡为他们进行诊治和筛查，为下一步的喀什光明行等白内障复明工程奠定基础，同时筛选病员。到目前为止，我们已经参与了七次义诊，诊治一千五百多人，发放一万五千多元的药，并开展了一些健康知识的宣讲活动。

后来我们商量，能不能把义诊改为巡诊，作为一个系列性活动，利用每个周末分别下基层去看看。一来亲身感受老百姓的生活状态；二来把山东医疗资源彻底下沉，让老百姓得到实惠；三来通过更好地了解当地的基本情况，为下一步援疆把握好方向，更好地提供服务。

据我们了解，疏勒县医院这边接受培训，要么去喀什，要么去乌鲁木齐或国内其他大城市，而且得到这种机会的人也比较少，接触面也比较小。有鉴于此，同时针对喀什地区地广人稀、交通不便的特点，我们便利用援疆资金兴建了远程会诊培训中心。一方面，可以与全国其他医疗机构同步，在他们进行授课的同时，疏勒县人民医院的医务人员也可以接受学习，共享来自其他医院的教育资源，整体提升人民医院的医疗水平和服务质量；另一方面能针对医院内出现的疑难危重病例进行远程会诊，让患者不出家门就可以享受到来自山东的优质的医疗服务。

作为我们大后方的山东省，也在远程培训方面提供了莫大的支持，提出只要我们有需求，就会提供帮助；只要有培训需要，就会无条件免费为我们提供培训，并且承诺包教包会。这个远程医疗会诊培训中心，更大的意义就在于搭建一个持久的诊断和交流的平台，因为将来我们医疗队早晚是要回山东的。

援疆的过程中，新疆正在全疆范围内开展民族团结的结亲活动，我们也都在村里找到了自己的"亲戚"。我的"亲戚"是个四十五岁的中年女性，她家七口人，丈夫已经去世了，上面有卧床的老人，下边还有两个女儿需要照顾，大女儿离异带着孩子回了娘家，小女儿十三岁，比我女儿还小一岁，有高热惊厥的情况，可能患有癫痫。前段时间我想利用我这边的资源去找从上海和广州来喀什的援疆专家看一下她的小女儿。因为这些情况，照顾家庭的重担都落到了我的这位"亲戚"身上。由于我在县医院工作，平常比较忙，没有太多的时间去帮她干农活，给予照顾。所以，我通常就给她留些钱，让她雇人来完成地里的活，帮她解决冬季取暖的问题，逢年过节的时候也给她带点油、米、面等。

通过结亲，我们认识了更多新疆各族老百姓，知道他们需要什么、缺什么，然后发动我们的关系，更好地给他们提供帮助，比如闲置的衣物，孩子们不需要的书或玩具，都可以搜集一下给他们邮寄过去，这些事并不是说我必须在新疆才能为他们做。

其实这次能来援疆，我最需要感谢的是我的家人。促成我来援疆的关键人物，也是第一时间就支持我的人，是我媳妇儿。我跟我媳妇儿马晓花是大学同学，是在大四的时候慢慢走到一起的。在我最困难的时候，主要是学习上的，她出现了，帮助我渡过了难关，因此我们就走到一起了。经过一段时间的磨合，我们发现彼此很适合。毕业的时候，她主动放弃了回她家乡淄博桓台工作的机会，跟着我来到了东营，在东营区人民医院上班，做新生儿方面的工作。工作以后，很多人从爸妈身边飞走了，就很少回家了，但是小马给了我一个继续留在爸妈身边的机会。而且结婚这十六年当中，小马和我爸爸妈妈在一起的时间甚至比我都多，是媳妇儿，但更像是女儿。外面很多人都问："你们怎么处理关系的？怎么你妈妈和小马关系那么好，就像亲娘俩一样？"这个当然不是我做了什么贡献，最重要的是她们两个之间相互包容，相互交流，才有这种状态。

我们结婚以后，小马一直在鼓励我。我考虑读研的时候，她也很支持。第一次考研究生的时候，媳妇儿就怀孕了，但那一年我没考上。在孩子两岁时，我终于考上了。

这次援疆去新疆的时候，马晓花怀孕九个月，快生了。我跟她交流过，万一生的时候我不在家怎么办。她自己其实挺好强的，说："你去吧，产科我

我到新疆去

都很熟，我自己提个包去，再说还有咱爸爸妈妈呢。你不在，我照样能把孩子生出来，这个你放心。"但是后来我真去了，她就开始紧张了，觉得我还是应该陪在她身边。那段时间，她除了上班就是回家躺着，不敢动，就怕那个小东西过早出来。预产期前我赶回来后，她才敢下地活动。最后1月18日凌晨两点多，这个小生命终于来了。

这么多年以来，对我家大姑娘，我做的确实很少很少，基本都是我爸妈和马晓花在带。我爸妈从来不溺爱孩子，和当年教育我的方法是一样的。很多人说："王浩，你们家孩子怎么那么懂事？你传授传授经验吧。"我说："最好的经验就是让爷爷奶奶带，妈妈协助着看。"这就是我们家当时的状况。

我爸爸是很要强的人，也是我工作背后的智囊，经常给我一些经验。他是我非常好的一个榜样。初中的时候，我的成绩起伏不定，我爸就写了八个字，"警钟长鸣，坚持不懈"，贴在墙上，挂了很长时间。这八个字一直激励着我。从小到大，我基本上没离开过家，一直在父母的呵护下成长。当爸妈知道我要来新疆时，他们更多的是牵挂，是担心，所以每天我都尽量打电话回去或跟他们视频，让他们放心。

这次援疆我感觉很幸运，工作上得到了这么好的机会，生活中也得到了很多支持和帮助。援疆对我来说是一种义务、一种责任，在这种义务和责任上，就没有讲条件的理由，我就是去履行这个义务。既然我选择了，肯定要努力做到无怨无悔。

我很喜欢中国，新疆给我们提供了很多机遇，我还想继续在中国工作。

玛丽娜：

每天
到新疆去

籍贯：哈萨克斯坦扎尔肯特市
职业：翻译

我出生的地方是蒙古国，十七岁来到哈萨克斯坦的阿拉木图上学。一年以后，我爸爸妈妈也搬到这里来了。我在阿拉木图学了英语和汉语，这是我的专业。我在学校的时候英语学得特别好，常常参加英语比赛，经常得第一名。当时我不怎么会说汉语，就去新疆伊犁学院学了两年汉语，收获特别大。毕业的时候，我参加诗朗诵比赛，得了第一名，然后又去乌鲁木齐参加比赛，比赛在新疆大学举办，有四百多个学生参加，我得了第三名。

第一次到新疆，我觉得这是一个民族很多、发展很快、很漂亮的地方。我上学时认识的老师和同学都有新疆人，有很多汉族学生，老师让他们来跟我们交流，帮我们学汉语。我觉得新疆人特别好，他们心灵特别好，性格、想法都很好。

留学结束之后，我回到了阿拉木图。我和我老公是在阿拉木图上大学的时候认识的，我们刚开始在阿拉木图一个很大的市场做生意，我老公从霍尔果斯口岸进货，我在这边销售。

中哈霍尔果斯国际边境合作中心是 2012 年开业的，我老公觉得扎尔肯特的气候特别好，离海关也很近，30 千米，我们就搬过去了。合作中心刚开业的时候，在哈萨克斯坦做了很多广告，我们去合作中心参观的时候，人特别多。现在合作中心哈方的人越来越多，很多人以前不知道，现在都知道有这个地方，都想来。他们都是去中方的店铺里买床品、鞋子，还有皮草。有些是做生意的人，过来批发货品，有些是来旅游的人，他们觉得中国的这些东西特别便宜。

现在合作中心的中国产品也不太便宜了，质量好的就更贵了，差不多跟阿拉木图的价格一样。但是大家不知道，还是跑到合作中心来买，有的从很远的地方来。

我一直想做生意，但是有一天我来合作中心，认识了这里的一个工作人员，他说这里需要翻译，如果我想干就去他们招商部看一下。然后我就过去了，面试以后，他们就让我去上班。现在，每天把孩子们送去幼儿园后，我就坐班车去合作中心上班。每天的工作内容看情况而定，如果团队多、客户多，我就在招商部做翻译；来的人少，我就翻译一些宣传资料和广告；如果有客户第一次来合作中心，需要帮忙买东西，我也会带他们去。我老公现在也在合作中心工作，做物流运输。我现在的收入比以前高，这是合作中心给我的机会。还有就是，我可以跟外面的人交流，我现在认识的人很多，有中哈两边的人，这些人中，有的是开公司的，有的是做批发生意的，还有唱歌跳舞的。合作中心给我们一家人提供了很多机会。

我妹妹马上就要从学校毕业了，她也想上大学学汉语。她来我这边看过以后，就特别想学汉语，还问我怎么学汉语最快。我上大学的时候就特别想去北京上学，但那个时候没有机会，也没有钱，如果我有钱，我会去北京、上海，或者西安上学，然后去美国上学，这是我的梦想。但现在去不了了，我没有时间，也没有钱。所以，我现在觉得要多挣一点钱，以后让孩子们去中国，去其他国家上学，帮助他们实现梦想。

现在中国是世界上发展得最好的国家，如果我们学会汉语，说得特别好，无论是做生意，还是工作，都可以去中国。我很喜欢中国，新疆给我们提供了很多机遇，我还想继续在中国工作。我的计划就是继续在合作中心做翻译，这里有更多的机会去接触更多的人，给了我实现梦想的机会。

回

家

二十七个"到新疆去"的人物里，有这样三个"回家"的主人公。[1]

每次听到王蒙老爷子那句"新疆人民对我恩重如山"，都会让人心里有如火山喷发般地感动。

如果没有王蒙老爷子，就没有《我从新疆来》。

王蒙先生，河北人，文化部原部长和当代作家，是我在2014年结识的人生之贵人。在有幸得到他的联系方式之后，我把《我从新疆来》第一本图文集的部分章节发给了他，很快就得到了他的回复："这本书的序，我一定写！"那一刻，我的内心如万马奔腾。第一部纪录片拍摄的时候，他更是一点儿犹豫都没有，加入了主题曲MV的拍摄，参加了首映式，给予了全身心的支持。得到了这么多支持之后，到了第二部，我厚着脸皮问老爷子能不能拍他，他依旧爽快地答应了，特意去了一趟新疆。

王蒙先生今年八十四岁了，你大概想不到老爷子用电脑、手机溜得很，微信里的表情包丰富且时髦，每天还会去游泳，精神矍铄、逻辑清晰、思维敏捷。1963年至1978年，王蒙老爷子主动申请下放，在新疆伊犁伊宁市伊宁县下属巴彦岱镇巴彦岱公社二大队生活工作，在学习维吾尔语之后任汉语翻译，后任二大队副大队长。在新疆，也是在他人生的低谷，

---

1 《我到新疆去》的纪录片中未涉及张信刚、陈宗振、王世杰三个人物的相关内容，而纪录片中关于苏热亚的内容，本书没有收录。

他找到了新的归宿，也找到了心的归属。离开新疆后，老爷子有时间还会回去看望公社里的父老乡亲。对他来说，回新疆，就是回家。

我只能说，王蒙老爷子对我恩重如山，能有幸拍以他做主人公的纪录片，能把他回家的经历记录下来，是我的荣幸。

苏热亚，听名字像是从新疆来的，实际上她来自上海。当年她的姐姐考上了上海的杂技学校，她的父母决定带上当时只有一岁的苏热亚跟着一起去。父母在学校承担了给新疆孩子们做饭的工作。七年后，他们面临回新疆的选择，对于孩子来说人生开始的七年很宝贵，苏热亚已经喜欢并且习惯了上海的环境，说的普通话都带一点儿上海味道，所以当她要回到出生的新疆时，有些东西是需要重新开始的。

这种回家听上去很感人，似乎有告老还乡的感觉，但实际上很尴尬。我身边也有一个从小在北京长大的维吾尔族朋友，在新疆出生、北京生活了三十多年的她，总说自己是没有故乡的人，因为回新疆会被认为是首都来的客人，回北京会被认为是"外国人"。夹在不同文化中间的成长过程，让一个人失去了归属感。现在的很多父母把孩子从小就放在国外，或者教育资源好的国内城市，这中间有很多孩子经历的心理变化是父母想不到的，不管从哪儿回到哪儿，那个感受对孩子来说都是一样的。对于父母来说，孩子是回家，但对于孩子来说，回家意味着离开自己熟悉的地方。对于苏热亚来说，虽然回家的时间算早的了，七八岁的时候就要走了，但在采访里她就说自己并不愿意回新疆，她想留在上海，因为已经有很多好朋友了。这个对于孩子来说非常重要，但我们成年人确实不能感同身受。

谢胜利是一个七十多岁没有去过新疆一次的老人，但他是怎么成为"回家"的新疆人的呢？谢胜利老先生的故事在《我从新疆来》第一部图文集里有，十几岁的时候就拜了维吾尔族手鼓大师阿不力孜·哈合其为师，对他师父无比尊重和崇拜。后来他师父去世的时候，他没能见上，留下了遗憾。谢胜利老先生每天练鼓三个小时，现在打一手非常漂亮的手鼓。原本第一部纪录片也拍了他，但怎么都放不进整部纪录片的主题里，因为他从来没去过新疆。所以第二部的时候，我们决定和他一起圆这场梦。

但是，谢胜利老先生去新疆到底是干什么，他也没跟我们说。在拍摄的过程当中，我才知道他要去新疆干什么。有一天，他说想第二天早晨去南山，他误以为南山就是天山，但其实离得还有点儿远。他说："我想打一首鼓，献给我的师父，而且这里是我师父的家乡，我要在他的家乡向他表示对他的思念。"

第二天凌晨，我们去了南山，太阳还没升起来的时候，他就开始在山头上打鼓，然后大声喊："我亲爱的师父，我回来了。"他打完手鼓突然就停下来了，感觉马上就要哭出来，但他一直在大声喊那句话。我们所有人都特别特别感动，感觉他的声音就好像在和太阳一起升起，他是在跟他师父的灵魂对话。

这三个"回家"的故事，会让你对回家这个概念有新的认识，也会让你看到在当代社会，随着人们迁徙速度的加快，加上周围环境变化的加快，回家除了固有的团聚和纪念之外，还被赋予了新的含义。

回家，除了回到自己出生的地方，也可以是回到自己灵魂向往的远方。

文／库尔班江·赛买提

他是新疆手鼓王阿不力孜·哈合其唯一的汉族继承人，因一直生活在深圳，没有去看看老师魂归的故里，是他一直的遗憾。这一次，七十三岁的他出发了。

谢胜利：

回到
我音乐的家乡

籍贯：河北邢台
职业：打击乐手

我今年七十三岁，岁月当真不饶人。以前的事过了这么久，却仍历历在目。十五岁时，我在天津歌舞剧院当学员。东方歌舞团刚成立不久，搞了一台晚会，到天津演出，每次一有演出我们歌舞剧院都组织我们学员去观摩学习。当看到阿依吐拉的独舞《摘葡萄》时，除了舞蹈演员，就是一个手鼓伴奏，打手鼓的就是新疆手鼓王阿不力孜·哈合其，我就看傻了。这么好听，打得真是神了。正好演出完了，我就找阿不力孜老师，他当时正在装鼓。我说："老师，我是学打鼓的，但是看了您打鼓，我想学。您能不能教我，能不能收我这个徒弟？"他看了看我，就说："可以啊，有机会到北京找我。"说完，他又把鼓拿出来，给我看。他有两个鼓，一个白的，就是羊皮的，还有一个是毛皮的。然后，他就打，让我也打。我当时小，十几岁，就比画比画。老头儿特别慈祥、特别好、特别可爱，可能觉得这个小伙子十几岁想来学打鼓，感觉很亲切，还马上把鼓拿出来让我感受，我当时特别感动。之后，我就跟领导请假，去北京找过他。

1970 年，我申请调到北京军区战友歌舞团，离北京近，就可以经常去找老师了。不说一个星期去一次吧，每个月最少也得去一两次。那时候不像现在说一堂课多少钱，一堂课多少分钟，很随意的，就像在家一样。我到他那里就等于到了家。他爱人吾丽亚提特别好，很慈祥，我每次去她都给我沏奶茶喝。

1997 年 8 月，我的老师永远地离开了我，但当时我不知道。10 月，我才接到总政歌舞团的克里木的电话，他上来就说："你小子哪里去了？老师不在

我到新疆去

了，知道吗？"我当时就傻了。他还说"老师就你这么一个汉族学生，老师喜欢你，经常跟我们讲你"。他一说老师走了，我当时眼泪就下来了。我特别后悔，因为当时没找到我，所以我没接到通知。

我马上回到北京，把我家里的手鼓拿下来。那手鼓已经裂口了，因为空气干燥，裂了一个小口。后来，我又找师傅，让他把皮弄好，我下定决心要每天都练手鼓，一个是纪念我的老师，还有一个是弥补我没有参加老师葬礼的遗憾，我要一直练到我打不了为止。所以从 1997 年到现在，一直坚持，二十年了。

知道老师去世以后，有一种精神上的东西在我心里。我一想起这个，就觉得很对不起老师，很难过。他教了我那么多东西，别人问我是哪个老师教的，我说是阿不力孜，他们都会说难怪呢。那种时候，我别提有多骄傲了。

我听说阿不力孜老师走了以后，也特意去北京看了他夫人——我师母吾丽亚提。她拿着老师的帽子，还有一个围裙、一张黑白照片，黑白照片是我照的，我给老师洗的。她把这些都给了我。我当时激动得不得了，她说："老师虽然走了，你是他唯一的汉族学生，用我们民族这种感情对你表达一种心意。"当时，我都哭了，特别难受。

我太喜欢新疆了，可是最遗憾的是我从来都没有去过。小时候的想法特别可爱，比如，我想娶一个维吾尔族的老婆，我打鼓，她跳舞，反正觉得那样很幸福。没有去新疆有很多原因，主要还是因为工作太忙了，所以去新疆反而成了我的一种愿望，随着年龄的增长，感觉越来越难实现的那种。

这次，我终于来到了新疆。从飞机上往下看，我特别高兴，这么大的新疆，在中国占了六分之一，每次打鼓我都会想如果到了天山脚下，可以拿起鼓，看着放羊的姑娘，那种感觉一定很美妙。

我到了新疆的第一个想法就是去天山，我想在早晨太阳的霞光中，向我尊敬的、最亲爱的阿不力孜老师请安，把我内心压抑了几十年的心里话向老师表达。我要有一颗感恩的心，没有老师在那个年代对我的谆谆教诲，就没有今天的谢胜利。真是这个样子，每次只要我打起手鼓，跟大家一起演出也好，别人夸我的时候也好。每当我演出的时候，别人问我："你是汉族朋友，怎么会打手鼓？"我说都是阿不力孜老师从小教我的。所以，我永远不能忘记我老师赐给我的这种财富。

新疆的水果、干果都太好吃了，拉条子也好吃，新疆的酒吧跟别的地方的都不一样，因为维吾尔族朋友只要音乐一响起就会一起跳舞，感觉特别亲切，我看到就想去给他们打手鼓。音乐的那种感染力、那种互动性、那种律动、那种民族的艺术性的展现，就是从生活中来的。那种气氛、环境，口里绝对没有。这边就特别自然，唱歌的、报幕的都很自然。音乐本身就是很自然的东西，不能很生硬，不能做作。我还和几个维吾尔族朋友一起打了手鼓，他们特别高兴、特别容易接触。他们说"谢老师，你的感觉非常好"，我们配合得真是很好。他们还加了我的微信，说向我学习，我说："不要客气，你们民族的东西我永远学不完，我必须向你们学。"

今天真的太美了，多好啊这太阳，我都不想走了。看那些维吾尔族朋友跟我点头、跟我笑，特别开心，我的心情整个跟大家融在一起了，被那种民族的音乐所征服，使自己永远有一种向上的心。我对音乐真是有一种向上追求的心，挺好的。

从1963年到1978年，他在新疆度过了人生的低谷，却同时「过了一段相当美好的生活」，人们说「没有新疆的这十六年，也不会有后来的作家王蒙」。

王蒙：

这边风景
——忆新疆

籍贯：河北南皮
职业：作家，文化部原部长

1963 年，我已经是北京师范学院的老师，而且分了房子，还挺好的。但1962 年党的八届十中全会以后强调阶级斗争，强调无产阶级专政调动下继续革命，所以这个气氛有点儿紧张。我当时觉得要在北京的大学里这么待下去并不是我的愿望，虽然大学条件挺好，我还是想着写小说、深入生活。当时要说毛主席的原话，就是"经风雨见世面"。1963 年夏天，我参加了中国文联的一个读书班，它叫读书会，碰到几个省的文联主席或者书记，我就问他们："我去你们那儿行不行？"有几个地方表示欢迎，其中就有新疆。我最后选择去了新疆。

当时对新疆的理解就是，1950 年庆祝中华人民共和国成立一周年，从新疆来了一些歌舞。其实那些歌舞也是我们看过的曲子，说的是我们狂欢地跳跃在五星红旗下面，我们快乐地迎接着美丽的春天。结果北京的小孩就给它编了一下，编成什么呢？"人人都说辣椒辣，我说辣椒是甜的……"，就是这首歌。这首歌令我非常感动，那个曲子也令我非常感动，这样的还有好多。所以，我当年给瑞芳打电话的时候，她的反应肯定是别人想象不到的，她说去新疆好，那儿的歌舞多好啊。她就这么回答，就这样定了。

从我个人来说，不能说那是一个很快乐的时期，但是和当地的各民族的农民，尤其是维吾尔族农民在一块，我确实获得了很多快乐。我很难设想如果没有在新疆，那个年代我怎么过得去。比如"文化大革命"期间，要在北京就麻

我到新疆去

烦了，可能连命都保不住。可是我在新疆呢，我跟这儿的人都聊得非常好，都很愉快。很多人根本不能想象，我20世纪60年代在新疆，在伊犁过了一段相当美好、相当幸福的生活。

那时候的火车还不能直通新疆，从北京坐到西安用了一天一夜，在西安下车，住在火车站附近的解放旅社。然后第二天下午三四点钟，再重新上火车，从西安到乌鲁木齐。从北京到西安一天一夜，西安到乌鲁木齐又是四天三夜，为什么这么慢呢？那时候的兰新线刚修好，地基还软，车不可以开得太快。一小时五六十千米，慢慢悠着，得等它扎实了以后才敢开快。所以那个时候相当费劲儿，最后等于是用了五天四夜才到达乌鲁木齐。

当时孩子也不懂，第一次坐火车，挺感兴趣的。20世纪60年代的供应还比较困难，但是火车上的餐车卖的烩饭炒饭里还有点儿肉。我们全家都坐的硬卧，周围硬卧的人里面有一个人还带着一只烧鸡，我们觉得这个真叫阔气。他还把烧鸡分给了我的小孩。我有两个儿子，他给了我的小儿子一个鸡腿。当时我说不用了。我那个大儿子非常愤怒，过后写信给他姥姥，说他弟弟表现太坏了，吃了人家的鸡腿。

我这一路上，一下子是西安，然后是兰州，接着又是河西走廊，还路过了星星峡。过了兰州，快到新疆之前，有一个很高的地方，叫乌鞘岭，火车到了乌鞘岭得加一个火车头，因为它很陡峭，又是半夜经过，车上来回地报乌鞘岭到了。当时确实觉得很激动，觉得离北京可真远呢，从没去过这么远的地方。另外外面刮着风，那个风的声音也很大。从来没有见过的就是戈壁滩，而且从早到晚几乎不变样。

到了乌鲁木齐，对这个城市的第一印象就是和北京大不一样，小楼房，一种是粉颜色的，一种是黄颜色的。北京没有这种颜色，现在的乌鲁木齐也很少有这种颜色，可是当时确实有。第二个印象是它大量的房顶是洋铁皮。这是不是受俄罗斯的影响，我也不清楚，虽说这种洋铁皮的房顶北京也有，但是很少很少，乌鲁木齐却有很多。尤其让我印象深刻的是，一到乌鲁木齐，站台上放的都是维吾尔语的歌曲，语言不一样，调子也不一样。另外，所有的站台公布公示的一些话，比如说请下车的旅客往哪边走，在哪儿上台，用汉语说一遍以后，用维吾尔语再说一遍，太新鲜了，觉得真是到了一个新地方。

我算是自治区文联调去的，机关里已经给做了一些起码的准备。房间里有床，虽然是硬板床，但起码有，还有两把椅子，起码烧水的壶、锅、碗都有几个，已经能够自理生活了。所以这些都没有什么困难。另外就是为了过冬，人家已经给拉了一车烟煤。乌鲁木齐那时候烧火墙，而且都是各家自己拉煤，烧的时候都是大量地烧。乌鲁木齐的煤也多，冬天热乎乎的。

乌鲁木齐的冷，跟北京的冷不一样，尤其是在那个年代。那个时候，我们到了以后，起码一个月每天的平均温度都是零下十摄氏度到零下二十摄氏度。个别的时候到过零下三十摄氏度，甚至将近零下四十摄氏度，这在北京很少有的，北京零下二十摄氏度有，但是零下三四十摄氏度很少有。

我到了乌鲁木齐后不久，就去了吐鲁番，用散文的形式写吐鲁番建设的新气象什么的，也发表过。然后 1964 年 5 月以后，我到了南疆，到了喀什噶尔，现在大家都念喀什了。喀什噶尔所属的麦盖提县的红旗人民公社，我在那儿开始了和以维吾尔族居多的农民接触，一待就是四个月。1965 年又进一步去了伊犁地区，乌鲁木齐到伊犁坐长途汽车需要三天，我到现在还记得那个长途汽车，你把行李从长途车后面的梯子上弄上去，搁到车顶，然后拿个网子给你保护起来，到那儿你还得自个儿上去拿那个行李下来。伊犁地区的农村是当时条件最好的地区，我这一待就是六年多，而且还担任过副大队长。我的爱人是在伊宁市第二中学当老师。

到了伊犁后，我发现它跟南疆相比，民族混居的现象更明显。伊犁首先是哈萨克自治州，但是它过去讲究东五县、西四县。东五县是以哈萨克族为主，西四县是以维吾尔族为主，但是汉族也非常多，此外还有俄罗斯族、柯尔克孜族、乌孜别克族。

伊犁的气候和别的地方完全不一样，是所谓的塞外江南，水比别的地方多，在市内有明渠。那种明渠，德黑兰也有，一个很小的渠在整个城市绕来绕去。可是这个土方工程很厉害，全都靠坎土曼（铁质农具，有锄地、挖土等用途）。

很多事我都敢干，马我也敢骑，但没有技术，碰到困难的事情我是做不了的。我骑马一点儿也不害怕，说上马就可以上，说下也可以下。大的马车在当地叫胶皮轱辘，套好几匹马，我赶不了，但是驴车我可以赶，牛车我也可以赶。麦场上的劳动很有趣，特别是等风的时候，把麦子撒出去非常好看。但是你撒完了以后，身上会非常难受，全身都是那个纤维的细毛。到最后，你在麦场上劳动的时候，只敢穿一个裤衩，裤衩再不穿，就影响社会治安，违反治安条例了。可是你身上实在受不了，所以一旦收工，就在旁边的渠水或泥水里洗，也是很有趣的体验。但是比在"文化大革命"当中让人摁着脖子打还是好些，没有很大的危险。后来有些老作家问我在新疆的遭遇，挨过打吗？没有。摁过脖子吗？没有。游过街吗？没有。抄过家吗？没有。他说我创造了奇迹。这个奇迹还是新疆的各族人民帮助我创造的。为什么我一来这儿就挺兴奋、挺高兴的？因为我觉得他们确实都是一些非常善良的人。

伊犁也有兵团的农四师，所以我并没有觉得这里有多么大的差别。而到伊犁农村里，我觉得这里的条件比我去过的麦盖提、喀什那边要好得多。因为伊犁牧草多，很多农民家里就养着羊和奶牛。过去我们看小说，只知道苏联农民家里有奶牛，不知道中国伊犁也有奶牛。那个土奶牛一天也就产两三千克牛奶，可是想想当时中国的情况，下乡到了农村的时候还能弄一杯牛奶喝已经算是很不错的了。当时中国农村私有经济都已经被消灭了，但是这个你想不到。还有一个事你也想象不到，1965 年 7 月和 8 月，就是暑假的那两个月，伊犁取消了粮票，因为大丰收了。1965 年全国还是很紧张的。取消粮票是什么意思呢？你拿一个口袋在馕店买馕，您就装一口袋往家背吧，没事，没人管，所以也就证明那时候已经高度温饱，从物质条件来说，在全中国农村里也还是比较不错的。所以我去了之后还是很喜欢伊犁这个地方的。伊犁人见的世面也多一些，所以他们也容易接近，给人一种喜爱之感。

我是真心实意地认同当时的一种宣传教育，就是知识分子应该和工农相结合，各个民族都应该像弟兄姐妹一样。当时的理论就说民族问题实际是阶级问题，这是毛泽东的名言，就说我们承认各个阶级之间的矛盾，根本不认为民族之间有什么矛盾，有什么隔阂。这些我都深深地接受了，所以我很喜欢他们。我还有一个特点，就是对于和自己的习惯相异的东西不排斥，而且有极大的兴趣。比如我们知道这叫手，到了维吾尔语里它叫 kol，我们知道这叫耳朵，到了维吾尔语里它叫 kulak，我觉得这样叫都挺好玩的。我有这样的一种好奇心，愿意接受一些新鲜的不同的事物、不同的经验，而且我很敏感，比如人家说话的方式跟你不一样，说一个什么事，他说可以，他就给你连连点头，但是维吾尔人有另外一种表达的方式，他听了以后觉得好他不是点头也不是摇头，他是把头这么来回弄，表示很欣赏你说的话。比如说今儿咱们上哪儿弄条羊腿吃，你跟他们一说，他摆头。有时候一些人不懂，他就说维吾尔人点头不算、摇头算。我觉得很奇怪，后来我觉得这是一个得意的表现，他没有否定的意思。

　　类似这些东西，我很容易接受，也爱模仿。他用什么姿态，我也用什么姿态，尤其是我学他们的话，三四个月就可以开口了。刚开始我可以用维吾尔语简短发言，他们就说这个老王还会这个，他上哪儿学的。我找了一本新疆还没有成立自治区的时候，新疆省行政干部学校用的维吾尔语读本，学的是标准的那种。我还听半导体收音机，听维吾尔语的广播，所以我接受得非常快。然后我还学文字，当时有一个民族研究所，里面有一位老师叫朱志宁，他在《中国语文》杂志上发表了一篇文章，叫《维吾尔语简介》。就这么一个简介，我学了一两年，学一段，实践一段，给我的帮助太大了。这样维吾尔语的理论也弄清楚了，发音学，语音学，词汇学，语法，介词，我觉得一下子什么都明白了。所以到了1965 年的秋冬，进入农闲季节了，农活不多，我开始大量阅读维吾尔语的书籍。1966 年"文革"开始了，号召阅读老三篇，就是《纪念白求恩》《为人民服务》《愚公移山》。我就拿着用维吾尔语念，结果房东老太太路过敲我的窗户，说："老王，是你在诵读吗？"我说是。她说听着就跟广播电台的诵读一样。

当时下到农村的时候要做到三同：同吃、同住、同劳动。他们每人都有一个小院，要按现在的想法，我觉得它有三四分地，院不太大，这三四分地里有两三棵苹果树。伊犁的苹果有名，还有葡萄架子。靠门那儿还种一批花，他们都喜欢花。用我们现在话说，相当于正房，应该是朝西南的那么一个房子。另外旁边有一间小房，只有四平方米，一个土炕，我一去就住在这个土炕上，只能睡一个人。那个土炕里，燕子还做了窝。门是为了燕子故意斜着的，这样就有一个三角形孔，五只燕子能往屋里飞，然后在那儿做窝。别人说好几年燕子都不做窝了，老王一来，这燕子就做窝，来了一个善人。这种舆论对我很有好处，我也很感激他们，觉得这些人还都是挺友善的，善的人他连燕子也夸。我戴眼镜的这么一个汉族人，他们也夸奖，我还是很高兴的。

开始的时候，有人说老王来干吗，他还参加劳动，他那么瘦，我那时比现在要瘦，个子也不太高，他们就说老王又瘦又小的，要一阵大风给刮跑了怎么办啊，他们都认为我身体不好。当时都种小麦，我就很惭愧，要干别的活，挖土我可以，差不多和其他的农民做得一样。但是对于小麦，锡伯族他们号称一个男人一天连割带捆两亩，如果达不到两亩，就不算男人，但是我连滚带爬，从早晨一直干到晚上，确实快要爬回去了，才做了七分五厘，就非常差了。我如果要在察布查尔干农活，肯定会被锡伯族老乡骂，那简直就没办法。

当时那里还种了大片的苜蓿。有一天，我在伊犁河沿那边的庄子有点儿什么事，要提前一点儿回来。走到一个大的苜蓿地里，忽然下雨，我不但非常狼狈，而且等下完了雨以后，天上云彩密布，我分不清方向了，四面看跟海洋一样。因为晴天有太阳时，你永远不会迷路，雨下完了以后，觉得非常恐怖，跟掉到海里一样，因为苜蓿地特别大，也没有汽车的声音。我怎么办呢？往哪儿走呢？如果你走错了的话，就会越走就越远。如果走一走，走回伊宁市了那还可以，走到巴彦岱（镇）更可以，但如果走到一个不认识的地方，走到戈壁滩去了，那怎么办？我就觉得恐怖极了。又等了半个小时，太阳出来了，我知道我没有走错，就再往既定的方向去了。那个苜蓿地给我的印象超过麦地。

伊犁人爱讲笑话，我也会讲笑话，经常把他们给逗乐了。他们真的觉得老王是自己人。他们喜欢互相之间起外号，给我起的什么外号，我倒是不知道。这个外号有时候在说的过程中，故意带出来，就是来逗别人，是一个语言的游戏。你要是不懂维吾尔语，即使有人给你翻译，你也觉得这没什么可笑的，因为你没有那个语言的感觉，所以觉得它不可笑。至于讲的笑话，比如说那个地方喝酒，男人和女人是不能坐在一块的。一帮男人在那儿喝酒，开始醉了，有一个人就吹，说你们没有文化，你们现在都娶不上媳妇，娶上媳妇的找的都是丑八怪，什么原因呢——你们没有文化，你们要是托我给你们写一个情书的话，你们追谁都能追到手。然后说着说着，他就来精神了，拿出纸来开始在上面写情书。这个维吾尔语用的是阿拉伯字母，从右往左横着写，一会儿写完了，带在身上了。这哥几个喝完酒了还不过瘾，大队里有马，一人骑上一匹马走。走着走着远远地看着来了一个女的，这个人一下把这个信掏出来，那么一扔。底下的他们就笑，笑什么呢？说他立刻接到那个女士的回信了，那个女士表示同意。他们就觉得这个非常可笑，其实这个没什么可笑的。我们要是从正常的观点来看，也没什么可笑的。但是他们认为这个就非常可笑，然后这个写信的人吓坏了，他也有爱人，很快就要结婚了，他晚上天黑骑着马乱给人扔了一封信，结果人家还同意了，这不要他命吗？就是这个意思，类似这样的一些笑话。

但是他们也有缺点，喜欢嘲笑别人，比如一句话说错了，这哥几个就拿他耍，就逗他。或者哪一天你在什么地方办过一件错事，被领导或者父母训了一顿，这哥几个一喝起酒来，你在什么地方丢过人，每个人都要形容一遍，形容得那小子恨得都跺脚骂街了，但越骂对方说得越多。然后他们有一个说法，说你禁不住别人说，你要一真急，全场的人就更得意了。小子，敢情你是这种受不了的人，这种小心眼，这种招不得的人，你这样的人还能算男人吗？你这样的人干脆往那个大渠里跳下去，你就别上来了。全在那儿哄，在那儿逗，最后逗得小子不敢生气了，他也跟着哈哈大笑。如果他聪明的话，会说对方丢人的一个事来了。就是一种恶作剧，但是这恶作剧也到不了真的程度。也有喝醉了互相逗，然后真急了动手的。

我在伊犁的朋友很多，在我的小说里也写过，有一个叫路在买提。他本来是气象学校的，后来在1960年、1961年灾害期间，他就回农村来了。他喜欢朗诵，是很好玩的一个人。还有一位是知识分子，北京民族学院毕业的，就是现在的中央民族大学，毕业以后，到喀什师范学院当老师，那时候还是喀什师专。这个伊犁人就相信伊犁是世界上最好的地方，在那儿当了两年老师，他觉得没劲儿，挣钱很少，吃的哪赶得上伊犁，就回来了，又到了农村。很文雅，长得也很秀气，他是乌孜别克族。在当时，他们家的成分是上中农，就是比一般的家庭好，但是又不算地富，不算阶级敌人。我们很喜欢在一起聊天、谈书，比较文雅的一个人，还有很多就不一一去说了，但是每个人都很有意思。

最有趣的一个例子就是，我住的那一家的房东大姐，她的一个外甥是伊宁市（当时叫伊犁哈萨克自治州）党校的，叫图尔迪·苏比。有一次，他请我到他家里喝小酒，来喝酒的还有一位是反修医院的内科主任。看到他来的时候，我吓了一跳，我说："你怎么看着像个偷东西的贼似的？"结果他这儿夹着一瓶药用酒精，往里搀点儿凉水，说："今天咱们哥仨得喝这个。"我说这个药用酒精会喝死人的，结果他说："甭信那个老王。我告诉你，我喝这个两年了。我们就靠这个。"我也不好说什么了。喝了几杯后，他突然一拍桌子，问这个外甥："图尔迪·苏比，你知道老王是什么人吗？我听说他是个作家，写过东西，写过小说，作家。他是斯大林文学奖获得者。"我一听就吓坏了，我可没吹过这个，这没有的事，我敢吹这个吗？我本来就已经够麻烦了，还跑这儿吹我是斯大林奖获得者？我说没有没有。他更积极了，说："老王怕什么呀，得了奖的就是得了，甭害怕。报上我都看到了，《真理报》上都登了你得奖的事。"我说："你们可别胡说八道。中国只有两个作家得过。"结果他又说："他们我不认识，我认识的就是你老王，就是你得的。"旁边的图尔迪·苏比也被他给煽动起来了，说："岂止是得过奖，在克里姆林宫被接见过的。"我不敢跟他们再争了，再争他们一喊，党校的家属都来了，说这有一个得斯大林奖的，回头再传到乌鲁木齐，我成了招摇撞骗的骗子。我根本就没法解释清楚，但是后来我才明白，他这是激动，他就不知道怎么说你好，有的、没有的先安上再说，先痛快地说。后来我还问过北京的一个维吾尔族的老领导，他怎么能说我是得斯大林奖的人呢。他说这没什么不好理解的，他喜欢你。而且他们很聪明，当时中苏关系并不好，他不能说我得了苏联的别的奖。那个时候，斯大林在苏联那边被贬低，在中国这边还是保护斯大林的，这是第一；第二，王蒙你要记住，在他们说这话的时候，这哥俩一个是"斯大林奖评奖委员会主任"，一个是"评奖委员会副主任"，他们说你得了，给你发了就完了，这有什么。所以我就觉得这个维吾尔哥们儿很好玩，很情绪化，可以信口开河。但是他图一乐，图高兴，他不认真。所以在我这一生，处于逆境的时候能跟这么一帮维吾尔人民、维吾尔知识分子、维吾尔干部，当然还有其他别的民族的人在一块，是我的福气，使我很多时候感觉到人生快乐的一面，自己鼓舞自己。我就想，任何一个人想象不到我在"文革"开始以后不但到了新疆，到了乌鲁木齐，还到了伊犁，还跟维吾尔农民一块喝小酒，吃小炒，然后莫名其妙地获得了"斯大林文学奖"。除了我填表的时候不好意思填获得过"斯大林文学奖"以外，想想这种快乐，虽然没得这奖，但是就快乐了这么一次，喝着药用酒精，居然还乐了一次，这是你不能想象的。

可能是 2003 年，我们中国作家协会和新疆维吾尔自治区党委宣传部联合召开过一个王蒙的新疆题材作品研讨会，一半时间是在乌鲁木齐开，另一半时间在伊犁开，不但到了伊犁开，我们还一块去了我劳动过的农村。我一到那个农村，好多老农已经很老了。你想我都八十多岁了。我当年来的时候是三十岁左右，已经过了五十年。有些老农见到我，抱着我哭。当时中国作协的有些人都流眼泪了，他们说王蒙你真不容易，但是我觉得也没有容易的事，对我来说是一个学习的机会。

现在我每年都去。我到了新疆的感觉，跟到别处的感觉还是不一样，能够见到几个维吾尔的朋友，说说维吾尔话，我觉得很过瘾。要不然我也忘了，已经忘得很多了，但是最基本的词汇并没有忘，虽然只能和农民说几句家常话，但我还是很开心。

我这一生都在写东西，而写作是个很神奇的东西，题材和当时生活的关系不像新闻，说我今天采访了这个，我就写这个。写作需要一个发酵的过程。我刚回到北京是 1979 年，但其实 1978 年我就开始在北京住着改《这边风景》，写的是在新疆发生的故事。但是我毕竟在北京这边的生活经验非常丰富，接触的干部、知识分子非常多，那么一上来写了各种题材的东西就不足为奇了。但是到了 1983 年以后，我又集中写新疆发生的故事。我回来的前三四年也有写与新疆有关的内容，但是更多的不是，1983 年到 1985 年这两年又集中写了一批关于新疆的中短篇小说，后来大部分收在《你好，新疆》里了。

虽然现在不在新疆了，但是我一点儿不否认，这片土地给我带来的那种愉悦和不同的体验，这个地方可以说是在我生命里用力刻下了不可磨灭的痕迹。

诞生，是我从 2014 年到现在每一年的主题，有一本书的诞生，有一部纪录片的诞生，有一个公司的诞生。

2015 年 7 月 6 日，上海江汗格文化投资发展有限公司在上海注册成立，作为创始人，我成了这家公司的父亲。

于是我的梦想有了更加深刻的责任。学会对一个团队负责，学会对每一个人的人生和梦想负责，成了我新的人生旅程。

江汗格，"江"指区域内的所有水道；"汗"指可汗，古代对首领的尊称；"格"指表现出来的品质。这三个字结合在一起，意指在某一领域所表现出来的王者一样的品质和领袖般的风格；这三个字也代表了我对这家公司的定位、标准、期许和愿望。我希望"江汗格"是一个能够做出高品质的文化产品的品牌，是一个拥有王者品质和领袖风格的团队，是一个能够承担社会责任的公司，也希望江汗格文化在文化媒体领域能够融合多种不同文化，制作和组织出有世界影响力水准和格调的产品和活动。我也在以此作为目标，誓打造一个具有专业拍摄和制作技术，并具备科学管理理念的影视制作团队和文化传播品牌。

无论是创始人，还是父亲，都是一种责任的开始。我原来只为自己的梦想而努力，而现在我需要去带领并培养一个团队，去启发大家的梦想，并且共同完成它。

在我的脑海里，《我从新疆来》是三部曲，我想用三

江汗格

跋

部以不同角度来讲述的影像故事，把新疆人的故事和中国人的梦想都表达出来，这是我一开始就很确定的想法。新疆这片土地是包容的，就像习近平总书记说的那样，各族人民像石榴籽一样紧密地抱在一起；这片土地也是可以实现你想要实现的梦想，无论出于什么样的目的，这片土地会用另一种方式提升你自己的人生价值，而且你也可以作为一个见证者，亲眼见证新疆的发展。在"一带一路"的背景之下，新疆的发展特别快，这里一定会是我们国家经济的一个最重要的出口地。我也希望这三部曲可以让大家理解新疆没有文化是神秘的，也没有疆土是异域的，那是一个集多元文化为一体的精彩的地方。我也想用这三部曲表达那句话：我们拥有同样的喜怒哀乐和悲欢离合，我们都是这个国家的主人，而不是客人。

迄今为止，关于新疆的宣传，新疆的多民族、多元文化，这些基本都停留在文字层面。每当我翻阅一些旅游网站，去过新疆的人都在跟大家说，那里跟媒体描述的不一样。新疆的常居民族是四十七个，世居民族是十三个，但通过媒体，我们往往能了解到的只有维吾尔族、汉族、哈萨克族，少数情况下会有柯尔克孜族、塔吉克族等。其他民族的文化将如何去呈现？《我从新疆来》第三部将以人们的真实故事，来描绘各民族文化与传统及非物质文化遗产的完美结合，并给大家呈现出新疆的多民族分布格局。

于是，"来""去""生"，便是《我从新疆来》三部曲

我到新疆去

的主题。

2017 年春天，我带着《我从新疆来》新老团队人员召开了第一次大型纪录片《我到新疆去》的策划会。

2018 年 1 月，《我到新疆去》关机。

2018 年 1 月 12 日，《我到新疆去》宣广会在上海举行。

2018 年 4 月初，《我到新疆去》首映式将在北京全国政协礼堂举办。

2018 年 4 月中旬，《我到新疆去》将在中央电视台纪录频道以及腾讯视频同步播出。

至此，上海江汗格文化投资发展有限公司已拥有两部制作精良的大型纪录片、多部文化短片，拥有一个阅读量随时上 100000+ 的微信公众平台"我从新疆来"，以及一个集策划、制作和宣广能力于一体的团队，同时还有多个短片、电影和系列短剧的项目亟待有慧眼的伯乐加入，和我们一起实现。

我要把我生长的疆土上的多元文化，用我自己最擅长的影像的方式，展示给所有人。

所以，我在路上，一直在路上……

感谢让我拥有爱的我的家人。

感谢这部纪录片的全体主创人员。

感谢参与这本书编辑过程的江汗格的兄弟姐妹，他们是迪拉·塔依尔、古力飞热·艾克热木、阿布德吾力·阿布德热西提。

感谢我在工作上坚定的左膀右臂，他们是江汗格的另外三位合伙人：乃菲莎·尼合买提、肖洪、马新军。

最后，

献给在祖国各地和世界各国生活和工作的热爱这片土地的每一位新疆人，献给守护着这片土地的中华人民共和国成立以来的每一位知青和援疆干部，献给每一个"到新疆去"的人。

图书在版编目（CIP）数据

我到新疆去 / 库尔班江·赛买提著 . —北京：北
京联合出版公司，2018.3
　　ISBN 978-7-5596-1789-7

　　Ⅰ . ①我… Ⅱ . ①库… Ⅲ . ①纪实文学 – 中国 – 当代
Ⅳ . ① I25

　　中国版本图书馆 CIP 数据核字（2018）第 043022 号

我到新疆去

作　　者：库尔班江·赛买提

责任编辑：徐　樟

北京联合出版公司出版
（北京市西城区德外大街 83 号楼 9 层 100088）
北京盛通印刷股份有限公司印刷　新华书店经销
字数 250 千字　700 毫米 × 990 毫米　1/16　印张 19
2018 年 3 月第 1 版　2018 年 3 月第 1 次印刷
ISBN 978-7-5596-1789-7
定价：59.80 元